Memories, *nichts wird je vergessen,* ist der erste Teil einer Reihe von Kriminalromanen um die Gebrüder Nilson.

Karen Wenzel

Memories

nichts wird je vergessen

Bibliographische Informationen der Deutschen Nationalbibliothek:
Die Deutsche Nationalbibliothek verzeichnet diese Publi-
kation in der Deutschen Nationalbibliografie; detaillierte bib-
liografische Daten sind im Internet über http://dnb.dnb.de
abrufbar.

1. Auflage
© 2019 Karen Wenzel

Covergestaltung: Tony Camehl

Herstellung und Verlag
BoD – Books on Demand, Norderstedt

ISBN: 978-3-7494-7859-0

PROLOG

Er atmete schwer. Trotz der abendlichen Kälte rann ihm der Schweiß den Rücken hinab. Heute war der Tag gekommen, an dem er es ihr sagen würde. Er wollte nicht mehr weglaufen, endlich war es soweit. Er musste sich nur noch ein wenig gedulden. Seitlich an eine kalte Hauswand gelehnt wartete er regungslos. Die Minuten zogen sich scheinbar endlos in die Länge. Fast eine Stunde verging und es kam ihm wie Tage vor, bis er sie endlich sah.

Sie kam mit zügigen Schritten um eine Ecke und bog auf die Straße ein, in der er stand. Im Licht der Straßenlaternen schimmerte ihr blondes Haar wie Gold. Sie ging auf der anderen Straßenseite an ihm vorbei, ohne ihn zu bemerken. Er wartete, bis sie noch ein paar Meter weiter gegangen war, dann löste er sich von der rau verputzen Wand und folgte ihr. Das Gewicht in seiner Jackentasche behinderte ihn ein wenig beim Laufen, doch er ignorierte es. Den Kragen seiner Jacke hatte er so weit aufgestellt, dass er seinen heißen Atem im Gesicht spürte. Aus der Entfernung konnte er sehen, wie kleine Wölkchen vor ihrem Mund aufstiegen.

Er mochte den Herbst. Es war noch nicht so frostig wie im Winter, doch die nahende Kälte des Winters stand bereits wie eine Drohung bevor. Außerdem unterdrückte sie das heiße Gemüt.

Sie kam an einen Zebrastreifen, schaute nach rechts und links und ging weiter. Er folgte ihr immer noch.

Er überlegte, wie er es ihr sagen sollte und legte sich bereits einige Worte zurecht. Dennoch war er unsicher, wie er das Gespräch beginnen sollte. Wie sollte er sie ansprechen?

Neben ihnen kam die Friedhofsmauer zum Vorschein und zog sich einige hundert Meter als dunkler Schatten an der Straße entlang. In den Häusern auf der anderen Straßenseiten brannten Lichter, aber immer mehr Rollläden wurden heruntergelassen und Gardinen zugezogen.

Langsam schloss er zu ihr auf.

Mittlerweile bemerkte sie die Schritte hinter sich, aber sie blickte sich noch nicht um. Doch als sie durch eine Allee schritten und das Laub hinter ihr raschelte, wurde sie zunehmend nervös. Sie fühlte sich verfolgt. Zu recht. In der Mitte der Straße blieb sie plötzlich stehen und drehte sich abrupt um. Ihre zusammengezogenen Augenbrauen hoben sich, als sie ihn erkannte.

„Was machst *du* denn hier?", fragte sie überrascht, aber ihre Nervosität war verflogen.

Er sagte ihr, er müsse mit ihr reden, ihr etwas sehr Wichtiges sagen.

„Hat das nicht Zeit? Es ist spät und ich will nachhause. Wieso bist du überhaupt hier? Verfolgst du mich etwa?", fragte sie mit einem spöttischen Lächeln.

Als er nichts entgegnete, verschränkte sie die Arme und kniff skeptisch die Augen zusammen.

„Also gut, was wolltest du mir sagen?", fragte sie mit dem gewohnt strengen Befehlston, den er nur zu gut kannte.

Er hob den Blick und dann sagte er es ihr.

1. Kapitel

Ein ohrenbetäubendes Geräusch zerschnitt die frühmorgendliche Stille. Der scheinbar leblose Körper, der unter Decken begraben war, begann sich langsam zu regen und sich unter Stöhnen zu winden. Plötzlich schoss eine Hand hervor und traf den Auslöser des Geräusches mit einem harten Schlag. Das schrill kreischende Etwas flog in einem hohen Bogen durch die Luft und knallte dann auf den Boden. Doch immer noch drang dieser nervtötende Laut hervor. Mit einem Ächzen, das an einen Untoten erinnerte, wand sich Dan Nilson wie eine Raupe aus seinem Bett. Die Beine immer noch in die Decken gewickelt, streckte er sich nach dem Wecker aus, der dieses unerträgliche Piepsen von sich gab. Er bekam das Gerät in die Finger und schleuderte ihn sofort mit Schwung gegen die nächste Wand. Ein befriedigendes Klingeln ertönte und der kugelrunde Wecker verstummte.

Dan hätte sich bestimmt wieder ins Bett gelegt und friedlich schlummernd weitere Stunden unter seinen Decken zugebracht, wenn er nicht just in diesem Moment von der Bettkante gerutscht wäre. Mit einem unsanften Aufschlag landete er auf dem Fußboden und gähnte erst einmal ausgiebig. Noch auf dem Boden sitzend öffnete er die Schublade seines Nachttischschränkchens und nahm eine Tablettenpackung heraus. Er hielt sie mit der Öffnung nach unten über seine Handfläche, doch es geschah nichts. Er stocherte mit einem Finger darin herum, aber die Packung war leer.

Wann waren die denn ausgegangen? Hatte er seine Tabletten gestern eigentlich genommen? Dan konnte sich nicht mehr genau erinnern.

Genervt und verschlafen stand er auf und torkelte mehr als zu gehen durch sein Schlafzimmer, das zugleich sein Wohnzimmer war, in die kleine Küche. Über der Spüle hing ein Schrank, in dem Dan nach einer neuen Tablettenpackung suchte, doch auch hier waren nur noch leere Kartons zu finden.

„Ach, was soll's", brummelte er schließlich, warf die kleinen Schachteln achtlos in den Schrank zurück und schloss die Schranktür wieder.

Dan Nilson war sehr hager und recht groß. Seine braunen Haare hingen ihm wie immer bis über die Augen und sie waren eigentlich dauernd zerzaust, selbst wenn er nicht gerade erst aufgestanden war.

Für das Frühstück steckte er eine Scheibe Brot in den Toaster und goss sich Milch in eine Schüssel. Das Müsli kippte er danach obendrauf. Er rührte mit einem Löffel solange in der Schüssel herum, bis der Toast mit einem Knall und in einem hohen Bogen aus dem Gerät sprang. Dan schaufelte sein Müsli in sich hinein und ging anschließend duschen. Die Toastscheibe lag immer noch auf der Küchenzeile neben dem Toaster.

Obwohl seine Haare noch nass waren, schlüpfte Dan in die gleichen ausgelatschten Turnschuhe wie immer – er hatte nur dieses eine Paar – und zog sich die gleiche Kapuzenjacke wie jeden Tag an. Dann verließ er seine kleine Wohnung und machte sich auf den Weg zur Arbeit.

Das erste Bild, das sich von seiner Haustür aus bot, war die mit Efeu bewachsene Steinmauer des Friedhofs. Dan musste nur knapp 200 Meter rechts entlang gehen, bis das eiserne Türchen in der Mauer kam, das immer schaurig quietschte, sobald man es bewegte. Es war eigentlich nie verschlossen.

Während er mit auf dem Kies knirschenden Schritten über den Friedhofsweg ging, sog er gierig die kühle Luft ein. Ein paar Nebelschwaden zogen gemächlich an ihm vorbei. In den frühen Morgenstunden war er auf dem weitläufigen Friedhof ganz für sich allein. Das war einer der Vorteile an diesem Weg. Er hätte auch um den Friedhof herum gehen können, aber dann bräuchte er noch eine halbe Stunde länger zur Arbeit. Und das war ihm bei einem Weg von sowieso schon 50 Minuten dann doch zu lang. Dan machte es jedoch nichts aus, spazieren zu gehen und außerdem hatte er in diesem Fall sowieso keine andere Wahl. Er besaß keinen Führerschein, von einem Auto ganz zu schweigen und eine Jahresfahrkarte für den Bus konnte er sich einfach nicht leisten. Sein letztes Fahrrad hatte er schon vor langem irgendwo abgestellt, aber er hatte vergessen wo. Vielleicht war es auch geklaut worden.

Dan blieb abrupt stehen, als er ganz in der Nähe einen Schemen wahrnahm. So früh am Tag war ihm hier sonst noch niemand begegnet. Selbst der Friedhofswärter sollte üblicherweise frühestens in einer Stunde kommen. Dan blickte sich um, doch außer ihm selbst war niemand zu sehen. Nur Gräber und Nebelschwaden.

Da hatte ihm wohl seine Müdigkeit einen Streich gespielt, dachte er und unterstützte diese These mit einem kräftigen Gähnen.

Auf dem weiteren Weg über den Friedhof begegneten Dan keine weiteren Schatten, Gestalten oder gar reale Personen. Den Friedhof verließ er über das nordöstliche Tor, das auf eine große Allee hinausführte. Von dort aus musste er sich nach Norden wenden und noch eine Weile gehen, bis er die großen Lagerhallen erreichte. In einer dieser Hallen sortierte er Kartons in Regale ein. Kein gerade inspirierender Job, aber man brauchte eben Geld, wenn man über die Runden kommen wollte und mit seinen mangelnden Qualifikationen hatte Dan kaum eine Wahl. Zügigen Schrittes ging er die leicht ansteigende Straße entlang. Eigentlich hatte er noch genug Zeit, um entspannt zu gehen, aber er musste so große Schritte machen, weil die Pflastersteine hier so weit auseinander lagen. Er mochte die Pflasterung in diesem Stadtteil nicht besonders, es gab bei weitem angenehmere.

Auf halber Strecke die Straße entlang blieb er wieder stehen und rieb sich die verschlafenen Augen. Irgendwie war heute etwas komisch, irgendetwas stimmte nicht mit ihm. Vielleicht war es auch der Nebel, der seine Augen verwirrte. Oder er hätte sich doch früher um seine Medikamente kümmern sollen. Dennoch war er sich sicher, zwischen den Bäumen etwas zu sehen. Er erkannte es nicht wirklich, aber irgendetwas war doch dort.

Langsam und mit einem Unwohlsein in der Magengegend näherte sich Dan der Stelle, an der er etwas zu sehen glaubte. Für andere Passanten musste es sehr seltsam wirken, wie er da mit langen Schritten aber vorsichtig die Straße entlang stakste. Zum Glück war auch in diesem Stadtteil noch kaum jemand auf den Straßen unterwegs.

Immer deutlicher zeichnete sich in der Mitte zwischen zwei Bäumen eine dunkle Gestalt ab. Dan konnte nicht genau erkennen, was es war, doch es hatte menschliche Umrisse. Daneben erschien plötzlich eine weitere Gestalt, aber kleiner und farbiger. Diese drehte sich zur ersten um und Dan erkannte eine junge Frau. Jedoch war sie fast durchsichtig. Gebannt von diesem Anblick bewegte Dan sich nicht und hielt unbewusst sogar den Atem an.

War er jetzt vollkommen verrückt geworden?

Je länger er das Schauspiel betrachtete, desto klarer konnte er die Gestalten ausmachen, auch wenn sie eher wie Geister wirkten. Die Frau öffnete den Mund und sagte etwas, doch kein Laut drang an Dans Ohren. Der dunkle Schemen hob den Kopf, oder zumindest seinen oberen Teil, der wie der Umriss eines Kopfes aussah. Dan vermutete zwar, dass es sich um eine menschliche Gestalt handelte, doch mehr als grobe Umrisse konnte er nicht ausmachen. Der Schemen hielt irgendetwas an seiner Seite in der Hand, das silbrig glitzerte, doch Dans Aufmerksamkeit wurde vom Gesicht der Frau angezogen. Zwischendurch schienen ihre Gesichtszüge immer wieder zu verschwimmen und er konnte nicht klar sagen, was passierte, aber sie schien sich mit der dunklen Gestalt zu unterhalten. Es war fast so als wäre sie die Spiegelung auf einer Wasseroberfläche, die immer leicht in Bewegung war. Dan musste sich extrem anstrengen, um Genaueres erkennen zu können.

Die Frau wirkte ziemlich stolz und hatte einen überheblichen Ausdruck in ihren Augen, soweit Dan es einschätzen konnte. Doch dann änderte sich ihr Aussehen plötzlich. Sie ließ die zuerst verschränkten Arme fallen und ihre Augen weiteten sich. Erst überrascht, dann verängstigt. Sie riss die Hände nach vorn, öffnete den Mund und die dunkle Gestalt stach mit dem silbernen Gegenstand zu, den Dan jetzt als ein Messer erkannte. Und das mehrfach, immer und immer wieder.

Dan wurde schwarz vor Augen. Obwohl es vollkommen still um ihn war, hob sich in seinen Ohren ein dröhnendes Rauschen an. Ohne nachzudenken rannte er los, die Richtung war egal. Doch er kam nicht weit, denn sein Magen überschlug sich und an einem weiteren Baum in der Allee blieb er stehen, um seinen Mageninhalt zu leeren. Genauer gesagt war es sein vorher eingenommenes Frühstück, das er gerade auskotzte. Selbst als nichts mehr nachkam und Dan sich wie ein Loch anfühlte, wurde er von weiteren Würgereizen durchgerüttelt. Mit beiden Händen hielt er sich am Baum fest, drückte den Kopf gegen den Stamm und krallte die Finger in die Rinde. Er blickte stur nach unten, doch statt seinem eigenen Erbrochenem, sah er nur das Gesicht der Frau vor sich, verzerrt und ganz entstellt in purem Entsetzen und Todesangst.

Er hörte Stimmen in der Nähe und ein kleiner Teil seines Bewusstseins dachte sich, dass sie ihn wohl für einen Besoffenen halten würden, aber das war ihm egal. Im Moment war ihm alles egal. Erst nach einer ganzen Weile schaffte Dan, sich von dem Baum zu lösen und sich, ein ganzes Stück von dem Erbrochenen entfernt, auf den Boden zu setzen.

„Scheiße", murmelte er schließlich mit bebenden Händen und einem lauten Pulsschlag in den Ohren, „was zur Hölle war das?"

Er hoffte inständig, dass es irgendeine Nebenwirkung war, aber er hatte eigentlich noch nie davon gehört, dass das Nichteinnehmen von Medikamenten Nebenwirkungen verursachte. Konnte das etwa irgendeine Form von Entzugserscheinungen sein?

Er blickte zögernd zu der Stelle, an der er diese ... Vision – oder was auch immer das gewesen sein mochte – gesehen hatte, doch von hier aus waren die Bäume im Weg, um irgendetwas erkennen zu können.

Ich muss hier weg, dachte Dan dumpf und ging los, ohne genauer nachzudenken wohin. Er wollte nicht wissen, ob das, was er gesehen hatte, – wenn er es denn wirklich gesehen hatte – immer noch dort zwischen den Bäumen war. Er wusste zwar nicht, was das gewesen war, aber er wollte nie wieder so etwas sehen. Seine Gedanken rauschten ihm so schnell durch den Kopf, dass er sie gar nicht richtig wahrnahm. Genauso wenig wie seine Umgebung.

Dan hatte keine Ahnung, wie lange er so dahingetrottet war, als er endlich wieder zu sich kam. Immer noch konnte er sich einfach nicht erklären, was er da gesehen hatte. Er wusste nicht einmal, ob es echt gewesen war oder nur seine gestörte Psyche, die langsam vollkommen austickte. Er musste sich schnellstens wieder die Tabletten besorgen, dachte er. Also blickte Dan sich um und stellte fest, dass es zu seinem Arzt ein gewaltig langer Weg zu Fuß war. Er war fast genau in die entgegengesetzte Richtung gelaufen. Mit weichen Knien korrigierte er seinen Kurs und machte sich auf den Weg in die Innenstadt von Valkenberg. Was blieb ihm denn anderes übrig?

Er achtete dabei nicht auf die Menschen in den Straßen oder auf die Läden um ihn herum. Gewohnheitsmäßig blieb er vor einem Fernsehgeschäft stehen und blickte auf die Monitore wie er es immer machte, wenn er an diesem Laden vorbeikam. Er konnte sich ja keinen eigenen Fernseher leisten und dieses Geschäft hatte immer lange Öffnungszeiten, weshalb die Geräte fast durchgängig liefen. Doch dieses Mal nahm Dan die bunten Bilder, quirligen Menschen oder fantastischen Landschaften gar nicht richtig wahr.

Er wurde erst aus seiner Trance gerissen, als fast alle Bildschirme auf die Nachrichten umschalteten und der Moderator zu sehen war. Doch es war nicht der Mann, der ihn aufmerken ließ, sondern das Bild links neben dem Moderator, das sich auf den aktuellen Bericht bezog. Es zeigte eine mit Bäumen gesäumte Straße bei Nacht, in der Polizisten herumliefen und helle Lichter blau und rot blinkten. Diese Allee kam Dan unheimlich bekannt vor. Während der Moderator dazu stumm den Mund bewegte, schaltete die Szene um und zeigte das Bild einer jungen Frau. Mit einem Mal sank Dan das Herz in die Hose. Ohne zu überlegen, was er tat, stürmte er in den Laden, der gerade erst geöffnet hatte, und brüllte den Ladeninhaber an:

„Machen Sie den Ton an!"

Der Ladenbesitzer wandte sich um und blinzelte Dan verwundert an. „Bitte was?"

„Den Ton! Schnell!", schrie Dan und rannte zu einem Fernseher in der Nähe der Ladentheke.

Der Besitzer war so perplex, dass er sofort protestlos gehorchte. Er nahm eine Fernbedienung vom Tresen und schaltete den Ton des Fernsehers an. Dabei beäugte er Dan verunsichert.

> „…Besitzerin des bekannten Vier-Sterne-Restaurants *Zum Stolzen Storch* wurde offenbar Opfer eines Gewaltverbrechens. Die genauen Todesumstände sind noch nicht bekannt und die Polizei ermittelt gerade in alle Richtungen. Für morgen Mittag wurde eine Pressekonferenz angekündigt, bei der die aktuellen Informationen bekannt gegeben werden. Und nun zum Sport. Der SV…"

Dan wankte zurück und hielt sich an einem Tisch hinter ihm fest. „Das kann doch nicht wahr sein", murmelte er und fasste sich mit einer Hand an die Stirn.

„Ist mit Ihnen alles in Ordnung?", fragte der Ladenbesitzer und zeigte mit seinem Gesichtsausdruck unverhohlen, dass auch er Dan für betrunken hielt.

„J-ja", antwortete Dan und zwang sich, den Tisch loszulassen. „Ja, es geht mir gut, danke." Unter den skeptischen Blicken des Ladeninhabers verließ Dan das Geschäft wieder.

Ich bin nicht verrückt, dachte er. Er war vielleicht nicht ganz normal, aber er war auch nicht verrückt! Das, was er gesehen hatte, war wirklich passiert. Und er hatte den ganzen Mord mit angesehen. Allmählich wurde ihm klar, was das bedeutete. Er konnte das nicht für sich behalten, er durfte es nicht. Vielleicht war er der einzige Zeuge. Wobei er nicht einmal wusste, wann dieser Mord genau passiert war. Mit wem sollte er sprechen? Er kannte doch kaum jemanden und wer würde ihn nicht gleich in die Klapse einweisen?

Ihm kamen seine Eltern in den Sinn, doch den Gedanken verwarf er sofort wieder. Mit denen konnte er beim besten Willen nicht darüber sprechen. Sie würden ihm nicht glauben. Und erst recht nicht, wenn sie erfuhren, dass er seine Tabletten nicht genommen hatte.

„Scheiß doch auf die Tabletten!", rief er laut heraus und eine Frau zog ihren kleinen Sohn sehr schnell und mit besorgtem Blick an ihm vorbei.

Er musste mit jemandem reden, der in irgendeiner Weise auch Einfluss auf den Mordfall hatte.

Also am besten jemand, der bei der Polizei arbeitet, überlegte Dan, während er durch die Straßen lief. Plötzlich fiel ihm ein, an wen er sich wenden könnte. Eine Person, die ihn kannte und bei der Polizei hier in der Stadt arbeitete. Er blieb stehen, schlug sich mit der Hand gegen die Stirn und fing laut an zu lachen. Die Menschen um ihn herum beäugten ihn höchst skeptisch.

Dass er nicht sofort daran gedacht hatte: Sein eigener Bruder!

Sie hatten sich seit fast zehn Jahren nicht mehr gesehen, aber soweit er wusste, arbeitete sein Bruder Peter als Streifenpolizist hier in Valkenberg. Auch wenn er als einfacher Streifenpolizist keinen Einfluss auf die Ermittlungen in diesem Fall haben könnte, so müsste sein Bruder bei der Polizei doch wenigstens irgendetwas ausrichten können. Das Lachen verging Dan jedoch gleich wieder. Wie sollte er seinen Bruder in so eine heikle Sache einweihen. Bestimmt würde auch er ihn für verrückt erklären. Er war sowieso noch nie wirklich gut mit seinem Bruder ausgekommen und jetzt hatten sie so lange keinen Kontakt mehr gehabt. Mit grimmiger Entschlossenheit fasste Dan trotzdem den Entschluss, sich an seinen Bruder zu wenden. Es war seine einzige Möglichkeit, an Informationen zu gelangen.

Seufzend schloss Peter Nilson die Tür zum Büro des Polizeidirektors. Nicht, dass je ein Mord den richtigen Zeitpunkt treffen würde, aber dieser kam ihm besonders ungelegen. Eigentlich hatte er dieses Wochenende mit seiner Frau und seiner Tochter in die Berge fahren und in einer Berghütte übernachten wollen, um mal wieder eine schöne Zeit mit der Familie zu verbringen. Das konnten sie jetzt vergessen. Zu allem Unglück war sein Kollege auch noch schwer erkrankt und so kurzfristig hatte kein richtiger Ersatz für ihn aufgetrieben werden können. Ihm wurde zwar ein Polizist aus dem mittleren Dienst zur Verfügung gestellt, doch der hatte nebenbei noch andere Aufgaben zu bewältigen, weshalb er Peters eigentlichen Kollegen nicht vollständig ersetzen konnte. Das bedeutete also noch mehr Arbeit für ihn.

Bedrückt schlurfte Peter in die Küche und nahm sich eine Tasse aus dem Schrank. Er rieb sich die müden Augen und goss sich einen Kaffee ein. Er hatte die letzte Nacht durchgearbeitet und auch heute würde er erst spät nachhause kommen. Seufzend lehnte er sich gegen die Wand neben der Kaffeemaschine und setzte die Tasse zum Trinken an.

„Hey, Nilson!", rief ein Kollege aus dem Gang.

Nicht einmal seinen Kaffee konnte man in Ruhe trinken, dachte Peter und setzte die Tasse wieder ab.

„Ja bitte?", fragte er erschöpft.

„Da möchte dich jemand sprechen", sagte der Polizist und deutete auf Peters Bürotür, die von der Küchentür aus gerade noch zu sehen war.

„Wer denn?"

„Irgendein Typ, groß, um die 30. Sagt, er weiß etwas über den Mord."

Das erhellte Peters Miene etwas. Vielleicht brachte sie das auf eine neue Spur, oder wenigstens einen richtigen Hinweis. Er richtete kurz seine Krawatte, nahm einen großen Schluck aus seiner Tasse und ging in sein Büro. Er hatte dort schon mehrfach jemanden vorgefunden, mit dem er nicht gerechnet hätte. Dennoch überraschte ihn dieser Besucher wie keiner zuvor. Peter konnte das Ticken der Uhr hören, während er in der Tür stand. Er stand einfach nur da und starrte in sein Büro.

„Hey", begrüßte Dan seinen älteren Bruder.

Peter Nilson schloss ganz behutsam die Tür hinter sich, atmete einmal tief durch und drehte sich dann zu seinem Bruder um. Sein überraschter Ausdruck war Zornesfalten gewichen.

„Was machst du hier?", fragte er, wobei er ganz langsam und betont ruhig sprach. Es bereitete ihm große Mühe, sich zu beherrschen.

„Ich wusste gar nicht, dass du mittlerweile schon Hauptkommissar bist", begann Dan in fröhlichem Plauderton, ohne auf die Frage seines Bruders einzugehen. „Dein Kollege da draußen war so nett, mir das zu erzählen."

Da Peter offensichtlich keine Antwort auf seine Frage bekam, ging er hinter seinen Schreibtisch und stellte seine Kaffeetasse ab. Doch anstatt sich zu setzen, schlug er mit beiden Handflächen auf die Tischplatte und blickte seinem Bruder verärgert ins Gesicht.

„Ich habe gefragt, was du hier willst."

Dan lehnte sich in seinem Stuhl ein wenig zurück, um einen Sicherheitsabstand zwischen sich und das zornige Gesicht seines Bruders zu bekommen. Sein Blick zeigte, dass sich Unsicherheit in ihm breit machte.

„Ich dachte, ich könnte dir helfen und bei der Gelegenheit könntest du mir auch gleich helfen."

Peter richtete sich auf und blickte verächtlich auf seinen Bruder herab.

„Dir helfen? Sag bloß, du bist tatsächlich straffällig geworden. Oder geht es um Geld?"

„Weder noch", antwortete Dan, jetzt auch mit einem leicht gereizten Tonfall, „nein, es geht um den Mord an der jungen Frau in der Bogen-Allee." Er wartete.

Peter Nilson sagte nichts und setzte sich stumm auf seinen Schreibtischstuhl, bevor er seinen Bruder eindringlich anblickte. Er konnte immer noch nicht fassen, dass Dan wieder aufgetaucht war. Und dann kam er geradewegs zu ihm ins Büro und verkündete auch noch, dass er in den aktuellen Mordfall verwickelt war?

„Was hast du getan?" Peters Stimme bebte geradezu vor unterdrücktem Zorn, doch er bemühte sich stark, nicht laut zu werden.

Er vermutete oder befürchtete schon, dass Dan vielleicht selbst den Mord begangen hatte. Das war vermutlich völlig absurd, aber dieser Gedanke kam Peter einfach als erstes in den Sinn. Er wusste nicht, was sein Bruder die letzten zehn Jahre so getrieben hatte, aber er war noch nie der Unschuldigste gewesen. Eigentlich hatte Peter gehofft, seinem Bruder nie wieder begegnen zu müssen oder höchstens beim nächsten runden Geburtstag ihrer Eltern vielleicht. Peter wusste selbst, dass es ein wenig kindisch war, dennoch konnte er seinen Bruder immer noch nicht leiden. Als sie Kinder waren war einfach zu viel passiert, was Peter immer noch nicht vergessen konnte.

Als Dan die Gedanken seines Bruders bewusst wurden, weiteten sich seine Augen vor Entsetzen und er hob schnell abwehrend die Hände.

„Nein, ich habe nichts getan, ich habe mit dem Mord nichts zu tun!"

Peters Züge entspannten sich ein wenig, doch seine Schultern waren noch immer gestrafft und sein Blick sprach Bände. Zugegeben hätte Dan so etwas vermuten können, wenn der erste Kontakt nach so vielen Jahren zu seinem Bruder über einen Mord stattfand.

„Es ist etwas kompliziert", führte er eilig weiter aus, „aber man könnte quasi sagen, dass ich so etwas wie ein Zeuge des Mordes war."

„Du hast den Mord gesehen?!" rief Peter überrascht aus und lehnte sich ruckartig nach vorne. Er schien darüber ganz seine verärgerte Stimmung zu vergessen.

„Nicht so ganz…", korrigierte Dan.

Daraufhin zog Peter die Augenbrauen zusammen und lehnte sich wieder ein Stück zurück. „Wie soll ich das denn nun verstehen?", fragte er in einer Mischung aus Skepsis und Gereiztheit.

„Ich sagte ja, es ist kompliziert", meinte Dan und knetete die Hände im Schoß. „Ich war zur Zeit des Mordes nicht am Tatort, aber ich habe es trotzdem gesehen. Heute Vormittag, um genau zu sein." Dan wusste selbst, wie merkwürdig das klang, aber er wusste nicht, wie er es seinem Bruder sonst erklären konnte.

Peter seufzte einmal tief und beherrscht.

„Wenn du mich nach all den Jahren nur aufgesucht hast, um meine Zeit zu vergeuden oder mich zu verarschen, dann rate ich dir, besser zu gehen, bevor ich dich festnehmen lasse."

„Nein, du verstehst das nicht", entgegnete Dan schnell und wollte es weiter erklären, doch sein Bruder ließ ihn nicht zu Wort kommen.

„Du hast recht", sagte dieser, langsam in Fahrt gekommen und immer lauter werdend, „ich verstehe dich wirklich nicht. Ich verstehe nicht, warum du zu mir gekommen bist. Wir haben uns so viele Jahre nicht mehr gesehen und das hätte von mir aus auch so bleiben können. Ich verstehe auch nicht, wieso du mir so einen Mist erzählst. Ich habe keine Lust auf deine Geschichten und Hirngespinste und wenn du noch einmal einfach so in meine Arbeit kommst, dann lasse ich dich in U-Haft stecken. Und jetzt raus hier!" Peter war aufgesprungen und deutete energisch zur Tür.

Dan saß noch einen Moment wie versteinert da, dann nickte er bedrückt, stand auf und ging wortlos zur Tür.

„Warte", rief ihm Peter schnell hinterher, als Dan schon die Hand an der Klinke hatte. „Es tut mir leid, ich habe mich vergessen. Solltest du noch einmal hier auf dieses Revier kommen, dann werde ich dich natürlich wie jeden anderen auch behandeln und ich werde vergessen, dass wir verwandt sind. Schönen Tag noch, *Herr Nilson.*"

Draußen vor dem Polizeigebäude blies sich Dan die Haare aus der Stirn und atmete die angenehm kühle Luft ein. Hatte er etwas anderes erwartet? Er wusste es selbst nicht so genau. Immerhin hatten sie sich schon fast zehn Jahre nicht mehr gesehen, wenn das überhaupt ausreichte. Und sie hatten sowieso noch nie das beste Verhältnis zueinander gehabt. Doch so leicht würde er nicht aufgeben.

Dan ging in Ruhe los. Das Pflaster vor dem Präsidium hatte den perfekten Abstand, sodass man ganz bequem auf den Steinen laufen konnte. Dan hasste es nämlich, auf die Rillen zwischen Pflastersteinen treten zu müssen. Mittlerweile begann sein Magen ziemlich zu knurren. Er blieb stehen und blickte noch einmal auf das Polizeigebäude mit den langen Fenstern hinter sich.

„So schnell wirst du mich nicht los", murmelte Dan halblaut mit einem frechen Grinsen im Gesicht. Er zückte sein altes Handy und wählte die Kurzwahltaste 1.

Drrr, drrr, drrr – Klack.

„Hallo, Daniel?", meldete sich eine leicht besorgt klingende Frauenstimme am anderen Ende der Leitung.

„Hey Mum, keine Sorge, alles ist in bester Ordnung. –

– Ja –

– Ja wirklich –

– Es ist alles bestens. Ich hätte da nur mal eine Frage…"

Als Peter Nilson am Abend den Wagen in der Garage parkte, war er unglaublich froh, endlich zuhause zu sein. Er freute sich schon auf das Abendessen, das seine Frau vorbereitet hatte. Er hatte ein Riesenglück, dass Catrinel so eine gute Köchin war. Überhaupt war er über seine kleine Familie, die aus ihm, seiner Frau Catrinel und seiner sechsjährigen Tochter Marie bestand, unheimlich froh. Er konnte sich kein größeres Glück vorstellen.

Im Vorgarten blickte Peter über die Straße, während er die kalte Luft einsog. Er mochte diese ruhige Nachbarschaft, die ein wenig abgelegen am Rande von Valkenberg lag. Aus seiner Hosentasche kramte er den Schlüssel hervor und betrat sein Haus. Wie erwartet, stieg ihm sofort ein köstlicher Geruch in die Nase.

„Bin wieder zuhause! Tut mir leid, dass es so spät geworden ist." Er hängte seine Jacke auf und wunderte sich etwas. Normalerweise rannte ihm jetzt seine kleine Tochter entgegen, wenn er so spät von der Arbeit kam. Sie konnte es dann immer kaum erwarten, ihn herzlich zu umarmen.

„Wir sind im Wohnzimmer!", hörte er seine Frau rufen.

Also stellte er die Schuhe ins Regal an ihren Platz und ging ins Wohnzimmer. Der Anblick dort verschlug ihm zum zweiten Mal am Tag den Atem und zum zweiten Mal aus dem gleichen Grund.

„Was, wie?", brachte er nur heraus und fuchtelte wild in Richtung Dan. „Was macht der hier?", fragte verständnislos seine Frau. „Was machst du hier?", wandte er sich dann an Dan.

Catrinel saß auf dem Sofa und ihr gegenüber lehnte Dan in einem Sessel. Sie stand auf und begrüßte ihren Mann mit einem Kuss. Peters Frau war ein ganzes Stück kleiner als er und trug ihre dunkelblonden Haare wie immer zu einem lockeren Zopf geflochten, der ihr über der Schulter hing. Die stechendblauen Augen hatte ihre gemeinsame Tochter von Catrinel geerbt.

„Dein Bruder war so freundlich, uns einmal zu besuchen", sagte sie strahlend. Nur für Peter bestimmt fügte sie flüsternd hinzu: „Du hast mir gar nicht erzählt, dass dein Bruder auch hier in Valkenberg wohnt."

„Und du hast ihn einfach reingelassen?", fragte er seine Frau ungläubig. Sie war einfach zu naiv, doch gerade das machte sie auch so liebenswert.

„Aber er ist doch dein Bruder", lachte sie. „Komm, gehen wir zusammen in die Küche, das Essen ist schon fertig. Ich habe ihn zum Abendessen eingeladen, das ist doch kein Problem, oder?"

Peter sah sie entgeistert an, während er seine Tochter gar nicht beachtete, die ihn nun mit etwas Verzögerung überschwänglich begrüßte.

„Doch, das ist ein Problem", zischte er und zog seine Frau in den Flur. „Ich will den Typen nicht hier haben, Catrinel. Es hat einen Grund, dass wir nie über ihn reden. Er hat in unserem Leben nichts zu suchen."

Seine Frau sah in besorgt an und ihre Augen wurden größer. Liebevoll nahm sie seine Hände in ihre.

„Aber Peter, das ist doch sonst auch nicht deine Art. Wir können ihn doch nicht einfach so in die Nacht hinaus schicken. Immerhin ist er den ganzen Weg extra zu uns gekommen, um dich zu besuchen. Er sagte, dass er dringend mit dir reden muss und er ist immerhin dein Bruder, dein einziger Bruder."

Peter verdrehte die Augen. „Bitte Catrinel", sagte er und es klang erschöpft, „komm mir nicht so, du weißt nicht, wie oft ich diesen Satz schon hören musste. Und du weißt nicht, wie es damals war."

„Aber ich bitte dich *jetzt*", entgegnete seine Frau und trat noch näher an ihn heran. Ihre Augen schienen noch größer zu werden. „Versuch doch bitte, ihn einfach nur anzuhören. Nur für diesen einen Abend. Bitte."

Peter seufzte und sie beide wussten, dass er nachgeben würde.

„Außerdem habe ich ihn bereits zum Abendessen eingeladen und wenn man jemanden eingeladen hat, dann darf man ihn nicht einfach vor dem Essen wieder hinauswerfen." Sie zwinkerte ihm zu, gab ihm einen Kuss auf die Wange und ging zurück in die Küche.

„Möchten Sie auch etwas Salat, Dan?"

„Sehr gerne", antwortete Dan und betrat die Küche mit einem triumphierenden Lächeln. „Und Sie können mich einfach duzen."

„Aber gern", entgegnete Catrinel fröhlich.

Während des gesamten Essens war Peter stumm wie ein Fisch. Er stocherte wütend in seinem Kartoffelbrei herum und zerdrückte die Erbsen der Reihe nach am Tellerrand. Gleichzeitig löcherte Catrinel seinen Bruder Dan mit allen möglichen Fragen. Wo genau er wohne, wie seine Wohnung so sei, ob er Hobbies habe und so weiter. Den Fragen nach Ausbildung und Beruf wich Dan jedoch aus, wie Peter hämisch bemerkte. Also immer noch ein Taugenichts, wie erwartet, dachte er wütend. Seine Tochter Marie war ganz aufgeregt und himmelte ihren Onkel fast schon an. Nach dem Hauptgericht tischte Catrinel noch etwas Schokopudding auf, der, als wäre es abgesprochen, perfekt für alle reichte, obwohl sie einer mehr als sonst waren.

„Wieso zeigst du unserem Gast nicht den Garten?", fragte Catrinel, als sie den Tisch abdeckte.

Den Garten im Dunkeln zu zeigen, musste einen seltsamen Anschein haben, aber Peter wusste, dass sie den Brüdern Ruhe zum Reden geben wollte.

„Und du hilfst mir beim Abräumen", sagte sie an ihre Tochter gewandt. Ein langgezogenes Quengeln war die Antwort. Marie hätte liebend gern noch mit ihrem neugewonnenen Onkel gespielt.

Wortlos wies Peter seinem Bruder den Weg zur Terrasse und schloss die Tür hinter ihnen. Es war ein kalter Abend, denn es ging allmählich auf den Winter zu. Die vielen Lichter aus den umliegenden Häusern erinnerten auch schon ein wenig an die Weihnachtszeit.

„Also." Peter sah seinen Bruder an, nachdem er sich vergewissert hatte, dass keiner der Nachbarn gerade lüftete und dabei neugierig aus dem Fenster sah. „Was willst du von mir, dass du sogar bei meiner Familie auftauchst?"

„Das ist aber ganz schön hart", bemerkte Dan mit einer Spur Sarkasmus. „Genau genommen bin ich auch Teil deiner Familie."

Peter schnaubte verächtlich. „Aber ein Teil, auf den ich gut verzichten kann. Catrinel und Marie magst du eingelullt haben, aber das liegt ausschließlich an ihren gutherzigen Charakteren. Ich habe dir eben ein Taxi gerufen, von mir aus bezahle ich es auch und dann verschwindest du."

„Warte", beschwichtigte Dan, „es tut mir leid, ich wollte nicht unhöflich sein, aber du hast mir keine Wahl gelassen. Ich muss wirklich dringend mit dir sprechen."

Peter seufzte tief und schloss für einen Moment die Augen. „Ich höre", sagte er dann tonlos und verschränkte die Arme vor der Brust. „Du hast Zeit, bis das Taxi kommt."

Dan atmete einmal tief durch und begann: „Ich sagte dir schon, es hat mit dem Mord an der jungen Frau zu tun. Ich weiß nicht, wie relevant es ist, aber ich musste unbedingt mit jemandem darüber sprechen. Und ich wusste einfach nicht, an wen ich mich sonst wenden sollte. Immerhin arbeitest du bei der Polizei und bist mein Bruder. Du wirst mich vermutlich für verrückt erklären, aber es ist mein voller Ernst. Ich bin gestern auf dem Weg zur Arbeit am Tatort vorbeigekommen. Und da hatte ich eine Art...", Dan hielt einen Moment inne und atmete noch einmal tief durch, bevor er fortfuhr, „Vision vom Mord."

Peter lachte einmal laut auf.

„Du musst mir glauben", forderte ihn Dan auf, „ich kann es beweisen, wenn du willst. Die Frau war in etwa so groß", sagte er und hielt sich die Hand auf eine bestimmte Höhe vor die Brust. „Sie hatte blonde, halblange Haare, die zu einem Zopf zusammengebunden waren und helle Augen. Ich würde sie so auf Anfang 30 schätzen." Sein Bruder blickte Peter hoffnungsvoll an, doch er war nur noch gereizter.

„Willst du mich eigentlich für dumm verkaufen?", fragte Peter mit gefährlich verkniffenen Augen.

„Stimmt das nicht?", fragte Dan erschrocken.

Peter fuhr sich mit der Hand durch die kurzen, braunen Haare.

„Natürlich stimmt das", entgegnete er genervt und Dan entfuhr ein erleichterter Seufzer.

„Aber das weiß mittlerweile doch die ganze Stadt. Es wurde mehrfach in den Nachrichten über den Mord berichtet und genug Bilder des Opfers veröffentlicht. Mit so etwas kannst du mich also nicht überzeugen." Dan konnte doch nicht wirklich glauben, dass er ihm diesen Schwachsinn abnehmen würde.

Als Reaktion darauf fuhr sich Dan mit der Zunge über die Lippen. Damit hatte er wohl nicht gerechnet, denn er wirkte sehr nervös. Er rieb sich mit der Hand über das Gesicht und überlegte kurz.

„Das Messer!", rief er plötzlich aus. „Der Mörder hatte ein Messer in der Hand."

„Schwachsinn, es gab kein Messer. Wir haben die Tatwaffe doch noch gar nicht gefunden", bemerkte Peter gewinnend lächelnd. Jetzt hatte sein Bruder sich selbst ein Bein gestellt, dachte er. Peter hatte zwar keinen Schimmer, was sein Bruder bezwecken wollte, aber er sollte dem Irrsinn bald ein Ende bereitet haben.

„Dann werdet ihr das eben noch finden", beharrte Dan.

Am Ende der Straße leuchteten zwei Scheinwerfer auf und ein Auto näherte sich den Nilsons.

„Das wird dein Taxi sein", sagte Peter trocken. „Das war es dann ja wohl. Ab jetzt hältst du dich von meiner Familie fern."

Tatsächlich hielt das Auto direkt auf sie zu.

„Warte noch kurz", rief Dan und packte seinen Bruder hastig am Arm. „Die Tatwaffe war ein Messer. Es war so um die 20 Zentimeter lang und hatte eine ziemlich breite Klinge. Wie ein Fleischermesser oder so etwas. Denk daran, wenn ihr die Tatwaffe finden wollt." Er blickte seinen Bruder eindringlich an und Peter zögerte kurz.

Dann öffnete er den Mund und sagte nach einem kurzen Moment der Unsicherheit: „Ich werde das Taxi bezahlen. Schöne Heimfahrt und leb wohl."

Dan merkte, dass er seinen Bruder nicht mehr überzeugen konnte, zumindest nicht an diesem Abend. Er kapitulierte und stieg wortlos ins Taxi ein. Auf der Rückbank des Taxis legte er den Kopf in den Nacken und seufzte laut. Dan wüsste nicht, wie er seinen Bruder noch dazu bringen konnte, ihm zu glauben. Vielleicht, wenn sie ein besseres Verhältnis gehabt hätten, aber auch dann nur vielleicht.

Zuhause angekommen ließ Dan sich auf sein Bett fallen und starrte an die dunkle Decke. Er fühlte sich kraftlos und erschöpft, doch trotzdem dauerte es lange, bis er einschlafen konnte.

Als Peter Nilson die Rücklichter des Taxis um die Ecke fahren und verschwinden sah, atmete er beruhigt aus. Ein seltsamer Tag war das heute, aber dieser Spuk sollte jetzt wieder vorbei sein. Er blieb noch einen Moment auf der Terrasse stehen und kühlte seinen Kopf in der frischen Abendluft ab. Hoffentlich würden sich morgen früh neue Erkenntnisse ergeben, aber irgendwie hatte er ein ungutes Gefühl bei diesem Fall.

Bevor er am nächsten Morgen das Haus verließ, umarmte Peter seine Tochter und gab seiner Frau einen Kuss. Irgendwie hatte er heute viel mehr Schwung und war um einiges besser gelaunt. Jetzt war er quasi wieder ein Einzelkind, nur mit seiner eigenen, kleinen Familie beschäftigt. In der Arbeit lag ein kleines Ensemble an Akten und Schnellheftern auf seinem Tisch. In den meisten Fällen ein Grund, um die Augen zu verdrehen, die gute Laune zu verlieren und sich noch einen Kaffee nachzuschenken. Doch am Anfang eines neuen Falles bedeutete es zugleich Fortschritte in den Ermittlungen.

„Guten Morgen", begrüßte Peter seinen Kollegen aus dem mittleren Dienst. „Was gibt's denn alles Neues?", fragte er und ließ sich beschwingt auf seinen Schreibtischstuhl fallen.

Jakob Anderson war ihm für den Fall zugeteilt worden, da sein eigentlicher Partner ja erkrankt war. Zwar konnte Anderson ihn nicht vollständig ersetzen, weil er nicht die vollen Kapazitäten zur Verfügung hatte, doch er unterstützte Peter so gut es eben ging. Sie kannten sich auch schon länger und so kam Peter gut mit dem Kollegen Anderson aus.

„Mh, schau dir zuerst den grauen Hefter hier an", erklärte dieser mit einem Brötchen zwischen den Zähnen. „Das ist der Bericht der KTU, der könnte für dich interessant sein." Und damit verkrümelte er sich mitsamt seinem Frühstück schon wieder.

Vor sich hin pfeifend öffnete Peter den grauen Hefter und begann mit einer Tasse Kaffee in der Hand zu lesen. Nach einer Weile stellte er die Tasse ab, runzelte immer mehr die Stirn und warf den Hefter schließlich vor sich auf den Tisch, womit er fast seinen Kaffee umgestoßen hätte. Er lehnte sich in seinem Stuhl zurück und starrte ins Leere.

„Na?", fragte sein Kollege später, als er Peters Büro wieder betrat, diesmal ohne ein Brötchen in der Hand, „hast du etwas gefunden?"

Peter blinzelte und schien seinen Kollegen erst nach einem Augenblick richtig ins Auge fassen zu können.

„Sie haben die Tatwaffe bestimmt", brachte er dann mit rauer Stimme heraus. Nach einem Räuspern fuhr er fort: „Ein Messer, recht lang und breit. Hier: es wurde bis zum Heft reingestoßen, wodurch sich ermitteln lässt, dass es ziemlich genau 20 Zentimeter lang sein muss. Und die Klinge war außergewöhnlich breit, 10 Zentimeter."

„Ja stimmt", bemerkte Anderson, „der Frank von der Medizin hat so etwas angedeutet. Wie eine Art Fleischmesser oder so."

2. Kapitel

An diesem Morgen drang das Klingeln des Weckers nur dumpf an Dans Ohren. Er fühlte sich als wäre er erst vor fünf Minuten eingeschlafen und jetzt musste er schon wieder aufstehen. Er brauchte eine halbe Ewigkeit, bis er den langen Weg vom Bett zum Wecker geschafft hatte. Und dann dauerte es erneut ziemlich lange, bis er ihn abstellen konnte. Seine Mutter hatte ihm den Wecker vor einiger Zeit geschenkt, damit er, wenn er alleine wohnte, rechtzeitig aus dem Bett kam. Der Wecker war kugelrund und bis auf die kleine Anzeige vollständig mit Silikon oder etwas Ähnlichem ummantelt. Im Moment leuchtete er orange, was bedeutete, dass er schon seit circa 20 Minuten klingelte. Der Trick wie man diesen Wecker ausbekam, war ihn mit aller Kraft gegen die Wand oder den Boden zu schleudern. Bei Dans heutiger Verfassung benötigte er vier Versuche, bis der Wecker zufrieden klingelte und verstummte.

Zuerst unter die Dusche, beschloss Dan. Sonst würde er noch am Küchentisch einschlafen. Frisch gewaschen und mit tropfenden Haaren kramte er dann eine Schüssel heraus und holte die Milch aus dem Kühlschrank. Er öffnete den Drehverschluss und kippte den ganzen Inhalt in die Schüssel. Der ganze Inhalt betrug heute allerdings nur noch ungefähr zwei

Schlucke. Er öffnete eine andere Klappe und holte die Packung mit Toastbrot heraus. Die letzte Scheibe, die noch darin war, hatte begonnen zu schimmeln.

Na toll, dachte Dan und pfefferte die Packung in den Mülleimer. Der hatte es auch langsam mal wieder nötig, geleert zu werden. Genervt und irgendwie erschöpft ließ er sich auf einen Stuhl fallen. Der Tag begann ja mal wieder scheiße. Er saß nur einen kurzen Moment so da, als es an der Tür klingelte. Aufgeschreckt sprang Dan vom Stuhl auf, der dabei scheppernd zu Boden stürzte. Er richtete den Stuhl schnell wieder auf, während er überlegte, wer das sein könnte. Welcher Tag war heute eigentlich? Vielleicht war das sein Vermieter, weil er die Miete nicht pünktlich gezahlt hatte. Einen Moment überlegte er, ob es nicht vielleicht besser wäre, die Tür nicht aufzumachen. Aber durch den Krach mit dem Stuhl wusste der Besucher bestimmt schon, dass er zuhause war.

Es klingelte wieder.

Ach, es hatte ja doch keinen Zweck, entschied Dan und bewegte sich mühsam zur Haustür. Am Ende würde er noch den Gerichtsvollzieher auf den Hals gehetzt bekommen. Da war es besser, sich direkt vom Vermieter anmotzen zu lassen. Dan strich sich die duschnassen Haare aus dem Gesicht, schüttelte das Wasser von der Hand und öffnete die Tür.

Vor ihm stand Peter.

Mit offenem Mund und einer Hand immer noch an der Türklinke starrte Dan seinen Bruder an. Er hatte am wenigsten mit Peter gerechnet und für einen Moment überlegte er, ob er sich nicht doch lieber seinen wütenden Vermieter wünschte.

„Guten Morgen", sagte Peter sichtlich verlegen.

„Morgen", murmelte Dan irritiert. Sie schwiegen sich an.

„Dürfte ich vielleicht reinkommen?", fragte Peter nach einer Weile und wirkte dabei sehr unsicher. „Ich muss mit dir reden."

Peter ging in die Küche und Dan schloss die Wohnungstür wieder. Er hatte sich noch nicht ganz auf die neue Situation eingestellt und war noch ein wenig überfordert.

Nach einem betonten Naserümpfen über die nicht vorhandene Ordnung in der Wohnung, hängte Peter seinen Mantel über eine Stuhllehne und setzte sich auf den Stuhl. Das Holz knirschte ein wenig.

„Hast du etwas zu trinken da?", fragte er und inspizierte pikiert die Küche. „Kaffee?"

„Leitungswasser", entgegnete Dan trocken. Sonst hatte er eigentlich noch Milch da, aber die war ja alle.

„Naja, ist auch nicht wichtig. Ich bin ja auch nicht zum Trinken hergekommen."

Dan setzte sich auf den verbliebenen Stuhl in seiner Küche, seinem Bruder gegenüber.

„Weshalb bist du denn gekommen? Ich dachte, du wolltest mich nie wiedersehen."

Peter wich Dans Blick aus und schaute betreten zu Boden, bevor er antwortete.

„Weißt du noch, was du gestern Abend gesagt hast, bezüglich der Tatwaffe?"

Dan nickte vorsichtig und ließ Peter nicht aus den Augen. Der hingegen versuchte, dem Blick seines Bruders möglichst unauffällig auszuweichen.

„Nun, heute Morgen ...", fuhr er zögernd fort. „Die KTU, also die Kriminaltechnische Untersuchung, hat jetzt herausgefunden, wie die Waffe ausgesehen haben müsste, zumindest von den Größenangaben her. Und dass es wohl ein sehr breites Küchenmesser sein muss. So eins, dass vor allem für die Zubereitung von Fleisch benutzt wird." Er vermied absichtlich den Ausdruck *Fleischermesser*, den sein Bruder am vorigen Abend benutzt hatte.

Dan lehnte sich zurück und verschränkte die Arme. „Und?", fragte er fordernd.

Peter seufzte, er wusste natürlich, worauf sein Bruder hinauswollte.

„Und da habe ich mich halt gefragt, ob du nicht doch irgendetwas weißt, über den Mord." Peter blickte endlich seinen kleinen Bruder an und wartete auf eine Reaktion.

„Indirekt tue ich das, wie ich dir gestern gesagt hatte."

„Hast du vielleicht das Messer gefunden?", fragte Peter, doch Dan schüttelte nur den Kopf.

„Komm schon, du wirst auch keinen Ärger bekommen, selbst, wenn du es angefasst hast. Wenn dir jemand ein Alibi für vorgestern verschaffen kann, dann hast du nichts zu befürchten", versuchte Peter seinen Bruder zu ermutigen.

Dan seufzte und stand auf. Mit verschränkten Armen lehnte er sich gegen die Küchenzeile und blickte seinen Bruder ernst und leicht verstimmt an.

„Wenn du nur gekommen bist, weil du mir das sagen wolltest, dann hast du den Weg leider umsonst gemacht. Ich habe nichts am Tatort gefunden oder an mich genommen. Ich habe den Mord *gesehen*. In einer Art … Vision oder wie man das auch immer nennen mag."

Peter begann mit den Fingern der rechten Hand rhythmisch auf die Tischfläche zu klopfen, doch er selbst schien das gar nicht zu bemerken.

„Du kannst das doch nicht wirklich ernst meinen. Hör mal, das klingt einfach so unmöglich, da kannst du nicht erwarten, dass irgendjemand dir das glaubt."

„Und woher soll ich sonst wissen, wie das Messer aussah? Von mir aus kannst du auch gerne meine Wohnung komplett durchsuchen", sagte er etwas lauter und deutete mit einer Handbewegung auf die Küche. „Du wirst kein Messer finden, das zu dem Mord passt. Ich habe nur kleine Küchenmesser hier und sicher keine mit Blut von unschuldigen Frauen dran."

Peter senkte für einen Augenblick den Kopf, schien einmal tief durchzuatmen und blickte dann wieder zu seinem Bruder auf. „Gut", sagte er langsam, „gehen wir einmal davon aus, dass du wirklich den Mord beobachten konntest, obwohl du erst einen Tag später dort vorbei gekommen bist. Dann hast du den Mörder ja auch sehen können. Also könntest du ein Phantombild von ihm anfertigen?"

Dan schluckte. Das stellte ihn jetzt doch vor ein Erklärungsproblem. „Naja", begann er zögernd, „also, eigentlich nein."

„Wie soll ich das jetzt verstehen?", fragte Peter und hob eine Augenbraue.

„In dieser … Vision, die ich hatte – oder was auch immer das war – da habe ich die Frau gesehen und das Messer. Ich habe auch gesehen, dass der Mörder ein Mann war und er war ungefähr so groß." Dan hielt eine Hand hoch. „Aber er war nur verschwommen und ganz dunkel. Nicht mehr als ein Schemen." Jetzt war es an Dan, betreten zu Boden zu schauen.

Peter seufzte wieder hörbar. „Weißt du, Dan", sagte er und sprach seinen Bruder damit zum ersten Mal seit Ewigkeiten wieder mit Namen an, „ich wollte mir wirklich Mühe geben, dir zu glauben, aber du machst es mir nicht gerade leicht."

„Und trotzdem ist es mein voller Ernst", entgegnete Dan und blickte mit durchdringendem Blick seinem Bruder in die Augen.

So einen Blick kenne ich von ihm gar nicht, dachte Peter leicht irritiert und überlegte einen Moment, was er davon halten sollte.

„Also gut", sagte der Kommissar dann und stand auf. Er nahm seinen Mantel vom Stuhl und zog ihn sich über. „Dann schauen wir uns den Ort doch einmal zusammen an."

Dan legte verwirrt den Kopf schief.

„Was meinst du?"

„Na, dass wir jetzt gemeinsam zum Tatort fahren und du mir alles ganz genau beschreibst. Wie du gestern da angekommen bist, was du gesehen hast und wo genau. Komm schon und zieh dir lieber eine Jacke an, es ist draußen ziemlich kalt."

„Jetzt klingst du auch schon wie Mum", sagte Dan grinsend und schnappte sich seine Jacke, bevor sie zusammen zur Tür raus gingen.

„Ist das dein Mercedes?", fragte er, als sie an einen schwarzen Kombi kamen. Zur Antwort holte Peter den Schlüssel raus und öffnete den Wagen per Knopfdruck.

„Nicht ganz so schön wie das Coupé, das ich davor hatte, aber viel familienfreundlicher. Jetzt steig schon ein, ich fahr uns hin."

Die Fahrt über herrschte ein unangenehmes Schweigen. Dan war wirklich froh, dass sein Bruder ihm die Chance gab, zu beweisen, dass er Recht hatte und nicht verrückt war. Andererseits war die Stimmung zwischen den beiden sehr bedrückend. Bis Peter den Wagen in einer Querstraße zum Tatort parkte, sagte nicht einer von ihnen auch nur ein Wort. Dan warf Peter immer wieder möglichst unauffällig Blicke von der Seite zu und sein Bruder blickte starr geradeaus. Vielleicht vermied er es, Dan direkt anzuschauen oder er wollte einfach die Straße nicht aus den Augen lassen.

Schon komisch, dachte Dan und blickte dabei aus dem Fenster auf die Häuser, an denen sie vorbei fuhren. Sie hatten praktisch zehn Jahre lang kaum miteinander gesprochen und trotzdem wusste er jetzt nicht, worüber er mit seinem Bruder reden könnte. Zehn Jahre, wie schnell die Zeit vergangen war. Was hatte er in diesen langen zehn Jahren eigentlich alles gemacht? Dan konnte sich an kaum etwas von Belang erinnern, aber vielleicht war sein Leben auch nur jeden Tag zu ähnlich gewesen?

„So, wohin jetzt?", fragte Peter, als sie gerade aus dem Wagen stiegen und riss Dan damit aus seinen Gedanken.

Der sah seinen Bruder erstaunt an und fragte: „Warst du selbst etwa gar nicht am Tatort?"

„Natürlich war ich das", bemerkte Peter, „und ich weiß auch genau, wo wir hin müssen, aber ich will eben sehen, ob du es auch weißt."

„Pfff", machte Dan und schloss den Reißverschluss an seiner Kapuzenjacke. „Das ist ja wie eine Prüfung."

Er schaute sich erst einmal in Ruhe um. Er hatte es nicht eilig und außerdem musste er wirklich überlegen, wo sie lang mussten. Mit dem Auto war er hier noch nie gewesen, da Dan immer zu Fuß unterwegs war. Das Knurren seines Magens störte seine Konzentration etwas, doch er erkannte ein großes Gebäude mit verzierten Fensterbänken, das auch von der Allee aus zu sehen war. Zielstrebig ging er los. Peter bildete die Nachhut und als sie an die Kreuzung kamen, stellte Dan zufrieden fest, dass sie richtig waren. Er ging auf die andere Straßenseite der Allee und sein Bruder folgte ihm wie ein stummer Schatten. Dan blickte sich gut um, denn er ging davon aus, dass er genau die richtigen Bäume suchen musste, unter denen der Mord stattgefunden hatte. Er wusste nicht, ob Peter sich die exakte Stelle ganz genau gemerkt haben könnte, doch er verspürte selbst den Ehrgeiz, den Ort zu finden, an dem seine Visionsfiguren gestanden hatten. Plötzlich kamen ihm die Fragen in den Sinn, ob er diese *Visi-*

on noch einmal sehen würde. Wenn ja, würde er auf jeden Fall die exakte Stelle finden, aber würde sie sich wirklich wiederholen? Und wollte er den Mord überhaupt noch einmal sehen? Er hatte es sich doch wirklich nicht nur eingebildet, oder?

Die plötzlich aufkommenden Zweifel wurden jedoch sofort wieder zerstreut. Als er etwa zehn Meter vor dem Tatort war, konnte Dan die Schemen bereits wieder sehen. Erschrocken blieb er stehen und starrte dorthin. Es war genau die gleiche Stelle wie gestern, davon war er überzeugt.

Peter beobachtete seinen Bruder unsicher. Er war wie festgefroren und starrte auf etwas unter den Bäumen vor ihnen. Oder starrte er einfach nur den Baum an? Dort war nämlich nicht das Geringste zu sehen. Einen Moment dachte Peter, sein Bruder sei wieder wie früher als sie Kinder waren, aber dieser Blick war anders. Es hatte nichts mit dem benebelten in die Ferne blicken zu tun, so wie sonst, wenn Dan immer am Tagträumen war. Nein, dieser Blick war scharf gestellt und die Augen waren fast wie vor Schreck geweitet. Wieder blickte Peter auf die Stelle, die sein Bruder anstarrte, doch immer noch konnte er nichts erkennen. Aber Peter wusste auch, dass es genau hier war.

„Also", begann er, um das Schweigen zu unterbrechen, „wo denkst du, war der Mord?"

Beim letzten Wort zuckte Dan zusammen. Er räusperte sich und deutete mit dem Finger auf die Stelle, die er bis eben so konzentriert angestarrt hatte.

„Dort", erwiderte Dan. Er ging einige Meter weiter darauf zu und blieb etwa vier Schritte entfernt vom Rasen, auf dem die Bäume gepflanzt waren, stehen.

Ein Frösteln überkam Peter für einen Moment, denn er wusste, dass sich an genau dieser Stelle der Tatort befand. Er schluckte schwer. Das war ein wenig gruselig. So genau konnte man es selbst mittels der Fernsehberichte nicht herausfinden, oder hatte sein Bruder einfach richtig geraten? Aber warum starrte er die Stelle so seltsam an?

„Hier hattest du gestern deine *Vision*?", fragte Peter, der noch nicht genau wusste, was er davon halten sollte.

„Nicht nur gestern", flüsterte sein Bruder.

Peter blickte ihn überrascht an und stellte fest, dass Dan leicht zitterte. So kalt war es nun auch wieder nicht, selbst für so einen dünnen Hering wie Dan.

„Was", begann Peter mit belegter Stimme, hustete einmal und begann von neuem: „Was siehst du?" Er glaubte eigentlich, etwas anderes sagen zu wollen, aber die Worte rutschten ihm praktisch heraus. Er musterte gespannt seinen Bruder, während dieser schilderte, was er gestern und scheinbar jetzt erneut sah.

Dan sprach mit leiser Stimme und sehr abgehackt. Währenddessen blickte er seinen Bruder nicht einmal an, sondern starrte wie gebannt auf die Stelle zwischen den Bäumen.

„Die Frau, sie wurde verfolgt. Von dem Mörder. Jetzt dreht sie sich um und spricht mit ihm. Sie scheint gar keine Angst zu haben. Sie unterhalten sich. Jetzt macht sie so ein komisches Gesicht." Dans Blick zuckte für einen Moment nach unten links, doch dann schaute er wieder nach vorne. Seine Stimme wurde aufgeregter.

„Er hat das Messer gezogen, aber sie hat es noch nicht gesehen. Sie will die Arme verschränken. Jetzt bemerkt sie das Messer! Sie hebt die Arme und schreit irgendwas und –" Er brach den Satz ab und wandte sein Gesicht nach oben, dem grauen Herbsthimmel entgege.

„Und er sticht zu. Viermal", beendete Dan.

Peter blickte fasziniert seinen Bruder an. Er hatte Recht! Im Bericht der KTU stand auch, dass es vier Einstiche gab. Erst das Messer und jetzt auch noch das? Konnte das wirklich einfach nur richtig geraten sein? Oder war da tatsächlich mehr dahinter?

„Was passiert danach?", fragte Peter gespannt.

Widerwillig zwang Dan sich, noch einmal auf die Stelle der Mordvision zu schauen.

„Nichts", sagte er nach kurzem Warten, „ich sehe noch, dass sie sich den Bauch hält und dass sie fällt. Danach ist nichts mehr."

„Merkwürdig."

„Lass uns woanders hingehen", meinte Dan plötzlich, „bitte."

Mit einem Blick auf Dans bleiches Gesicht willigte Peter sofort ein: „Gut, gehen wir wieder zum Wagen. Ich lade dich auf etwas zu trinken ein."

Schweigend gingen sie nebeneinander her bis zum Auto und auch auf der Fahrt sprachen sie nicht miteinander. Peter warf seinem Bruder hin und wieder verstohlene Seitenblicke zu. Dan schien sogar noch bleicher im Gesicht zu sein als sonst.

Sie fuhren nur ein paar Minuten bis zu einem Café, in dem Peter schon ein paar Mal gewesen war. Er bestellte zwei Tassen Kaffee und nachdem er Dans Blick auf das Frühstücksangebot sah, auch noch ein herzhaftes Frühstück.

„Schon in Ordnung", sagte er zu seinem Bruder. „Ich bezahle es."

Während Peter seinen Kaffee gemächlich trank, schaufelte Dan gierig das Rührei begleitet von einem Croissant in sich hinein.

„Du isst, als hättest du heute noch gar nichts bekommen", stellte Peter fest. „Lass uns langsam mal über deine Vision reden", meinte er, als Dan die letzten Reste verspeiste.

Dieser schluckte und blickte seinen Bruder prüfend an.

„Heißt das, du glaubst mir?", fragte er in einem noch sehr skeptischen Tonfall.

Peter zuckte mit den Schultern. „Irgendwie. Vielleicht. Genau kann ich das nicht sagen." Er schwieg einen Augenblick und fügte dann kaum noch hörbar hinzu: „Du bist doch mein … Bruder."

Sie schmunzelten beide ein wenig.

„Du hast gesagt, die Frau habe sich mit dem Mörder unterhalten. Wie hat das denn gewirkt? War sie unsicher, verängstigt, skeptisch?"

Dan trank einen großen Schluck Kaffee und schüttete mit verzogenem Gesicht noch etwas Milch nach, während er antwortete.

Wie ein Kind, dachte Peter amüsiert.

„Ich glaube, sie war überrascht. Aber sie schien keine Angst zu haben", überlegte Dan. Er schloss für einen Moment die Augen und versuchte, sich genau an alles zu erinnern. „Sie ... haben sich unterhalten", fuhr er langsam fort.

„Weißt du, wer von beiden das Gespräch eröffnet hat?", fragte Peter und beobachtete wieder ganz genau seinen Bruder.

Der schüttelte den Kopf.

„Ich konnte gar nichts hören und der Schatten des Täters war so verschwommen, dass ich keine Mundbewegungen erkennen konnte. Aber das Gespräch wirkte nicht so distanziert, wie ich es erwarten würde, wenn eine Frau in der Nacht von einem komischen Typen verfolgt wird."

„Wie kannst du dir da sicher sein, wie kommst du da drauf?"

„Keine Ahnung, das war so der Gesamteindruck. Wie ihre Körperhaltung war, ihr Blick und so was." Er zuckte mit den Schultern.

Peter überlegte einen Moment, währenddessen Stille eintrat. Er war noch nicht ganz überzeugt von der mysteriösen Fähigkeit seines Bruders. Es war auch wirklich zu unglaublich, um wahr zu sein. Andererseits kannte Dan schon prekäre Details des Mordes. Das Messer an sich hätte er sich ja vielleicht noch anhand der Fernseh- und Radioberichte zusammenreimen können, aber die genaue Anzahl der Stiche und der exakte Baum am Tatort? Das konnte er unmöglich geraten haben, oder?

Dan blickte durch das große Fenster auf die Straße und beobachtete einige Passanten, die vorbei liefen, während sein Bruder nachdachte.

„Wenn ich das richtig verstehe", begann Peter wieder, „dann denkst du, dass sie ihren Mörder kannte."

„Das kann gut sein", meinte Dan bedächtig und trank seine Tasse leer.

„Das wäre interessant, dann könnten wir die Suche unter den engeren Bekannten verstärken. Nun ja, ich sollte sowieso langsam mal wieder ins Büro schauen, ich muss in ein paar Stunden noch eine Pressekonferenz abhalten. Wenn dir noch etwas einfällt, dann gib mir einfach Bescheid." Peter stand auf und reichte seinem Bruder eine Visitenkarte. „Hier, falls du meine Nummer brauchst. Soll ich dich noch nachhause fahren?"

„Nicht nötig", antwortete Dan, während er die Visitenkarte überflog und in die Jackentasche steckte. „Ich laufe lieber, da kann ich besser nachdenken."

„In Ordnung, dann mach es gut."

Peter war schon auf dem Weg zur Tür, als Dan ihn noch einmal zurück rief.

„Weißt du Peter", begann er zögernd, „ich würde gerne dabei helfen, den Mord aufzuklären." Er dachte an das schöne Gesicht der Frau und wie es aussah, kurz bevor sie erstochen wurde. „Also nicht nur mit meinen Fähigkeiten, sondern eher so insgesamt."

Peter zog sich seine Jacke an. „Bei den Ermittlungen mithelfen?"

Dan nickte.

„Ausgeschlossen, ich kann nicht einfach einen Zivilisten mitanschleppen. Danke, aber das schaffen wir schon selber." Dann verließ er das Café.

Dan blieb noch eine Weile sitzen, bevor auch er sich auf den Weg machte. Er grübelte vor sich hin und bemerkte kaum, wohin er lief, bis er an den Friedhofseingang kam und das Eisentürchen per Hand öffnen musste. Die Bewegung erfolgte schon beinahe automatisch, aber er registrierte dabei, wo er sich befand. Er schritt den Weg entlang, schlängelte sich um ein paar Gräber und hatte mehr als die Hälfte des Weges bereits hinter sich gebracht, da sah er etwas im Augenwinkel. Obwohl auch andere Leute hier unterwegs waren, musste er doch unwillkürlich den Kopf nach der Bewegung wenden.

Er brauchte einen Augenblick, um wirklich zu realisieren, was er da sah. Eine dunkle Gestalt, kaum mehr als der Schemen eines Menschen, stand leicht gebeugt vor einem der Gräber, ungefähr 15 Schritte zu seiner Linken. Dan zuckte heftig zusammen und sein Puls stieg ihm in die Ohren. Einen Augenblick lang befürchtete er schon, die Vision des Mordes würde ihn nun überallhin verfolgen, oder sollte sich der Mörder etwa auch hier befunden haben? Doch ein paar Augenblicke später merkte er, dass etwas an dieser Vision anders war.

Es war eine einzige Gestalt und sie verhielt sich ganz anders als der Schatten des Mörders. Vorsichtig trat Dan näher an die Szene heran. Er war sowohl neugierig als auch verängstigt. Der Schemen, der genauso wenig zu identifizieren war wie der des Mörders, wirkte viel breiter und gebeugter. Die dunkle Gestalt hob die Hand, in der sich etwas befand. Etwas strahlend Helles, das fast schon zu leuchten begann. Sehr langsam kam Dan noch näher und versuchte konzentriert, den Gegenstand zu erkennen. Es war eine Blume, eine leuchtend weiße Blume. Langsam und ganz behutsam legte die Gestalt die Blume auf den Grabstein vor sich. Obwohl er es nicht genau erkennen konnte, glaubte Dan zu sehen, wie der Schemen etwas sagte. Im nächsten Moment verschwand er einfach. Löste sich in nichts auf.

Dan sah sich verstohlen auf dem Friedhof um. In der Nähe gingen ein paar Frauen vorbei, aber niemand schenkte ihm Beachtung. Vorsichtig und mit wild klopfendem Herz ging er auf den Grabstein zu, an dem eben noch die Gestalt gestanden hatte. Obwohl er wusste, dass diese Vision nichts Reales sein konnte, hatte er unwillkürlich Sorge, vielleicht mit etwas zusammen zu stoßen.

Der Grabstein, auf den der Schemen etwas gelegt hatte, war aus einfachem, hellen Gestein, ohne irgendwelche Verzierungen, wie man sie an den umliegenden Gräbern oft sah. Dan ging in die Hocke, um die Aufschrift besser lesen zu können. Dort stand geschrieben:

Dorothea Mangold

* 03.05.1924

† 28.07.2007

Geliebt im Leben, geliebt im Tod.

Dan merkte, wie seine Augen feucht wurden. Überrascht wischte er sich mit dem Jackenärmel darüber. Seltsam, das war doch nur ein Grabstein mit einer Aufschrift, einer ziemlich knappen Aufschrift noch dazu. Beim Aufrichten bemerkte er, dass tatsächlich irgendetwas oben auf dem Grabstein lag. Es sah aus wie vergammelte Blätter. Dan wollte es schon angewidert wegwischen, als ihm auffiel, dass es mal eine Blume gewesen sein könnte. Bei näherer Betrachtung war er sich trotz des schlechten Zustands fast sicher, dass es die gleiche Blume war, welche die Gestalt in der Hand gehabt hatte. Nur, dass sie statt leuchtend weiß nun braun und vertrocknet war. Oder lag das nur an seiner Einbildung?

Aufgeregt trat Dan ein paar Schritte zurück und sein Augenmerk fiel auf das Nachbargrab. Die Farbe des Grabsteins und die neu bepflanzte Erde verrieten, dass es noch nicht sehr alt sein konnte. Er trat an diesen Grabstein aus Marmor heran und beugte sich erneut herab, um die Aufschrift zu lesen:

Martin Oswald Mangold

* 18.11.1922

† 15.09.2019

Nun ruht er bei seiner geliebten Frau. Auf dass die Ewigkeit sie vereint.

Als er fertig gelesen hatte, blickte Dan sofort wieder zum ersten Grabstein zurück. Mangold, der gleiche Nachname bei beiden. Er stand schwerfällig auf.

Der Schemen vorhin, war das vielleicht der Ehemann dieser Toten, der vor kurzem ebenfalls gestorben war? Konnte das möglich sein? Dann würde das bedeuten, dass der Schatten des Mannes hier als eine Art … Erinnerung hängen geblieben ist. Oder war das sein Geist? Nein, das konnte nicht sein. Der Mörder war auch so erschienen und lebte vermutlich noch, oder? Außerdem war das, was Dan von der Frau gesehen hatte, ja *bevor* sie ermordet wurde, das konnte also nicht ihr Geist gewesen sein. Aber wenn es wirklich eine Erinnerung war, wer erinnerte sich denn daran? Dan überlegte angestrengt, was die beiden Visionen miteinander zu tun hatten. Konnte es sein, dass…? Nein, das klang jetzt sogar in seinem Kopf seltsam. Aber irgendwie drängte sich ihm der Gedanke auf, dass es der Ort war, der sich den bestimmten Moment als Erinnerung eingeprägt hatte. Aber konnten sich Orte an etwas erinnern? Sein Kopf fühlte sich an, als ob er gleich platzen würde.

Da er auf kein klares Ergebnis kam, beschränkte er sich schließlich darauf, die beiden Gräber weiterhin fasziniert zu betrachten. Obwohl beide Menschen tot waren, spürte Dan eine Art Wärme in sich. Hoffentlich war der Verstorbene jetzt wirklich wieder bei seiner Frau.

Ganz plötzlich fiel ihm ein, dass er noch Toast und Milch besorgen musste. Und so verließ Dan den Friedhof und ging einkaufen.

„Wie viele brauchbare Zeugen haben wir aus der Bogen-Allee?", fragte Peter auf dem Revier seinen Kollegen Jakob Anderson, der die Zeugenaussagen der Anwohner vom Tatort durchging.

„Eigentlich nur zwei, aber viel bringen werden die auch nicht."

Peter seufzte. „Vielleicht kann wenigstens der Ehemann ein wenig Licht ins Dunkel bringen, wenn er morgen kommt. Bestelle die anderen Zeugen vom Tatort ebenfalls für morgen aufs Revier. Am Freitag werde ich dann noch einmal im Restaurant vorbei schauen, so vorm Wochenende. Immerhin war bis jetzt fast niemand von denen erreichbar."

Sein Kollege nickte und schrieb sich eine Notiz dazu auf.

„Findest du das eigentlich auch seltsam?", fragte dieser, als er den Stift wieder in seine Brusttasche steckte.

„Was genau meinst du?", entgegnete Peter und sortierte ein paar Mappen auf seinem Schreibtisch. Es war immer wieder erstaunlich, wie viel Papierkram an so einem Fall hing.

„Na, dass das Restaurant so schnell wieder den Betrieb aufnimmt, obwohl deren Chefin gerade erst ermordet wurde. Ist das nicht, wie sagt man… pätitlos?"

„Pietätlos", korrigierte Peter ihn automatisch und zuckte dann mit den Schultern. „Schon etwas, aber jedem das Seine, was? Immerhin wollen die Leute auch noch von etwas leben. Ich schau mir das Ganze übermorgen einmal vor Ort an."

„Aber nicht sofort in der Früh", warf der Uniformierte schon in der Tür ein, „der Chef will dich am Freitagmorgen gleich als Erstes sprechen, hat er gesagt."

Peter stöhnte. „Auch das noch. Aber wieso nicht morgen?"

„Weil da noch ein ultrawichtiges Treffen der verschiedenen Polizeichefs in der Region ist, wo sie bestimmt über die

Farbe der Klodeckel abstimmen oder so etwas." Der Kollege zog im Gehen noch eine Grimasse und verließ das Büro.

Peter verzog ebenfalls das Gesicht, wenn auch aus anderen Gründen. Der Chef würde ihn bestimmt wieder zur Schnecke machen, weil er noch keine heiße Spur hatte, wie die Presse es so schön zu nennen pflegte. In diesem Fall war er noch fordernder als sonst. Der Polizeidirektor war dem Mordopfer zwar nicht sonderlich nahe gestanden, aber ihr Restaurant war wohl einer seiner Lieblingsplätze für ein stilvolles Mittagessen mit einflussreichen Freunden. *Zum Stolzen Storch*, dachte Peter und lächelte grimmig in sich hinein. Na wenn das nicht zu unserem lieben Chef passt, dachte er.

Peter konnte sich am Nachmittag nur schwerlich aufraffen, um sich der wilden Journalistenmeute zu stellen. Er konnte die meisten Reporter mit ihren dummen Fragen nicht leiden. Einige von ihnen versuchten stets, die Polizisten als unfähig darzustellen oder einen wilden Skandal zu erfinden. Außerdem waren sie immer beleidigt, wenn er mit den meisten Informationen nicht rausrücken durfte. Auf der Toilette überprüfte Peter noch einmal sein Äußeres im Spiegel, strich sich das Haar glatt und rückte seine Krawatte zurecht. Dann wagte er sich in den Kampf mit der Presse.

Am nächsten Morgen erwachte Dan schon beim ersten Klingeln des Weckers, was ihn selbst überraschte. Er wusch sich gemütlich, frühstückte den neuen Toast und räumte das Geschirr nach dem Essen in die Spülmaschine. Diese war ein Geschenk seiner Eltern zur eigenen Wohnung gewesen, damit er nicht so viel Zeit mit Geschirrwaschen verbringen musste. Als ob er in solch einfache Tätigkeiten viel Zeit investieren würde. Noch gemächlich ein Glas Wasser trinkend, setzte Dan sich wieder an den Küchentisch. Er trank aus, stellte das Glas ab und atmete zufrieden aus.

So, und jetzt?, kam ihm in den Kopf, was sollte er heute überhaupt tun? Er verschränkte die Arme hinter dem Kopf und kippelte mit dem Stuhl nach hinten. Er konnte sich nicht genau erinnern, welcher Tag heute war, aber irgendetwas war da doch, das er tun sollte.

Mit einem Mal fiel es ihm ein und er wäre fast mitsamt dem Stuhl nach hinten umgekippt. Nur gerade noch so konnte er sich am Tisch festhalten.

„Scheiße!", rutschte es ihm heraus, „die Arbeit!" Er hastete zu seiner Kapuzenjacke und fischte sein Handy aus der Tasche. Der Akku war leer.

Fluchend durchsuchte Dan sein Schlafzimmer nach dem Ladekabel und fand es schließlich unter dem Bett wieder. Er steckte das Handy an den Strom und wartete, bis er die PIN eingeben konnte. Dabei hatte er vor kurzem doch noch mit seiner Mutter telefoniert. Das dumme Ding musste kurz danach den Geist aufgegeben haben. Das Handy fuhr hoch und er bemerkte, dass es auf stumm geschaltet war. Im nächsten Moment wurden mehrere neue Nachrichten angezeigt.

Dan schluckte einmal schwer und während er auf seinem Schlafzimmerboden kniete, wählte er mit klopfendem Puls in den Ohren die Mailbox an:

> Sie haben fünf neue Nachrichten. Erste Nachricht: <

„Hallo Daniel mein Lieber, hier ist deine Mutter. Ist zuhause alles in Ordnung, hast du dich mit Peter getroffen? Melde dich doch bald mal."

> Piep – Zum Löschen dieser Nachricht <

Dan drückte eine Taste und übersprang die Mitteilung.

> Nächste Nachricht: <

„Hey Dan, wo bleibst du denn? Hast du verschlafen? Wenn du wach bist, dann beeil dich und schwing deinen Hintern her."

Dan rutschte das Herz in die Hose, denn das war die Stimme seines Chefs.

> Piep – Nächste Nachricht: <

„Sag mal ist irgendwas passiert? Melde dich, sonst mach ich mir noch Sorgen."

> Piep – Nächste Nachricht: <

„Wenn du krank bist oder was passiert ist, dann gib gefälligst Bescheid und wenn nichts ist, dann erwarte ich dich morgen Früh sofort in meinem Büro, pünktlich um neun!"

Dan schluckte schwer. Er hatte sowohl ein schlechtes Gewissen, dass er nicht bei der Arbeit aufgetaucht war als auch ein ungutes Gefühl gegenüber der letzten, noch verbleibenden Nachricht, von der er ahnte, dass auch sie von seinem Chef sein musste. Höchst widerwillig drückte er auf die Taste, um das Löschen zu überspringen und hielt sich das Telefon wieder ans Ohr. In seinem Hals hatte sich ein Kloß gebildet.

> Piep – Nächste Nachricht: <

„Vergiss meine letzte Nachricht, ich will dich hier nicht mehr sehen! Du bist gefeuert! Demnächst kriegst du 'nen Brief mit den schriftlichen Unterlagen! Auf Nimmerwiedersehen!"

> Piep – Es sind keine weiteren Nachrichten vorhanden. <

Dan legte das Handy zur Seite.

„Verdammt", stöhnte er. Wieder aus einem Job geflogen, dabei hatte er doch so schon kein Geld. Er lehnte sich an sein Bett.

„Und was jetzt?", sagte er halblaut zu sich selbst. Jetzt musste er wieder zum Arbeitsamt und erneut um einen Job bitten. Aber irgendwie schaffte er es gerade nicht, sich dazu aufzuraffen. Da musste er sich nur wieder rechtfertigen, warum er gefeuert wurde. Dabei hatte er diesmal doch wirklich einen guten Grund gehabt, aber das könnte er natürlich nicht erzählen. Und das ausgerechnet, obwohl er sogar der Polizei geholfen hatte.

Wäre sein Leben ein Comic gewesen, dann hätte in diesem Moment über Dans Kopf eine Glühbirne aufgeleuchtet. Er hatte doch eine Begründung.

3. Kapitel

„Der Ehemann des Opfers ist jetzt da", teilte Jakob Anderson Peter Nilson mit, „soll ich ihn in den Verhörraum bringen?"

„Nein, er soll sich nicht wie ein Verdächtiger fühlen. Bring ihn einfach hier ins Büro", wies Peter seinen Kollegen an. Der nickte und verschwand wieder durch die Tür.

Peter rückte sich noch ganz automatisch seine Krawatte zurecht. Er steckte einen Stift an den dafür vorgesehen Platz an seiner Brusttasche und musste auch nicht lange warten, bis der Ehemann des Opfers von seinem Kollegen hereingeführt wurde.

„Guten Morgen, Herr Richard", begrüßte Peter den Mann. Er stand kurz von seinem Schreibtischstuhl auf und gab ihm die Hand. Dann wies er auf den Stuhl ihm gegenüber und beide setzten sich.

„Ich möchte Ihnen noch einmal mein tiefstes Beileid aussprechen."

Herr Richard nickte nur knapp. Der Ehemann der Restaurantbesitzerin war ein großer Mann, der offensichtlich viel Zeit im Fitnessstudio verbrachte. Trotz des kalten Wetters trug er über seinem enganliegenden T-Shirt nur eine schwarze Lederjacke, die er jetzt auszog und über seine Stuhllehne hängte. Von seinem rechten Oberarm aus zog sich ein Tattoo in Form eines stilisierten Wellenmusters bis zu einer Seite seines Halses hinauf.

„Ich danke Ihnen, dass Sie sich bereit erklärt haben, mir heute ein paar Fragen zu beantworten, obwohl es bestimmt nicht leicht für Sie ist", eröffnete Peter das Gespräch.

Der Mann zuckte nur kurz mit den Achseln. „Hilft ja nichts, oder?"

„Aus reiner Routine muss ich Sie fragen, wo Sie zur Tatzeit waren, also am Montag zwischen 20 und 23 Uhr."

Der Mann wippte nervös mit dem Fuß und schnaubte gereizt.

„Zuhause, wo denn sonst?", murmelte er.

„Kann das jemand bezeugen?"

„Tss, natürlich nicht, meine Frau –", er schluckte, „Elisabeth ist zu dieser Zeit – ich meine sie war zu dieser Zeit immer unterwegs", fuhr er dann etwas heiser und mit ruhigerer Stimme fort.

„Sie wussten, wo sie an diesem Abend sein würde?"

„Klar wusste ich das. Sie war bei ihrem Friseur."

„Ist am Abend nicht die Hauptgeschäftszeit im Restaurant? Wie kann sich die Chefin denn da leisten, zum Friseur zu gehen?", erkundigte sich Peter.

Herr Richard verdrehte ein wenig die Augen vor Ungeduld. „Jeden Montag ist ihr freier Tag, weil da die wenigsten Gäste kommen. Und freier Tag bedeutet nicht, dass sie blau macht, sondern dass sie bis mittags arbeitet und danach alles Mögliche erledigt. Zum Beispiel Friseurtermine. Nun zumindest hat sie das bisher immer so gemacht." Er sank ein wenig in sich zusammen und wirkte sehr traurig.

Peter hatte die Akten vor sich liegen und verglich diese immer wieder mit den anderen Aussagen, welche die Kollegen bereits aufgenommen hatten. Der Friseurtermin war schon bestätigt. Die Friseurin hatte auch kein außergewöhnliches Verhalten beim Opfer bemerkt. Bis auf etwas Stress, sei sie wie immer gewesen.

„Wie sah es denn zwischen Ihnen und Ihrer Frau aus?"

„Was wollen Sie damit sagen?", fragte Herr Richard bedrohlich und hob den Blick wieder, sodass er Peter direkt in die Augen blickte. Er funkelte ihn beinahe schon an.

„Gar nichts, ich wollte mir einfach nur ein Bild von der gesamten Lage machen."

Der tätowierte Ehemann blickte immer noch unzufrieden, sprach aber weiter mit Peter.

„Es … es lief schon mal besser, aber es war okay. Ich habe sie geliebt und sie mich."

Peter zog ein kleines Notizbuch hervor und legte einen Stift dazu.

„Es gab also ein paar – nennen wir es mal in Ermangelung besserer Worte – Probleme?"

„Ja, wir hatten gerade nicht so viel Zeit füreinander. Sie war sehr in die Arbeit eingespannt."

„Das hat Sie bestimmt gestört", stellte Peter nüchtern fest.

„Was denken Sie denn?!", rief der Mann plötzlich wütend aus. „Dass ich es gut finde, wenn meine Frau mehr Energie in ihr dämliches Restaurant steckt als in ihre Ehe?" Er stockte, seufzte und sank mit verschränkten Armen tiefer in den Stuhl.

„Gut, dann zu etwas anderem: Fällt Ihnen jemand ein, der etwas gegen Ihre Frau hatte, ein Feind oder Konkurrent oder Ähnliches?"

Herr Richard hob unbestimmt eine Hand und ließ sie schlaff zurück fallen.

„Naja, es gibt immer Leute, die man als Gegner beschreiben könnte. Wettbewerber, Konkurrenten in der Gastronomie und so. Aber das ist doch kein Grund, jemanden umzubringen."

„Nun ja, es gab schon immer Morde aus geringen Gründen, aber im Falle Ihrer Frau wissen wir leider noch nichts Genaues."

In Wirklichkeit dachte Peter nicht, dass es ein Konkurrent gewesen war. Man hatte die Frau am Boden liegend gefunden. Ihr Kopf war auf einer Wurzel gebettet und ihre Hände waren absichtlich so drapiert worden, eine auf der Brust und eine neben der Leiche ganz eng am Körper. Selbst die Kleidung war zurecht gerückt und glatt gestrichen worden. Es wirkte weder wie eine Tat, um einen Konkurrenten auszuschalten, noch wie ein Raubmord, zumal ihre Brieftasche vor Ort und noch voller Geld aufgefunden worden war.

„Können Sie mir sagen, wer alles von dem Termin Ihrer Frau wusste? Bis auf ihre Friseurtermine war sie doch selten in diesem Teil von Valkenberg, oder?"

Der Mann schüttelte den Kopf und es brauchte einen Moment, bis er antwortete.

„Sie ging da sowieso nur hin, weil sie die Frau, die Friseurin, noch von früher kannte und der Laden umgezogen ist." Er seufzte langgezogen. „Ich habe keine Ahnung, wer alles Bescheid wusste. Vielleicht hat sie in der Arbeit mal was erwähnt, aber eigentlich sprach sie im Restaurant nie viel über ihr Privatleben. Zumindest hat sie immer betont, dass sie das strikt trennen möchte." Herr Richard stützte die Ellenbogen auf die Knie und verschränkte die Hände, den Kopf gesenkt. Seine Schultern begannen zu zittern.

„Hatte Frau Richard außer Ihnen noch weitere Familie, Eltern, Geschwister oder auch weiter entfernt? Und hatte sie vielleicht so etwas wie eine beste Freundin oder einen besten Freund?", erkundigte sich Peter weiter. Diese Fragen schienen den Ehemann etwas zu beruhigen, da sie nicht direkt mit dem Mord zu tun hatten.

Herr Richard streckte seine Schultern ein wenig nach hinten und hob den Kopf, während er antwortete: „Sie hatte keine Familie mehr. Elisabeth war ein Einzelkind, ihre Mutter ist gestorben als sie noch klein war und ihr Vater ist vor knapp sieben Jahren bei einem Autounfall ums Leben gekommen. Von weiterer Familie weiß ich nichts. Sie hat sich mit vielen gut verstanden, aber wirkliche Freunde hatte sie eigentlich nicht. Dafür hat sie zu viel Zeit ins Restaurant gesteckt. Sie hat ja jede freie Minute dort verbracht." Die Miene von Christian Richard verdüsterte sich erneut.

Der Mann schien einen regelrechten Groll gegen das Restaurant zu haben, überlegte Peter. Aber reichte das als Motiv aus, um seine eigenen Ehefrau umzubringen? Die Aggression müsste sich dabei eher direkt gegen den Betrieb wenden. Angesichts des labilen Zustandes von Herrn Richard beschloss Peter, das Verhör an dieser Stelle abzubrechen.

„Okay, ich denke das war es fürs Erste. Vielen Dank für Ihre Kooperation. Sie können nachhause fahren, nur halten Sie sich bitte weiterhin zur Verfügung. Das Land sollten Sie nicht verlassen. Gehen Sie nachhause und ruhen Sie sich aus", fügte Peter noch sanft hinzu.

Der Mann nickte ihm dankbar zu und Peter entdeckte den Anflug von Tränen in seinen Augen.

Nachdem Herr Richard das Büro verlassen hatte, öffnete Peter das Fenster und blickte hinaus. Mit den Angehörigen zu sprechen war immer so bedrückend. Auf diesen Teil seiner Arbeit hätte er gut verzichten können.

„Und?", fragte jemand hinter ihm.

„Naja", begann Peter in der Annahme, dass der Kollege Anderson hereingekommen war, „natürlich kann es sein, dass er ein genialer Schauspieler ist, aber ich glaube ehrlich gesagt nicht, dass er es war."

„Bist du durch den Einfluss deiner lieben Frau etwa mitfühlend geworden?"

Peter drehte sich ob dieser ungewöhnlichen Aussage irritiert um und bemerkte, dass sein Bruder auf dem Schreibtischstuhl lümmelte.

„Was willst du denn hier?", fragte er zu erstaunt, um wütend zu sein.

„Ich dachte mir, ich schaue einfach mal, wie es bei dir so läuft."

Hastig ging Peter zu seinem Schreibtisch zurück.

„Du kannst hier doch nicht einfach so reinschneien, nur, weil dir langweilig ist. Und außerdem ist das mein Stuhl."

Widerstandslos verzog sich Dan auf den Besucherstuhl und setzte sich dort äußerst gemütlich hin.

„Also", wiederholte Peter, „was willst du hier?"

Dan griff nach dem Bilderrahmen, der auf dem Schreibtisch stand und schaute sich das Bild an. Es war Peters kleine Tochter Marie. Dan lächelte und stellte das Bild wieder auf den Tisch, jedoch etwas schief.

„Ich sagte doch: ich will helfen."

„Und ich sagte, dass das nicht so einfach geht." Peter rückte das Bild wieder richtig hin. Genau im 45-Grad Winkel zur Tischkante.

„Man kann sich als Zivilist nicht einfach in laufende Ermittlungen einmischen, wenn man nicht zur Polizei gehört."

„Aber", entgegnete Dan und verrückte das Bild wieder ein Stück, „ich bin ja auch kein *normaler* Zivilist."

Peter schüttelte den Kopf und drehte das Bild erneut richtig hin.

„Und wie bitte stellst du dir das vor?"

„Ganz einfach, du nimmst mich mit, wenn du ermittelst und wenn du Leute befragst, darf ich zuschauen. Dann sehe ich vielleicht etwas, das mir bekannt vorkommt." Er drehte das Bild wieder asymmetrisch zur restlichen Tischordnung.

„Ganz schön dreist", kommentierte Peter und stellte das Bild erneut in die korrekte Position. Dan grinste nur als Antwort und drehte den Bilderrahmen ein wenig.

„Also gut!", sagte Peter etwas laut. Er stellte das Bild entschieden und recht hart auf den Schreibtisch und hielt es vorsorglich mit beiden Händen fest.

„Wenn ich dich morgen ins Restaurant mitnehme, gibst du dann Ruhe?"

„Ins Restaurant?", fragte Dan neugierig. Er spitzte die Ohren und setzte sich aufrecht hin. Wie ein Welpe, dem man ein Spielzeug vor die Nase hält.

„Ja, ich gehe morgen in das Restaurant, das dem Opfer gehört hat und befrage dort die Mitarbeiter. Du darfst mitkommen und *still* und *zurückhaltend* zuschauen, dafür störst du mich aber nicht weiter, abgemacht?"

„Abgemacht", rief Dan freudig aus und sprang vom Stuhl auf. „Dann sehen wir uns morgen." Dan verließ das Büro und es trat Stille ein.

„Was habe ich getan?", fragte sich Peter laut mit dem Kopf in die Hände gestützt.

Circa eine Stunde später erschien der nächste Besuch, welcher diesmal jedoch vereinbart und nicht überraschend war. Es handelte sich dabei um eine Frau mittleren Alters, die in der Bogen-Allee wohnte, in der die Leiche gefunden wurde.

„Guten Tag", grüßte die Frau und man merkte ihr an, dass sie etwas nervös war. Sie sprach mit einem leichten Akzent, den Peter jedoch nicht richtig zuordnen konnte.

„Guten Tag, Frau Marton. Sie müssen sich keine Sorgen machen, wir wollen nur Ihre Aussage noch einmal durchgehen und zu Protokoll geben. Kein Grund nervös zu sein."

Die Frau setzte sich und lächelte einen Hauch weniger nervös. Frau Marton war eine kleine Dame mit grauen, krausen Locken auf dem Kopf. Gegen das feuchte Wetter hatte sie sich in einen bestickten Schal gewickelt, der sie fast vollständig einhüllte. Sie sah aus wie ein menschlicher Burrito.

„Können Sie mir noch einmal genau beschreiben, was Sie am letzten Montagabend mitbekommen haben?"

Die Frau nickte, rückte auf ihrem Stuhl bis zur Kante vor und begann zu erzählen: „Also ich war seit etwa 19 Uhr zuhause und wollte etwas lesen. Also habe ich mich in mein Wohnzimmer in den Sessel gesetzt, der steht ganz nah am Fenster zur Straße, müssen Sie wissen. Da habe ich eine schöne Stehlampe und da kann man ganz bequem lesen."

„Was ist dann weiter passiert, ich meine auf der Straße?", lenkte Peter die Frau wieder auf das eigentliche Thema zurück.

„Genau. Ich habe also ganz entspannt gelesen und dabei das Fenster geöffnet, weil es sonst immer so stickig ist, wissen Sie. Und dann habe ich Geräusche von der Straße gehört. Ich habe mir erst nichts dabei gedacht, außer, dass es mich beim Lesen stört, aber die haben sich länger unterhalten als man es auf der Straße zu so abendlicher Stunde normalerweise macht und dann noch bei diesen Temperaturen. Ich habe dann sicherheitshalber mal rausgeschaut, weil ich mir dachte, nicht, dass das etwas Ernstes ist und man die Polizei rufen sollte." Sie schluckte und schwieg einen Moment betreten.

„Wissen Sie, das sah überhaupt nicht so aus, als würden sie ernsthaft miteinander streiten, ich konnte doch nicht wissen, was da noch passieren würde." Hilfesuchend schaute sie Peter in die Augen.

„Natürlich konnten Sie das nicht", beschwichtigte er sie. „Sie haben also auf die Straße geschaut. Haben Sie die Personen erkannt?"

Die Frau schüttelte bedauernd den Kopf.

„Leider nein, ich hatte doch keine Brille auf. Die brauche ich zum Lesen nämlich nicht. Ich bin kurzsichtig, wissen Sie."

Schade, dachte Peter bei sich.

„Was ist dann weiter geschehen?", fragte er bemüht geduldig weiter nach.

„Also, ich habe mich wieder meinem Buch gewidmet, auch wenn ich mich kaum konzentrieren konnte, bei den Stimmen. Nach ein paar Minuten dann, hat die Frau plötzlich aufgeschrien. Also zumindest wäre der Schrei ganz schön hoch für einen Mann gewesen, deshalb dachte ich mir, dass es die Frau war. Ich habe ganz schnell mein Buch weggelegt, meine Brille aufgesetzt und rausgeschaut, aber ich habe niemanden mehr sehen können."

Peter nickte aufmerksam und machte sich eine sehr knappe Notiz auf seinem Block.

„Das war alles?", fragte er und die Frau nickte hektisch. „Überlegen Sie doch noch einmal genau, können Sie sich noch an irgendetwas erinnern, was uns helfen könnte?"

„Es war ein sehr kurzer Schrei", erwiderte die Frau.

„Nun gut", seufzte Peter verhalten. „Vielen Dank für Ihre Hilfe. Bitte halten Sie sich weiterhin zur Verfügung, falls wir weitere Fragen haben. Wenn Ihnen noch irgendetwas einfällt, was mit dem Fall zu tun haben könnte, dann melden sie sich bitte umgehend. Hier haben Sie meine Visitenkarte. Mein Kollege draußen wird mit Ihnen noch das Protokoll überprüfen, das Sie dann bitte unterschreiben. Einen schönen Tag noch."

„Gern geschehen und Ihnen auch noch einen schönen Tag." Damit tippelte Frau Marton aus dem Zimmer.

Peter stieß Luft aus dem Mund und kritzelte wild über seinen Block. Das hatte ja überhaupt nichts gebracht. Er wartete jetzt noch einmal auf den letzten Zeugen für heute, ebenfalls einen Anwohner der Allee. Große Hoffnungen machte er sich jedoch nicht.

Damit sollte er auch Recht behalten. Herr Fuchs erwies sich als ein Mann von 85 Jahren, der nicht das beste Gehör hatte, wie Peter schnell bemerkte. Nicht selten musste er einen Tick lauter nachfragen.

„Was genau haben Sie am Montag also gehört?", schrie der Kommissar durch sein Büro. Der weißhaarige Mann kratzte sich erst in Ruhe am Ohr, bevor er antwortete.

„Ich habe gehört, wie eine Frau geschrien hat", sagte er mit kratziger Stimme. „Und dann bin ich ganz schnell zum Fenster und habe rausgeschaut, was da wohl los ist."

„Was haben Sie daraufhin gesehen?", bohrte Peter nach, da der Herr nicht gerade daran interessiert schien, zügig zu antworten.

„Immer mit der Ruhe", entgegnete dieser, „dazu wollte ich doch gerade kommen. Ich habe also rausgeschaut und habe erst gedacht, dass ich gar nichts sehe, nur die Bäume auf der anderen Straßenseite. Während ich dann überlegt habe, was das wohl war, stand ich weiter am Fenster. Und wie ich da so ein paar Minuten stand, da ist mit einem Mal jemand von den Bäumen weggerannt."

Peter merkte auf und drehte seinen Stift in der Hand in die richtige Position zum Schreiben.

„Konnten Sie erkennen, wie dieser jemand aussah?"

„Es war ein Mann." Pause. Peter wollte gerade auf seinem Block schreiben und verharrte, als Herr Fuchs nicht weiter sprach. Er blickte zu ihm auf.

„Ein Mann?"

„Das sagte ich doch."

„Konnten Sie noch irgendetwas an dem Mann erkennen? Haarfarbe, Hautfarbe, Größe, was er für Kleidung trug vielleicht?" Irgendetwas, flehte Peter innerlich.

„Nun hören Sie mal, junger Mann, ich bin jetzt nicht mehr der Jüngste und so gut sind meine Augen nun auch wieder nicht."

Peter unterdrückte ein Aufstöhnen.

„Können Sie mir vielleicht sagen, in welche Richtung der Mann gelaufen ist?", fragte Peter frustriert nach.

„Ich glaube er ist die Straße in Richtung Innenstadt hochgelaufen", erklärte Herr Fuchs sehr unsicher.

„Nichts!", rief Peter frustriert, nachdem er den Mann verabschiedet hatte und Anderson ins Büro gekommen war, um nach den Ergebnissen zu fragen. „Rein gar nichts Verwertbares! Wir können nur hoffen, dass die Befragung des Personals mehr ergibt."

„Ach wie schön, dass ihr mal etwas zu zweit unternehmt", freute Catrinel sich am Abend, während sie Salat auf drei Schüsseln verteilte.

„Wir machen keinen Ausflug in den Park, sondern er kommt mit, wenn ich arbeiten muss. Ich sehe den Ärger jetzt schon vor mir", seufzte Peter, der die gefüllte Salatschüssel von seiner Frau entgegennahm. Seine kleine Tochter spielte derweil mit den Salz- und Pfefferstreuern auf dem Tisch herum als seien es Figuren.

„Warum nimmst du ihn dann überhaupt mit, wenn du dich so ärgerst?"

„Ach, ich weiß auch nicht, was mich da geritten hat." Peter schwieg und dachte kurz nach. Doch, eigentlich wusste er es.

Seine Frau blickte ihn mit leicht schiefem Kopf an und schürzte kaum merkbar die Lippen. Das tat sie immer, wenn sie wusste, dass ihm etwas im Kopf herumging, das er nicht sagte. Er schüttelte resigniert den Kopf und begann zu erzählen: „Dan sagt, dass er mithelfen könnte, den Fall zu lösen. Erst habe ich ihm nicht geglaubt, aber dann …"

„Dann was?", fragte sie, wobei sie der kleinen Marie die Streuer entwendete und ihr stattdessen eine Schüssel Salat hinstellte.

„Er hat wirklich überzeugt geklungen und ein paar Argumente gebracht, gegen die ich nichts einwenden konnte." Peter vermied absichtlich, die Fähigkeit – oder wie man das sonst nennen sollte – seines Bruders zu erwähnen. Auch wenn es gegenüber seiner Frau war, so musste er doch Dans

Willen respektieren. Es waren seine Geheimnisse. Über so etwas durfte man nicht ohne die ausdrückliche Erlaubnis des Betroffenen sprechen. Er wusste sowieso nicht, ob es außer ihnen beiden irgendjemand glauben würde. Außerdem war sich Peter immer noch nicht vollkommen sicher, ob es nicht doch eine Spinnerei seines Bruders war. Niemand konnte die Vergangenheit als Vision sehen. Eigentlich.

„Aber das war nicht alles, oder?", bohrte Catrinel weiter nach. Sie kannte ihn einfach zu gut.

„Nein", gab Peter zu. „Nein, das war nicht alles. Als wir darüber geredet haben", er sprach etwas langgezogen, um sich nicht aus Versehen zu verplappern, „da habe ich seinen Blick gesehen. Seine Augen waren so entschieden so … so klar."

Seine Frau sah ihn mit leicht gerunzelter Stirn fragend an und Peter holte ein wenig aus.

„Du musst wissen, dass ich so einen Blick noch nie zuvor bei ihm gesehen habe. Er war früher immer so … verträumt, abwesend und desinteressiert. Wenn du mit ihm geredet hast, dann hast du seinen Augen angesehen, dass er nie ganz da war. Gott, hat mich das früher oft aufgeregt. Dan hatte nie an irgendetwas Interesse gezeigt und war immer wie in seiner eigenen Welt." Peter schüttelte die Erinnerung schnell ab. „Aber jetzt hat dieses Verschwommene gefehlt. Seine Augen waren vollkommen klar und konzentriert. Ich glaube, ich wusste einfach, dass er es ernst meint und vermutlich recht hat."

Catrinel lächelte sanft.

„Ich glaube dieser Fall ist eine Riesenchance für euch Brüder. Marie, Essen ist kein Spielzeug!", fügte sie scharf, aber nicht böse an die Kleine hinzu. Marie legte schnell das Salatblatt zurück in die Schüssel, das sie gerade dem Salzstreuer als Kleidchen anlegen wollte.

Am nächsten Morgen fand sich Peter wie bestellt als erstes im Büro seines Chefs ein.

„Und", fragte der Polizeidirektor bedeutsam, „Haben Sie schon eine *heiße Spur*?" Er saß in seinem breiten Sessel hinter dem Schreibtisch zurückgelehnt und ließ seine Fingerspitzen aneinander tippen. Der Polizeidirektor war ein korpulenter Mann um die 60 und lebte auf seinem Posten wie die Made im Speck. Man konnte sich kaum vorstellen, wie er mit seiner Körperfülle und dem hohen Blutdruck einst bei der Polizei hatte anfangen können, wenn es nicht ein Bild hinter ihm an der Wand belegen würde. Darauf war er bei seiner Beförderung zu sehen und wirkte lediglich ein wenig kräftig gebaut. Auf dem Revier war allgemein bekannt, dass er vor allem auf eine gute Darstellung bedacht war. Sowohl sein eigenes Auftreten als auch das des Polizeireviers nach außen hin waren ihm sehr wichtig.

„Bisher leider noch nicht, aber wir arbeiten so gut wir können."

„Das reicht aber nicht", zischte Peters Chef und tippte zur Unterstreichung mit einem Finger auf den Schreibtisch. „Was sollen wir der Presse sagen? Ich sehe schon die Schlagzeilen: >Polizei tappt weiter im Dunkeln<, >Frauenmörder auf freiem Fuß, wer wird wohl das nächste Opfer<?!"

Peter musste den Drang zurückhalten, sich über das Gesicht zu wischen. Sein Chef besaß eine sehr feuchte Aussprache.

„Ich fahre jetzt gleich im Anschluss ins Restaurant und befrage die Angestellten vor Ort. Ich erhoffe mir davon weitere Erkenntnisse." Seinen Bruder erwähnte er besser nicht, sonst würde er vermutlich gleich kündigen können, bei der Laune, die sein Chef im Moment hatte.

„Das will ich verdammt noch mal hoffen, auch für Ihre Karriere, Nilson."

Jetzt wusste Peter wieder, warum er seinen Chef verabscheute. Er nickte nur zum Zeichen, dass er verstanden hatte und verließ das Büro. Mit einem anderen Vorgesetzten würde die Arbeit bedeutend einfacher laufen. Peter hoffte inständig, dass er von den Angestellten des *Stolzen Storchs* irgendwelche verwertbaren Informationen bekommen würde.

4. Kapitel

„Sag mal", begann Dan nach einer stummen halben Stunde Autofahrt, „du willst nicht zufällig ein bisschen schneller fahren?"

„Nein", antwortete Peter entschieden und ohne Nachfragen.

„Mann, wir werden noch von Fahrradfahrern überholt."

„Jetzt werde nicht albern", entgegnete Peter.

Mit zweifelndem Blick schaute Dan nach der Gruppe von Rennradfahrern. Die Entfernung zu ihnen wurde nicht größer. Peter bemerkte seinen Blick.

„Hier ist nun mal dreißig und da fahre ich auch nicht schneller."

Dan verdrehte nur die Augen. Das war wohl der Nachteil an korrekten Polizisten.

„Anderes Thema bitte", erwiderte Peter darauf nur.

„Ach ja", begann Dan, dem plötzlich wieder etwas einfiel, „ich war neulich auf dem Friedhof."

„Auf welchem Friedhof?", fragte Peter skeptisch und Dan konnte deutlich heraushören, dass sein Bruder sich vorstellte, wo sich Dan schon wieder überall herumtrieb.

„Der Friedhof, der direkt gegenüber von meiner Wohnung ist. Ich geh da immer auf dem Weg zur Arbeit durch. Und wenn ich in die Innenstadt will. Also eigentlich gehe ich fast immer über den Friedhof, wenn ich außer Haus gehe."

„Stimmt!", warf Peter ein, „was ist eigentlich mit deiner Arbeit? Kannst du da tagsüber einfach wegbleiben?"

„Iiiich hab gerade Urlaub", erwiderte Dan schnell, aber eine Oktave höher als gewöhnlich. Peter zog zweifelnd eine Augenbraue hoch, sagte jedoch nichts.

„Auf jeden Fall", griff Dan den Faden wieder auf, „war ich auf dem Friedhof und da habe ich wieder so eine Erinnerung gesehen."

„Du drückst dich aber komisch aus", meinte Peter, während er einen Traktor überholte, der Zuckerrüben geladen hatte. „Du kannst doch einfach sagen, dass du dich an etwas erinnert hast."

„Was?", Dan war einen kurzen Moment irritiert, bis ihm einfiel, dass er seinem Bruder seine neuste Erkenntnis noch gar nicht mitgeteilt hatte. „Nein, so meine ich das nicht. Ich hatte eine Vision. Ich bin dazu übergegangen, es Erinnerungen zu nennen, das klingt nicht ganz so nach Esoterik-Guru oder Drogentrip, finde ich."

„Und wie kommst du auf *Erinnerungen*?", fragte Peter neugierig, doch im gleichen Moment kam er selbst darauf. „Ach! Du meinst also, dass es sich bei deinen Visionen um Erinnerungen handelt. Aber von wem?"

„Ich weiß, es klingt unglaublich seltsam, aber ich glaube, das, was ich sehe, sind Erinnerungen von Orten. Der jeweilige Ort erinnert sich an das, was irgendwann einmal dort geschehen ist. Ich kam darauf, als ich die Vision am Friedhof hatte, ich meine natürlich, als ich die Erinnerung gesehen habe."

Und so erzählte Dan seinem Bruder die Geschichte von dem alten Pärchen, dessen Liebe bis nach ihrem Tod noch dort festgehalten war.

„Ganz schön kitschig", entgegnete Peter trocken.

„Das ist dein ganzer Kommentar dazu?", stellte Dan ungläubig fest. Er schnalzte mit der Zunge und murmelte so laut, dass sein älterer Bruder es noch gut verstehen konnte: „Herzloser Kerl."

Das Restaurant *Zum Stolzen Storch* befand sich direkt am Seeufer des Kronensees und machte seinem Namen alle Ehre. Das lag nicht nur an den vier Störchen, die auf der Wiese zwischen See und Restaurant nach Beute suchten, man konnte auch sofort ahnen, welches Klientel hier zu speisen beliebte. Wie eine Villa oder ein vornehmes Landhaus thronte das Gebäude auf einer kleinen Anhöhe und bot einen optimalen Blick über den See. Man gelangte über eine Auffahrt zu einer Fläche mit Kies, welche die Parkplätze darstellte. Die Sonne schien und im leichten Windhauch kräuselte sich die türkis-schimmernde Oberfläche des Sees. Dan hatte kaum Zeit, die schöne Aussicht zu bewundern, denn sein Bruder schritt eilig zum Restaurant hinauf.

Auf dem Weg mahnte ihn sein Bruder noch einmal.

„Du denkst daran, dich im Hintergrund zu halten."

„Ja ja", antwortete Dan.

Obwohl es noch relativ früh am Tag war, stand die Tür zum Restaurant bereits offen. Ein kleines, altmodisches Schild daneben lud die Gäste mit einem *Herzlich Willkommen* und dem Bild eines eleganten Storchs freundlich ein.

„Haben alle Restaurants so früh geöffnet?", fragte Dan. Wie lange war es wohl her, dass er in einer Gaststätte gewesen war? Früher hatten seine Eltern ihn und seinen Bruder immer eingeladen, aber da sie sich häufig gestritten hatten, wurden solche Aktivitäten immer seltener. Und seit Peter Frau und Kind hatte, kamen sie eigentlich gar nicht mehr dazu.

Peter schritt ohne zu antworten eilig über die Türschwelle.

Dan folgte ihm zwar, war aber mehr mit dem Bestaunen von Gebäude und Einrichtung beschäftigt. Von außen war die Anlage des Restaurants schon beachtlich, doch von innen wirkte es geradezu pompös. Die Teppiche, die im Flur ausgelegt waren, sahen sehr extravagant und teuer aus und über ihren Köpfen glitzerten große Kronleuchter. Sie mussten einen kleinen Gang entlanggehen, bis sie den Anfang des Speisesaals erreichten. In regelmäßigen Abständen hingen kostbare Bilder an den Wänden – zumindest sahen sie für Dan kostbar aus – und steckten in dicken, vergoldeten Bilderrahmen. Obwohl Dan keine Ahnung von Einrichtung hatte, fiel ihm eine kleine Ungereimtheit auf: Im Eingangsbereich hingen vor allem große Bilder, die düstere Landschaften oder klassische Stillleben zeigten. Zum Ende des Ganges hin, änderte sich das Genre jedoch komplett. Viel mehr moderne Kunst, die sicher niemand verstehen und zumindest Dan nicht als schön bezeichnen konnte, hatte den Platz der Klassiker eingenommen.

„Entschuldigen Sie bitte." Eine schlanke Frau kam ihnen entgegen.

Dan bemerkte amüsiert, dass ihre blonden Haare, die sie zu einem Dutt hochgesteckt hatte, beim Laufen hin und her wackelten.

„Wir nehmen im Moment leider keine Frühstücksreservierungen mehr an. Falls Sie trotzdem hier essen wollen, kommen Sie doch bitte in circa einer Stunde zum Mittagstisch wieder. Natürlich können Sie es sich in der Zwischenzeit auch in unserer Lounge im ersten Stock bequem machen." Ihr berufsmäßig einstudiertes Lächeln schwand ein wenig beim Anblick von Peters Polizeiausweis.

„Guten Morgen. Mein Name ist Peter Nilson und ich komme von der Kriminalpolizei Valkenberg. Ich denke, Sie wissen, warum wir hier sind?"

Die Frau nickte bedächtig.

„Wegen des Unglücks, das unserer Chefin, Frau Richard, widerfahren ist, nehme ich an."

Jetzt nickte Peter und steckte seinen Dienstausweis wieder ein. „Ihr Name ist?"

„Betty, Betty Hagen, ich arbeite hier als Kellnerin."

„Wer ist eigentlich der Verantwortliche hier, jetzt wo die Chefin nicht mehr da ist?"

Die Frau wies die beiden Männer an den nächsten Tisch und alle drei setzten sich, bevor sie weitersprachen.

„Wer das Unternehmen übernimmt, ist, soweit ich weiß, noch nicht geklärt. Erben wird es wohl Herr Richard. Wir haben uns selbstständig abgesprochen, dass wir zusammen weitermachen, bis feststeht, wie es weitergehen soll. Herr Richard war ebenfalls damit einverstanden."

„Und wer genau ist *wir*?", fragte Peter und zückte ein kleines Notizbuch aus seiner Tasche.

Dan schaute sich derweil ein wenig im Raum um, teilweise mit in den Nacken gelegtem Kopf, um die Decke besser sehen zu können. Über ihm wechselten sich dicke Holzbalken mit reliefartigen Verzierungen ab. Die Frau warf ihm ein oder zwei irritierte Blicke zu, während Peter ihn einfach ignorierte.

„Die Belegschaft, also vor allem ging die Idee von Rupert und mir aus, aber es waren alle sofort einverstanden."

„Wer genau ist dieser Rupert?"

Mit einer flüchtigen Handbewegung zeigte Betty kurz zu einer Tür, hinter der wohl die Küche lag. „Er ist der Chefkoch in unserer Küche. Rupert Steinweis."

Peter schrieb fleißig alles mit.

Dan hatte die Einrichtung mittlerweile zu Genüge untersucht und hörte nun dem Gespräch der beiden zu. Eine Frage drängte sich ihm spontan auf und er stellte sie, ohne auf den empörten Ausdruck im Gesicht seines Bruders zu achten.

„Ist es denn üblich, dass man nach dem Tod seines Chefs die Arbeit sofort wieder aufnimmt? Ich dachte, dass es so etwas wie eine Trauerphase gibt, gerade, wenn es sich um einen Mord handelt."

Betty blickte ihn intensiv an, man konnte ihr aber keine Wut oder Empörung ansehen. Dan tat sich wirklich schwer, ihren Gesichtsausdruck zu deuten, aber sie wirkte dennoch freundlich.

„Natürlich haben wir auch daran gedacht, aber wir hielten es für besser so. Alle zusammen", fügte sie betont hinzu und schien sich jetzt vor allem wieder an den Kommissar zu richten. „Wer weiß, wie lange wir hier überhaupt noch arbeiten können. Mit Verlaub, aber ich glaube nicht, dass Herr Richard das Restaurant weiterführen wird. Vielleicht wird es bald verkauft und in ein Hotel oder so umgebaut. Zusätzlich brauchen einige von uns das Geld und können es sich nicht leisten, nichts zu verdienen. Außerdem hätte Frau Richard es bestimmt so gewollt. Das Restaurant ist ihr sehr wichtig – ich meine, es war ihr immer wichtig, egal, was auch immer passiert." Es war nur für einen kurzen Augenblick, aber sie schaute betreten zu Boden.

Dem geschulten Auge eines Kommissars entging so etwas natürlich nicht und so fragte Peter: „Wie meinen Sie das? Denken Sie da an etwas Bestimmtes?"

Sie schwieg erst und ihre Augen huschten zur Seite, doch schließlich rückte sie mit der Sprache heraus.

„Also ich möchte jetzt keine Hetze betreiben und sicher will ich niemandem etwas anhängen. Aber … manchmal hatte man den Eindruck, dass Frau Richard das Restaurant sogar mehr wert war als die Beziehung zu ihrem Mann", sagte Betty schnell und schlug anschließend betroffen die Augen nieder.

Peter hob eine Augenbraue.

„Sie haben da nicht zufällig ein konkretes Beispiel für Ihre These?", fragte er wie beiläufig. Er wusste, dass man mit Vermutungen und Gerüchten immer vorsichtig verfahren musste, aber diese Aussage deckte sich auch mit dem Eindruck, den er von Christian Richard bekommen hatte.

Auch Dan war aufmerksam geworden, stemmte die Ellenbogen auf den Tisch und stützte beim Zuhören sein Kinn auf die Fäuste.

„Nun ja, also vor ein paar Wochen war das, vielleicht vor zwei oder drei. Ihr Mann kam nicht gerade oft ins Restaurant, aber hin und wieder hatte er sie schon besucht. Es war also an sich nichts Besonderes, dass er kam, aber da war es nicht gerade ein Freundschaftsbesuch. Das klingt komisch, also sage ich es einfach ganz direkt: Sie hatten Streit. Einen riesigen Krach."

„Haben Sie mitbekommen, worum es dabei ging?"

Wieder dauerte es einen Moment, bis Betty antwortete.

„Wissen Sie, ich lästere eigentlich nicht gerne, vor allem nicht, wenn es um Mord geht." Sie holte einmal tief Luft. „Frau Richard ist eine sehr energische Frau. All ihre Energie steckt – steckte sie in das Restaurant und das hat man auch gemerkt und sie war bei allen hier sehr angesehen. Aber so viel Arbeit erfordert auch Zeit und die hat wohl in ihrer Ehe gefehlt. Ihr Mann, Herr Richard, ist ziemlich laut geworden und hat im ganzen Saal herum geschrien. Sie müssen sich vorstellen, was das für ein Theater war, es waren ja Gäste anwesend. Jedenfalls hat er es so laut herausgebrüllt, dass es wirklich jeder hören konnte", berichtete sie und es klang ein bisschen nach Selbstrechtfertigung.

„Sie hätten gar keine Zeit mehr für einander und sie sei nur noch bei der Arbeit statt bei ihm, er fühle sich einsam und fragte, was ihr eigentlich wichtiger sei: die Arbeit oder er. Wie es weiter ging, habe ich dann nicht mehr mitbekommen, weil sie weggegangen sind und woanders weiter gestritten haben. Sie wollte die Gäste ja nicht belästigen."

„Würden Sie Herrn Richard zutrauen, handgreiflich zu werden oder Schlimmeres?", fragte Peter vorsichtig.

Betty schüttelte sofort den Kopf.

„Nein, das glaube ich nicht. Er ist zwar sehr impulsiv, aber nicht ernsthaft, denke ich. Ganz typisch eben: viele Muskeln, aber im Innern ein weiches Herz."

„Dann eine andere Frage, könnte es sein, dass er seine Frau betrogen hat?"

„Nein, bestimmt nicht."

„Sie sind sich da ja ganz schön sicher", erwiderte Peter. „Wie kommt das?"

Betty schmunzelte leicht.

„Ich habe einmal gesehen, wie Herr Richard vorbeikam, um sich bei seiner Frau wegen irgendeiner Banalität zu entschuldigen. Er hatte den halben Tag vor der Tür gewartet, bis Frau Richard endlich zufällig nach draußen kam, um sie zu überraschen. Er hatte einen gigantischen Strauß Rosen dabei und bat sie kniend um Verzeihung. Ich glaube, dass er sie wirklich unglaublich liebt … geliebt hat", fügte sie etwas trauriger hinzu.

Peter nickte verstehend und dachte selbst an Herrn Richard. Es war schwierig sich vorzustellen, wie so ein nach Macho aussehender Mann sich mit Rosen in Händen vor eine Frau kniete und um Verzeihung bat.

„Könnte es interne Probleme gegeben haben, also hier im Restaurant?"

„Nein, hier verstehen sich immer alle prima, eigentlich."

Peter merkte, dass die Antwort ein kleines bisschen zu schnell kam.

„Eigentlich?", hakte er nach und es brauchte nicht viel mehr als das und einen eindringlichen Blick, um die Frau zum Reden zu bringen. Schleppend zwar, aber sie redete.

„In letzter Zeit gab es ein paar Unstimmigkeiten zwischen der Chefin und Teilen der Belegschaft. Bezüglich der weiteren Pläne."

„Und welche wären das?" Mit der Zeit lernte man, Geduld zu bewahren, auch wenn man den Zeugen alles einzeln aus der Nase ziehen musste. Immerhin war Frau Hagen hier sehr gesprächig, solange man nur immer mal wieder nachhakte. Sie befand sich scheinbar im Zwiespalt, denn einerseits wollte sie der Polizei nichts verheimlichen, aber andererseits auch nicht schlecht über irgendjemanden reden.

„Frau Richard wollte das Image des Restaurants verändern, es modernisieren, um damit mehr Manager und Chefs von Startup-Unternehmen und so als Kunden zu gewinnen. Einige Mitarbeiter sind ziemlich vehement dagegen. Sie kennen alles noch von früher und bestehen darauf, es zu lassen, wie es bis jetzt immer war."

„Wie stehen *Sie* denn zu diesen Plänen?"

Sie zuckte mit den Schultern.

„Ich denke halt, man muss schon mit der Zeit gehen. Wenn man zu lange im Gestern lebt, dann bleibt man vielleicht irgendwann auf der Strecke und fällt hinter der Konkurrenz zurück. Andererseits sollte man auch nie ganz vergessen, wo man herkommt. Kurz gesagt, ich hatte nichts gegen ihre Pläne."

Dan hörte nur noch mit einem Ohr zu. Irgendwie roch es hier auf einmal unglaublich gut, vermutlich wurde das Essen für den Mittagstisch schon vorbereitet. Er schnupperte in die Luft und das Wasser lief ihm im Munde zusammen. Er beschloss, seinem Bruder den Rest zu überlassen und dem Geruch nachzugehen. In diesem Gespräch konnte er Peter sowieso nicht weiter helfen. Diese Betty hatte ja nichts mit dem Tatort oder der Erinnerung zu tun, also konnte ihm bei ihr auch nichts auffallen.

In der Küche roch es noch viel besser und intensiver als Dan im Gastraum geahnt hatte. Er nahm den Geruch von Ofenbraten und gegrilltem Speck wahr, außerdem konnte er auch noch einige Gewürze darunter riechen, die er nicht kannte.

Der Küchenraum war in verschiedene Sektoren aufgeteilt. Es wurde anscheinend streng zwischen Ablage- und Schneideflächen unterschieden. An manchen Orten stapelten sich die Töpfe und Pfannen zu gigantischen Türmen, anderswo war die gesamte Arbeitsfläche leer, nichts stand dort bis auf einige Messerblöcke an den Seiten. Aus dem hinteren Küchenteil hörte Dan wildes Geschnippel und leises Blubbern. Er fand es unglaublich spannend, denn er hatte ein Restaurant noch nie hinter den Kulissen gesehen. Wie viel Essen hier wohl zubereitet werden konnte, wenn alle Köche voll im

Einsatz waren? Wie viele Köche hatte so ein Restaurant wohl?

„Das ist also die Anzahl aller Angestellten", wiederholte Peter gegen Ende des Gespräches mit Betty Hagen und schrieb es sich auf. „Können Sie mir auch sagen, wie viele davon gerade anwesend sind?"

„Im Moment nur ich, Rupert, also der Chefkoch, und ein Hilfskoch, Bernd, glaube ich. Aber demnächst kommen noch zwei Kellnerinnen."

„Gut", sagte Peter, „die müsste ich alle einmal kurz befragen, am besten fange ich gleich bei Ihrem Chefkoch an, ich will vor dem Mittagsgeschäft auch gar nicht so lange stören."

Gerade wollte Betty sagen, dass sie Rupert, den Chefkoch, holen würde. Sie hatte sich auch schon halb aufgerichtet, als die Tür zur Küche laut knallend aufflog. Heraus kam ein großer, breit gebauter Mann mit einer Glatze und grob geschnittenen Gesichtszügen. Diese wirkten auch ohne die Zornesfalten, die sich im Moment abzeichneten, schon recht unangenehm. Vor sich hielt der Mann Dan am Kragen gepackt und schob ihn aus der Küche.

„Was zum?", rief Peter nur kurz aus, da hatte der Mann ihn und Betty entdeckt.

„Gehört der zu dir?", fragte er gereizt an Peter gerichtet und schüttelte Dan leicht, der sich nicht im Geringsten zu wehren versuchte. „Passt besser auf, wo ihr –", begann er zornig, doch Betty unterbrach ihn eilig und rief eindringlich:

„Das sind die Herren von der Polizei!"

Der Glatzkopf ließ sofort Dans Kragen los.

„Das, äh, tut mir leid, entschuldigen Sie bitte", sagte der Mann zwar höflich, aber es klang irgendwie aufgesetzt. „Aber Sie können nicht einfach so in die Küche gehen und ich kann es erst recht nicht leiden, wenn jemand das Essen so sabbernd begafft."

Peter blickte seinen kleinen Bruder vorwurfsvoll an.

Dieser hob als Antwort abwehrend die Hände und machte eine ganz unschuldige Miene.

„Ich habe halt Hunger, außerdem sabbere ich nicht."

Peter verdrehte seufzend die Augen.

„Bitte entschuldigen Sie die Umstände, mein *Kollege* ist manchmal etwas ungestüm." Und vergisst offensichtlich seine Abmachung, sich zurückzuhalten, fügte Peter noch in Gedanken hinzu.

Dan zuckte mit den Schultern. „Es roch da drinnen einfach so lecker", murmelte er halblaut.

„Nilson von der Mordkommission", stellte Peter sich vor und zeigte noch einmal seinen Ausweis. „Und Sie sind?"

Der grobschlächtige Mann wischte sich die Hand an seiner Schürze ab und streckte sie dem Kommissar entgegen. Wobei sie mehr einer Pranke als einer Hand glich, dachte Peter, während er sie schüttelte.

„Rupert Steinweis, Koch."

„Ich würde Ihnen gerne ein paar Fragen stellen, wenn es gerade passt."

Der Mann, der eher in ein Schlachthaus als hinter den Herd eines Nobelrestaurants gepasst hätte, warf Dan einen bösen Blick zu.

„Jetzt bin ich ja eh aus der Küche raus. Wenn es schnell geht, bitte." Er bedeutete Peter, auf die Terrasse zu gehen, wo er sich sofort eine Zigarette ansteckte.

„Ich fange einfach mal ganz routinemäßig mit der unangenehmsten Frage an: Können Sie mir sagen, wo Sie am Montagabend zwischen 20 und 23 Uhr waren?"

Der Koch holte einmal tief Luft und stieß eine Rauchwolke aus.

„Wieso sollte mir das unangenehm sein? Ich war bis genau 22 Uhr in der Küche." Er zeigte auf die Tür. „Mit Aufräumen und so war es vermutlich ungefähr halb elf. Danach bin ich nachhause gefahren, duschen gegangen, fernsehen und dann ins Bett."

Peter vermerkte dies in seinem Büchlein.

„Kann das jemand bezeugen?"

„Betty, der Neue, Bernd und die schwarzhaarige Zuträgerin. Wegen der Namen brauchen Sie mich erst gar nicht zu fragen, das weiß Betty besser als ich und die haben Sie ja schon kennen gelernt. Ab dem Heimweg habe ich keine Zeugen mehr, ich bin derzeit single."

„Wie standen Sie in letzter Zeit zu Ihrer Chefin?"

Der Koch blickte den Kommissar an und blies eine weitere Wolke in die Luft, bevor er antwortete.

„Ich kenne – nein, ich kannte die Kleine seit fast dreißig Jahren, glauben Sie mir, ich habe ihr nichts getan", entgegnete er schließlich vollkommen ruhig.

„Aber mit ihren Plänen für das Restaurant waren Sie nicht einverstanden, oder?"

Wieder stieg eine Rauchwolke in die Luft und löste sich langsam auf.

„Moderne Kunst, Abendevents, Molekularküche. Das passt nicht zu diesem Restaurant, das ist nicht das, wofür der alte Herr, also der alte Herr Richard, das hier geschaffen hat. Das wäre niemals in seinem Sinn gewesen und nein, in meinem auch nicht. Der Storch ist eine edle, aber immer noch bodenständige Gaststätte und das wissen unsere Kunden zu schätzen."

„Einen Moment kurz, der alte Herr Richard ist der Vater von Frau Richard? Aber Frau Richards Mann heißt auch Herr Richard?"

„Er hat ihren Namen angenommen", beantwortete Herr Steinweis schlicht. Auf Peters verwunderten Blick hin fügte er noch hinzu: „Ja, er ist viel weniger taff als er aussieht."

Peter sparte sich weitere Kommentare über diese Aussage.

„Hatten Sie mit Ihrer Chefin Streit über den geplanten Kurswechsel?"

„Oh ja", entgegnete der Koch prompt, „wir sind da mehrfach aneinander geraten. Aber glauben Sie ernsthaft, ich hätte sie deswegen umgebracht?"

„Warum nicht, vielleicht konnten Sie das nicht mit Ihrer Ehre als Koch oder mit der vererbten Tradition von Herrn Richard vereinbaren. Vielleicht hat es Sie aufgeregt. Morde geschehen leider aus den unterschiedlichsten Gründen."

Rupert Steinweis schnaubte verächtlich.

„Das kann sein, aber ich ermorde niemanden, kapiert? Ich habe oft mit ihr gestritten, weil ich ein Mann bin, der seine

Meinung sagt, aber ich bin kein Mörder. Das können Sie auch so in Ihr kleines Büchlein schreiben."

„Eine letzte Frage noch, haben Sie den Streit zwischen Frau Richard und ihrem Ehemann mitbekommen?"

Der Koch nahm einen letzten Zug und drückte die Zigarette im dafür vorgesehenen, steinernen Aschenbecher neben der Tür aus.

„Habe ich. Das war sogar noch in der Küche nicht zu überhören. Hat mich aber nicht interessiert. Nicht meine Angelegenheit und da werde ich nichts weiter darüber sagen."

Als Peter vom Koch begleitet in den Saal zurückging, saßen Dan und Betty an der Theke und unterhielten sich bei einem Getränk. Der Koch blickte Dan noch einmal streng und missbilligend an und verschwand dann wortlos wieder in der Küche.

„Na?", fragte Peter und blieb neben seinem Bruder stehen. „Habt ihr Spaß?"

„Betty erzählt mir gerade von ihrem letzten Arbeitsplatz", erklärte Dan.

„Wenn du sonst nichts zu tun hast, dann kannst du mir bei der nächsten Befragung Gesellschaft leisten." Peter bat Betty, die übrigen Angestellten, die noch hier waren, zu holen. Zuerst sprachen sie mit den anderen Bedienungen, die inzwischen eingetroffen waren. Das ergab jedoch auch keine hilfreichen Erkenntnisse. Das einzig Neue an dieser Aussage war, dass Elisabeth Richard einigen – zumindest unter den Bedienungen – wohl zu streng gewesen war.

Jetzt war nur noch der Hilfskoch übrig, doch es war nicht Bernd Fischer, wie Betty gedacht hatte, sondern ein anderer Beikoch.

„I-ich bin Thomas Ellington", stellte dieser sich mit leiser Stimme vor. Er wirkte etwas schüchtern, wie er da mit hängenden Armen und hochgezogenen Schultern stand. Große, Augen blickten aus einem bleichen Gesicht empor.

„Herr Steinweis nannte Sie *den Neuen*, das heißt, Sie arbeiten noch nicht so lange hier?"

Herr Ellington rieb sich über einen Arm und antwortete: „Nein, noch nicht so lange. Knapp drei Monate vielleicht." Sein Tonfall klang eher wie eine Frage, so, als ob er sich selbst nicht sicher sei.

Sie saßen zu dritt an einem der Tische im Gastraum ganz im hinteren Eck, damit sie ungestört miteinander sprechen konnten. Peter machte sich wieder Notizen, während Dan mehr oder weniger auf den Beikoch vor ihnen achtete.

„Sie haben bestimmt auch von den Modernisierungsplänen Ihrer Chefin Wind bekommen. Wie genau standen Sie denn zu diesem Thema, hat es Sie irgendwie gestört oder haben Sie mitbekommen, dass Frau Richard damit die Belegschaft gegen sich aufgebracht hat?"

Der Koch überlegte einen Augenblick und schaute dabei zu Boden. Er schien überhaupt Blickkontakt möglichst zu vermeiden. Das konnte entweder daran liegen, dass er etwas verheimlichte, oder er war einfach sehr schüchtern.

„Ich selbst habe nichts gegen die Pläne gehabt, ich bin ja erst seit kurzem hier und so etwas ist mir ehrlich gesagt auch komplett egal. Ich fand es sehr lobenswert, dass Frau Richard Pläne für die Zukunft ausgearbeitet hat, sie hatte auch ein Händchen für so etwas, aber mehr auch nicht. A-aber vor allem mit unserem Chefkoch ist sie dabei ganz schön aneinander geraten", erklärte Thomas Ellington und wirkte dabei recht kleinlaut.

„Meinen Sie, Herr Steinweis könnte etwas mit dem Mord an Frau Richard zu tun haben?", fragte Peter den jungen Mann ganz direkt.

„U-um Gottes willen, das wollte ich damit nicht sagen. Es ging ja nur um Restaurantpläne. A-außerdem wird Herr Steinweis oft laut und schreit." Der letzte Teil schien dem jungen Mann sehr peinlich zu sein und er sah aus als bereute er, es gesagt zu haben.

Peter musste ihm jedoch Recht geben, dass Rupert Steinweis wie ein sehr schroffer Zeitgenosse wirkte. Und dem jungen Mann hier vor ihm schien es dafür an Selbstbewusstsein ganz schön zu mangeln.

„Haben Sie den Streit mitbekommen, den Ihre Chefin und deren Ehemann neulich hatten?"

Herr Ellington nickte vorsichtig.

„Haben Sie mitbekommen, worum es ging?"

„Nicht so genau", meinte er, „ich war ja in der Küche. Ich glaube aber, dass Herr Richard ziemlich wütend auf seine Frau war, er hat ihr dauernd irgendwelche Vorwürfe gemacht. Was genau, weiß ich aber nicht."

„Wie standen Sie persönlich denn zu Ihrer Chefin? Ich habe gehört, dass sie mitunter schon ganz schön streng sein konnte. Manchen etwas zu streng. Ging Ihnen das ebenfalls so?"

Die andere Bedienung hatte zuvor beschrieben, dass die Chefin hier manchmal anscheinend wegen jeder Kleinigkeit gemeckert hatte und alles wirklich perfekt haben wollte. Zum Thema Pünktlichkeit sei ihr Motto wohl lieber zwei Stunden zu früh als nur fünf Minuten zu spät gewesen und das hatte sie von ihren Angestellten ebenfalls im gleichen Maße erwartet.

„Sie hatte schon einen strengen Ton, aber im Vergleich zu meinen anderen Chefs vorher war das Klima hier eigentlich ganz angenehm." Er versuchte sich an einem zaghaften Lächeln. „Außerdem fand ich es eher beeindruckend, wie eine Frau sich so durchsetzen konnte. Gerade da manche der Männer hier ganz schön Contra geben können."

Irgendwie hatte Peter eine Vermutung, dass er wusste, wer gemeint war und musste fast schmunzeln. Aber nur fast.

„Wissen Sie, wo sich Frau Richard am Montagabend aufgehalten hat?"

Ellington blickte nach links oben, während er überlegte.

„Ich glaube, sie hatte mal erwähnt, dass sie einen Termin in der Innenstadt hatte, aber welcher Art oder wo genau, weiß ich nicht."

„Dann nur noch eine kleine Routinefrage, wo waren Sie an diesem Abend so ab acht Uhr?"

Herr Ellington sah Peter direkt in die Augen.

„Ich habe meine Oma hier in der Stadt besucht."

„Das kann sie dann sicher auch bestätigen?"

Er nickte und führte gleich noch weiter aus: „Also sie selber vielleicht nicht mehr, aber die Pfleger haben mich auch gesehen und kennen mich."

Peter merkte auf.

„Ihre Großmutter ist also in einem Krankenhaus oder Altersheim?"

„Das Letztere", sagte der junge Mann und fügte sehr leise hinzu: „Sie ist dement."

„Das tut mir leid. In welchem Altersheim wohnt ihre Großmutter denn und wo liegt das?" Selbst wenn Ellingtons Alibi bestätigt werden könnte, musste auch noch sicher gestellt werden, dass das Altersheim nicht in der unmittelbaren Nähe zum Tatort lag. Ansonsten hätte er sich bestimmt ungesehen hinausstehlen können und wäre ganz schnell wieder zurück bei seinem Alibi gewesen.

„Sie ist im St. Hildegard, ziemlich im Süden von Valkenberg."

Das sollte alles überprüfbar sein. Immerhin war er einer der ersten Befragten, der am Abend des Mordes nicht alleine zuhause war. Ein Anfang, dachte Peter.

„In Ordnung, dann vielen Dank für Ihre Zeit", verabschiedete er sich von dem Hilfskoch. Jetzt waren sie wohl mit allen anwesenden Mitarbeitern durch. Die übrigen, die heute nicht bei der Arbeit waren, sollten in den nächsten Tagen auf dem Revier vorbeischauen, um ihre Aussagen zu machen. Peter schrieb sich eine Notiz, um nicht zu vergessen, seinem Kollegen alle Namen zu übermitteln. Die Daten der Angestellten hatte Betty inzwischen aus dem Büro rausgesucht und dem Kommissar übergeben. Also konnten sie sich wieder auf den Rückweg machen.

„Warte", meinte Dan, als Peter schon zur Tür rausgehen wollte. „Ich muss mein Getränk noch bezahlen." Dan stand von seinem Barhocker auf, holte seinen Geldbeutel aus der Hosentasche hervor und wollte gerade das Münzfach öffnen. Er hoffte, dass in so einem Lokal wenigstens die Apfelschorle bezahlbar wäre.

„Schon in Ordnung", sagte Betty, die hinter dem Tresen stand, als sie seinen Geldbeutel entdeckte. „Das brauchst du nicht zu bezahlen."

Die Brüder sahen sie beide verwundert an.

„Geht aufs Haus. Für das nette Gespräch", erklärte Betty und zwinkerte Dan zu.

Er bedankte sich überrascht lächelnd und wollte sich gerade verabschieden, als Peter dazwischenkam.

„Das ist sehr freundlich von Ihnen, Frau Hagen, aber das können wir leider nicht annehmen."

Dan blickte verwundert und ein wenig genervt zu seinem Bruder hinüber. Was sollte das denn jetzt? Immerhin war es wahrscheinlich das erste Mal in seinem Leben, dass eine Frau ihm ein Getränk ausgeben wollte. Von seiner Mutter einmal abgesehen.

„Aber es geht doch nur um eine kleine Apfelschorle", meinte Betty und auch sie wirkte fast ein wenig schmollend.

„Dennoch könnte uns das als Bestechung ausgelegt werden. Polizisten dürfen leider nichts annehmen, erst recht nicht inmitten der Ermittlungen."

„Aber ich –", wollte Dan gerade protestieren, doch Peter schnitt ihm eilig das Wort ab.

„Das gilt auch für polizeiliche Berater", sagte er etwas lauter und blickte seinen jüngeren Bruder streng an. Er hatte keine Lust, seinem Chef erklären zu müssen, warum er seinen Bruder zu den Ermittlungen mitgenommen hatte. Die Gefahr, dass einer der Angestellten etwas aufschnappte, wenn Dan sich verplapperte war einfach zu groß. Es kam auch immer wieder vor, dass man bei der Annahme solcher Geschenke angeschwärzt wurde.

Dan schloss seinen Mund nach einem Augenblick wieder und nickte, obwohl er Peter immer noch einen bösen Blick zuwarf.

„Dann bis zum nächsten Mal", verabschiedete Betty die beiden und zwinkerte Dan erneut zu.

Peter sah seinen kleinen Bruder verwundert an und fragte ihn, sobald sie außer Hörweite waren: „Wie hast du das denn gemacht? Sie scheint dich ja zu mögen." Er war ganz überrascht, denn es war immer noch sein kleiner Bruder, der bisher vermutlich noch mit keiner anderen Frau außer vielleicht Kassiererinnen gesprochen hatte.

Dan lächelte nur vielsagend. Er selbst wusste allerdings auch nicht so ganz, was eben passiert war. Ihm hatte wirklich noch *nie* ein Mädchen etwas ausgegeben. Die meisten Frauen wechselten nicht einmal mehr als ein paar Worte mit ihm. Und die wenigen, die es taten, auch meist nur dann, wenn er ihnen beim Einkaufen ein Regal blockierte, oder so etwas in der Art. Am meisten hatte er bisher vermutlich – außer mit seiner Mutter natürlich – mit seiner Betreuerin vom Arbeitsamt gesprochen. Und das waren keine angenehmen Gespräche gewesen.

„Wir haben uns nur ein bisschen unterhalten", fügte er noch an seinen Bruder gewandt hinzu.

Der lachte auf und schüttelte den Kopf. Sein Bruder hatte sich tatsächlich geändert. Peter konnte sich nicht daran erinnern, dass sich Dan jemals freiwillig mit jemandem unterhalten hatte. Und selbst wenn ihn jemand angesprochen hatte, wurden die Leute nach einer Weile immer des Gesprächs überdrüssig. Wenn man früher mit Dan gesprochen hatte, musste man ihn immer wieder darauf aufmerksam machen, dass er einem zuhören sollte.

Aber in manchen Dingen war er doch immer noch der gleiche wie früher, schoss es Peter sofort durch den Kopf, als er bemerkte, dass Dan mit jedem Bein eine andere Schrittlänge nahm. Er ging auf den Steinen, die den Kiesweg begrenzten und vermied es strikt, auf die Spalten zwischen den Steinen zu treten, selbst wenn er sich dafür fast verrenken musste.

„Und?", fragte Peter, nachdem sie wieder ins Auto gestiegen waren und in Richtung Stadt fuhren. „Konntest du irgendwelche Erkenntnisse gewinnen? Hast du im Restaurant jemanden oder irgendetwas erkannt?"

„Leider nicht", gestand Dan und verzog unzufrieden den Mund. Er selbst hatte sich scheinbar auch mehr erhofft.

„Und dafür musste ich diese Nervensäge bei der Arbeit ertragen", murmelte Peter so leise, dass Dan es nicht verstand.

Dieser fragte auch nicht nach. Die Schafherde, an der sie vorbei fuhren, erschien ihm gerade interessanter. Wie ein kleines Kind, stellt Peter wieder einmal fest.

„Und was jetzt?", fragte Dan später in die entstandene Stille hinein.

„Jetzt", begann Peter, „werde ich weiter ermitteln und du wirst mich nicht länger stören. Ich fahre dich gleich zu deiner Wohnung."

Dan grummelte in unterdrücktem Protest. Er hatte keine Lust, einfach nachhause zu gehen. Was sollte er denn da? Aufs Arbeitsamt zu gehen lohnte sich heute auch nicht mehr. Er wollte weiter mit an dem Fall arbeiten, er wollte ihn unbedingt aufklären. Ein Teil von ihm war wahnsinnig neugierig darauf, wer denn die Schattengestalt war, die er in der Erinnerung gesehen hatte. Zusätzlich glaubte er, erst mit dieser Sache abschließen zu können, wenn er den Fall aufklären und den Mörder entlarven würde. Immer wieder kam es vor, dass er das Gesicht der Frau vor sich sah, so verzerrt und voller Angst. Aber Dan hielt sich – zumindest meistens – an seine Versprechen, deshalb ließ er sich von seinem Bruder relativ protestlos nachhause bringen. Ein bisschen wehmütig blickte er dem Auto nach, wie es am Ende der Straße verschwand.

Und nun? In ein oder zwei Stunden musste er bestimmt wieder etwas essen und daheim hatte er sowieso nichts. Also einkaufen gehen. Die wichtigsten Geschäfte waren nicht allzu weit von seiner Wohnung entfernt. Er kaufte eine Handvoll verschiedener Lebensmittel und sah betrübt sein restliches Geld davon flattern. Bevor Dan nachhause ging, machte er noch einen kleinen Spaziergang, wobei er gar nicht richtig auf den Weg achtete. Erst als er die Reihe der Bäume sah, bemerkte er, dass er zur Bogen-Allee gegangen war, in welcher der Mord geschehen war. Eigentlich lag die gar nicht auf dem direkten Weg zu seiner Wohnung. Mit verlangsamtem Schritt hielt er auf *die* Stelle zu. Aus der Entfernung erkannte Dan bereits die Schemen.

Die Erinnerung startete erneut damit, wie beide Personen noch einige Schritte gingen und die Frau sich dann umdrehte. Ihre Umrisse erschienen Dan irgendwie schärfer als zuvor. Der Mörder war jedoch immer noch nur eine undefinierbare Gestalt, kein bisschen anders als beim letzten Mal. Als sich die Frau nach hinten umdrehte, klärte sich ihre Miene und sie schien der Gestalt direkt ins Gesicht zu sehen. Während die beiden sich unterhielten, hatte Dan den Eindruck, dass ihr Umgang sehr locker war.

Es belastete ihn immer noch, den Mord zu beobachten, aber er verkraftete es diesmal besser, die Szene mit anzuschauen. Bestimmt stumpfte er einfach ab, je öfter er das sah, dachte er. Das wäre auf der einen Seite zwar praktisch, aber eigentlich kein schöner Gedanke.

Wieder blitzte das Messer auf. Diesmal versuchte Dan, noch mehr Details zu erkennen. Er konzentrierte sich mit aller Kraft auf das ganze Geschehen, um ja nichts zu übersehen.

Die Augen der Frau weiteten sich. Sie hatte dunkelgrüne Augen. Ihre Hände schossen hoch, um sich zu verteidigen. Sie trug einen kleinen, goldenen Ring am Finger, ziemlich schlicht, aber vermutlich war das ihr Ehering. Der Täter hatte den rechten Fuß nach vorne genommen und stieß mit rechts zu. Ein Rechtshänder also? Auf der Klinge des Messers war ein kleines Symbol eingraviert. Dan bildete sich ein, ein Tier zu erkennen, doch es ging einfach zu schnell und das Symbol war zu klein. Bei jedem Einstich zuckte der Körper der Frau und Dan verkrampfte sich mit jedem Mal mehr. Viermal, dann zog der Täter das Messer endgültig heraus. Dan kniff die Augen zusammen, als er die Szene bis zum Ende verfolgte, doch das Bild verblasste bereits. Der Mann streckte noch den Arm aus. Es wirkte, als wollte er die Frau auffangen. Vielleicht, damit sie nicht zu dumpf aufschlüge. Konnte ein menschlicher Körper beim Fallen viel Lärm machen? Aber vielleicht könnte er so tun, dass ihr gar nichts passiert sei, wenn er sie aufrecht hielte. Also falls einer der Anwohner aus dem Fenster schaute. Oder aber er wollte vortäuschen, dass sie sich innig umarmten. Beim letzten Gedanken wurde Dan schlecht.

Erst beim Luft holen, merkte er, dass er die ganze Zeit, während sich die Erinnerung abgespielt hatte, den Atmen angehalten hatte.

5. Kapitel

„Was soll das heißen, er ist nicht auffindbar?!", fragte Peter gereizt einen Kollegen auf der Wache. Der junge Polizist schüttelte bloß den Kopf, während er antwortete.

„Das heißt, dass wir keine Ahnung haben, wo er ist und ihn auch nicht erreichen können. Ich habe sowohl auf seinem Handy, als auch auf dem Festnetztelefon angerufen, aber es geht niemand hin. Das Handy ist sogar ausgeschaltet."

Scheiße, dachte Peter. Gerade wollten sie den Ehemann der Verstorbenen noch einmal zu den Aussagen der Restaurantangestellten befragen, da war er spurlos verschwunden. Das durfte doch wohl nicht wahr sein.

„Dann soll jemand zum Haus fahren und nachsehen, ob er vielleicht nur nicht ans Telefon geht."

„Das haben wir ja schon gemacht", erklärte Peters Kollege geduldig. „Ich habe eine Streife hingeschickt, aber die haben niemanden gefunden. Die Nachbarn wissen anscheinend auch nicht, wo Herr Richard hin ist."

Peter ließ sich auf den Stuhl sinken.

„Damit macht der Mensch sich auf jeden Fall verdächtig. Gib sein Profil sofort an alle Streifen in der Umgebung durch. Wenn ihn jemand findet, soll er sofort hierher gebracht werden. Informiere auch die Leute am Flughafen und an den

Bahnhöfen. Wir müssen ihn finden, bevor er die Stadt verlässt. Wenn es dafür nicht bereits zu spät ist, was ich ehrlich gesagt befürchte."

„Jawohl, wird gemacht", antwortete der Polizist und wollte gerade das Büro verlassen, als es an der Tür klopfte. Ohne auf ein Herein oder Ähnliches zu warten, platzte der Polizeidirektor ins Büro.

„Nilson", entgegnete er ruppig und begrüßte den Kollegen vom mittleren Dienst nur mit einem sehr knappen Nicken, das gerade so noch wahrnehmbar war, „bevor Sie Feierabend machen, will ich mit Ihnen reden."

Peter hatte kaum Zeit, um „in Ordnung", zu sagen, da schlug sein Chef schon wieder die Tür hinter sich zu.

„Das wird ja ein toller Einstieg ins Wochenende", meinte Peter resigniert und sein Kollege gab ein trockenes Lachen von sich.

„Immerhin musst du dieses Wochenende nicht arbeiten", versuchte dieser, Peter aufzumuntern.

Doch Peter dachte nur daran, dass mit ihm auch der Fall übers Wochenende ruhen würde. Dabei zog sich das ganze bereits so lange hin und sie hatten immer noch gar nichts Konkretes.

Der Tag hatte immer noch keine weiteren Ergebnisse gebracht, als Peter mit einem Knoten in der Magengegend vor der Tür des Polizeidirektors stand. Er holte noch einmal tief Luft, bevor er die Faust hob und vorsichtig an die Tür klopfte.

„Herein!", bellte es aus dem Büro.

Konzentriert und beherrscht öffnete Peter die Tür und trat ein.

„Sie wollten mich sprechen?", begann er und bemühte sich um einen neutralen und höflichen Tonfall.

Sein Chef unterbrach ihn jedoch sofort wieder: „Setzen!" Er deutete auf den unbequemen Stuhl vor seinem Schreibtisch.

Peters Augenwinkel zuckte einen Moment. Er war doch nicht mehr in der Schule. Aber er kam der Aufforderung nach.

Sein Chef faltete die Hände auf der Tischplatte und blickte Peter an.

Dieser kannte die Prozedur bereits und ließ sie schweigend über sich ergehen. Das war das Beste, was man in dieser Situation machen konnte, ihn ja nicht reizen. Der Chef hatte ein Faible dafür, die Leute schweigend warten zu lassen und anklagend anzustarren. Falls man dabei den Fehler beging und etwas unaufgefordert sagte, flog einem das halbe Büro um die Ohren.

Es dauerte eine gefühlte Ewigkeit, bis der Polizeidirektor laut seufzte und die Hände wieder vom Tisch nahm.

„Wie steht es um die Ermittlungen?", fragte er dann betont lässig.

Peter räusperte sich noch, bevor er antwortete. Er zählte die befragten Personen auf und deren Angaben zu den Alibis. Außerdem erklärte er noch die Tatumstände, die sie von der KTU bekommen hatten. Er war sich sicher, dass sein Chef die Berichte nie selber durchlas.

Nachdem Peter mit seinen Erzählungen fertig war, nickte sein Chef noch bedächtig weiter. Dann hob er fragend eine Augenbraue und schloss aus dem Schweigen, dass sein Untergebener fertig berichtet hatte.

„Gut, gut. Jetzt drängt sich mir da nur noch eine klitzekleine Frage auf. Ich persönlich halte den Umständen nach den werten Ehegatten für den Hauptverdächtigen." Als kein Protest von Peters Seiten her kam – in diesem Stadium der Ermittlungen war es nicht ratsam, seinem Chef zu widersprechen – fuhr der Polizeidirektor fort.

„Dann frage ich mich doch, warum dieser besagte Gatte nicht in einer unserer Zellen sitzt. Egal ob Beweise oder nicht, bei so einer Tat kann der Staatsanwalt auf keinen Fall etwas gegen eine U-Haft einwenden. Lasst ihr ihn wenigstens rund um die Uhr überwachen?"

Für einen Moment schloss Peter die Augen und stöhnte innerlich auf. Natürlich musste das Thema angeschnitten werden. Warum hatte Christian Richard ausgerechnet heute verschwinden müssen? Hätte er nicht erst nach dem Wochenende fliehen können?

Peter räusperte sich verlegen und die Augen seines Chefs verengten sich zunehmend, während Peter das Geständnis ablegte.

Am Samstagmorgen, genau genommen war es schon Mittag, erhielt Dan einen Anruf von seinem Bruder. Er brauchte einen Moment, um das richtig zu realisieren. Das lag sowohl daran, dass Dan erst vor kurzem aufgestanden und noch nicht ganz wach war, als auch dass er noch nie von seinem Bruder angerufen wurde. Eine ganz ungewöhnliche Situation.

„Ja?", meldete er sich vorsichtig.

„Guten Morgen", begrüßte Peter ihn betont höflich, „ich nehme mal an, für dich ist es noch morgens. Mama hat angerufen, du solltest dich bei ihr melden, sie macht sich schon Sorgen."

Stimmt, dachte Dan, da war noch etwas gewesen. Das hatte er völlig vergessen. Waren seine Eltern eigentlich schon wieder aus dem Urlaub zurück?

„Hast du dir für heute schon etwas vorgenommen?", fragte sein Bruder gleich darauf und lenkte Dan so netterweise von seinem Schuldbewusstsein ab.

„Nee, bis jetzt noch nicht."

Die kurze Stille am anderen Ende der Leitung verriet, dass Peter wohl das Gegenteil gehofft hatte.

„Catrinel lädt dich zum Mittagessen ein, also, falls du möchtest."

„Ja, gerne", antwortete Dan sofort. Er erinnerte sich begeistert an das gute Abendessen von letztem Mal.

„Dann halte dich bereit, ich hole dich in einer halben Stunde von deiner Wohnung ab."

„Das ist aber nett", meinte Dan süffisant. Er ahnte, dass es nicht die Idee seines Bruders gewesen war. Peter brummelte nur irgendetwas Knappes zur Verabschiedung und legte auf.

Dan war zwar vor dem Anruf schon wach gewesen, brauchte aber dennoch einige Zeit, um aus dem Bett zu kommen. Wenn er unter der Woche zur Arbeit musste, kam er gerade noch so in die Gänge, aber am Wochenende war er erst recht nicht der Schnellste.

Aus der Gewohnheit heraus begann Dan, zwei Toastscheiben zu toasten. In dem Moment, als das Brot aus dem Toaster hüpfte, fiel ihm ein, dass er doch eh bald Essen bekommen würde. Da musste er ja eigentlich gar nichts frühstücken. Dan funkelte die beiden Toastscheiben böse an, so als ob sie daran schuld wären und ihn nicht rechtzeitig erinnert hätten. Er wollte das Brot nicht vergeuden, deswegen legte er es auf einen Teller und ließ es für sein Abendessen stehen.

Nach kurzer Zeit klingelte es bereits an der Tür. Dan war gerade erst frisch geduscht und hatte noch keine Hose an, als er seinem Bruder öffnete.

„Können wir los?", fragte Peter als Begrüßung, bevor sein Blick an Dan hinunterwanderte und an den nackten Beinen seines Bruders hängen blieb.

„Kleinen Moment noch, komm erst mal kurz rein."

Kopfschüttelnd trat Peter ein und schloss eilig die Tür hinter sich.

„Eine halbe Stunde hatte ich dir gesagt", meinte Peter anklagend, „beeile dich bitte", mahnte er seinen Bruder noch und setzte sich an den Küchentisch. Die Küche machte überraschenderweise sogar einen saubereren Eindruck als das letzte Mal, als Peter hier gewesen war.

Dan verschwand unter Gebrummel, das bedeutete, dass er verstanden hatte, im Schlafzimmer auf der Suche nach einer Hose.

Mit den Fingern trommelte Peter auf die Tischplatte und blickte sich ein bisschen in der Küche um. An der Einrichtung hatte sich wie erwartet nichts geändert und es standen im Großen und Ganzen die gleichen Dinge herum. Er stutzte jedoch, als er auf dem Tisch eine Medikamentenpackung entdeckte. Er warf einen Blick zum Schlafzimmer rüber und sah seinen Bruder hin und her laufen. Hatte der seine Hosen etwa versteckt oder warum dauerte das so lange? Nervös und unentschlossen leckte Peter sich mit der Zunge über die Lippen. Von einem inneren Impuls getrieben und mit einem weiteren Blick Richtung Schlafzimmer, griff er nach der Tablettenpackung. Der Name darauf kam ihm bekannt vor, anscheinend waren das die Medikamente, die Dan schon seit seiner Kindheit nehmen musste. Peter hatte nie nachgefragt, warum Dan die überhaupt brauchte, musste er sich jetzt schuldbewusst eingestehen. Als Kind fand er es auch seltsam, aber er hatte sich irgendwann einfach daran gewöhnt, dass sein Bruder diese Tabletten brauchte. Es war eine psychische Störung, hatten seine Eltern ihm erklärt und ohne diese Medikamente sei dem nicht beizukommen. Angestrengt versuchte Peter sich zu erinnern, was für eine Störung das genau gewesen war, aber er glaubte, dass seine Eltern es ihm nie richtig gesagt hatten. Oder hatte er es einfach verdrängt?

Mit nervös klopfendem Herzen öffnete er die Packung an einer Seite und lugte hinein. Sie war leer. Das war wieder mal typisch für seinen Bruder.

Dan war gerade noch einmal im Bad verschwunden und so konnte Peter dem Drang nicht widerstehen, einen Blick auf die Packungsbeilage zu werfen. Vorsichtig entfaltete Peter den Zettel und achtete darauf, nicht zu laut mit dem Papier zu rascheln. Vermutlich konnte Dan ihn sowieso nicht hören, aber Peter fühlte sich wie bei einer Straftat. Er übersprang gleich die Informationen zur Einnahme und überflog stattdessen schnell die Nebenwirkungen des Medikaments und erschrak.

Was war das denn für krasses Zeug?! Er las noch ein wenig weiter und steckte den Zettel dann hastig wieder in die Packung zurück.

Mit einem Mal war ihm richtig schlecht. Neben den ganz normalen Nebenwirkungen, die es bei eigentlich jedem Medikament gab, wie zum Beispiel Kopfschmerzen und Schläfrigkeit, standen da auch noch enorme Konzentrationsstörungen, Fokussierungsschwierigkeiten, Persönlichkeitsstörungen in verschiedenen Ausprägungen, Depressionen, Abschwächung empathischer Fähigkeiten, epileptische Anfälle und unkontrollierbare, spastische Muskelkrämpfe.

Peter schluckte schwer. Das hatte er nicht gewusst und hätte es auch nie in diesem Ausmaße geahnt. Um ehrlich zu sein, hatte er sich nie Gedanken über etwaige Nebenwirkungen gemacht. Für ihn hatte sein Bruder einfach ein Problem, welches mit den Tabletten behoben wurde und fertig. Peter fühlte sich schuldig, dass er es damals einfach so hingenommen hatte. Konzentrationsstörungen, überlegte er. Er hatte ja gewusst, dass sein Bruder es in der Schule immer schwer gehabt hatte und schließlich ohne Abschluss aufhören musste. Genau genommen war Dan von der Schule geflogen. Aber er hatte angenommen, dass Dan einfach zu faul gewesen war, nicht gelernt und auch nie Bock auf so etwas gehabt hatte.

In diesem Augenblick betrat Dan die Küche.

„So, ich bin fertig", verkündete er, „wir können los."

Wie benommen deutete Peter auf die Tablettenpackung, die wieder wie zuvor auf dem Tisch lag.

„Die ist leer", sagte er mit monotoner Stimme.

„Ja, ich weiß", gab Dan verlegen zu, „aber ich habe sie mir extra rausgelegt, damit ich nicht vergesse, zum Arzt zu gehen."

Das war auch gar nicht gelogen. Am vorigen Abend hatte Dan wirklich beschlossen, sich Tablettennachschub zu besorgen. Was er jedoch nicht erwähnte, war, dass er eigentlich beschlossen hatte, diese Tabletten nicht mehr zu nehmen. Er hatte zwar keinen Beweis dafür, dass die Tabletten ihm schadeten, aber er fühlte sich viel besser, seit er sie nicht mehr täglich einnahm. Irgendwie wacher und konzentrierter und wieder viel mehr er selbst. Mit den Jahren hatte Dan selbst vergessen, welche Störung ihm als Kind diagnostiziert worden war. Vielleicht war das ebenfalls eine Folge der Tabletten? Es war schon fast dreißig Jahre her, dass er begonnen hatte, sie zu nehmen. Doch Dan hatte eine Ahnung, was der Grund für diese Störung gewesen sein könnte. Kurz nachdem er die Tabletten nicht mehr eingenommen hatte, war plötzlich seine Fähigkeit aufgekommen, die Erinnerungen von Orten zu sehen. Vielleicht war das auch der Grund für die Verschreibung gewesen. Er mochte seine Eltern und wusste, dass sie immer hinter ihm standen. Sowohl in der Schule, als auch nachdem er sie abgebrochen hatte, waren sie für ihn da gewesen. Sogar jetzt finanzierten sie immer noch sein komplettes Leben, doch er kannte seine Eltern auch gut. Eigentlich glaubten sie – vor allem seine Mutter – nur sehr widerwillig neue Sachen. Aber wenn eine höchstgebildete Person wie ein Arzt oder Psychologe etwas sagte, dann waren sie sofort überzeugt, selbst wenn er ihnen sagte, der Himmel sei lila.

Da würde natürlich alles zusammen passen. Möglicherweise hatte er als Kind bereits diese Fähigkeit gehabt, aber niemand hatte ihm geglaubt. Er wusste ja, wie seltsam das klang. Es beruhte alles sehr stark auf Spekulationen, doch Dan war sich sicher, dass er diese Medikamente nie wieder nehmen wollte. Aber er war sich auch sicher, dass seine Eltern nicht viel vom Absetzten der Medikamente halten würden. Sie würden ihn nicht verstehen. Sie meinten es zwar nicht böse, aber so waren sie nun einmal. Außerdem kontrollierte seine Mutter, wenn sie ihn besuchte, immer, ob er genug zu essen hatte, wie die Wäsche aussah und ob noch ausreichend Tabletten da waren. Er könnte es also kaum vor seiner Mutter verheimlichen, wenn er sich keine Tabletten mehr besorgte. Daher war Dans Plan folgendermaßen: er holte sich eine neue Packung Tabletten und schmiss ein paar davon in den Müll. So sah seine Mutter, sobald sie aus dem Urlaub zurück war, dass noch genug da waren, die Packung jedoch schon angebrochen und sozusagen in Benutzung war. Der perfekte Plan, wie Dan fand.

„Seit wann nimmst du die nicht mehr?", fragte Peter und riss Dan damit aus seinen Gedanken.

„Äh…", überlegte Dan. Eigentlich mochte er es nicht, zu lügen. Also gut, riskiere ich es halt, dachte Dan und antwortete: „Seit etwas mehr als einer Woche vielleicht."

Peter überlegte sichtlich.

„Also hast du sie mindestens kurz vor dem Mord schon abgesetzt."

„Ja, wieso?", fragte Dan nach und bereitete sich innerlich schon auf die Missbilligungen seines Bruders vor vor.

„Nur so", antwortete Peter jedoch überraschend kurz angebunden. „Komm, wir müssen los. Catrinel hat sicher schon mit Kochen angefangen."

Dan riss verblüfft die Augen auf. Er hatte fest damit gerechnet, dass sein Bruder ihm eine Standpauke halten würde. Dass er ihn tadeln würde, wie Dan nur so etwas Wichtiges vergessen konnte. Er hatte schon fast darauf gewartet, dass Peter ihm nun nicht mehr glauben und die Erinnerungen als Hirngespinste seines gestörten Bruders abtun würde. Doch auch während der Autofahrt zu dem kleinem Haus der Nilsons sprach ihn Peter nicht einmal auf das Thema an.

Er erklärte bloß, dass Catrinel ihn Einkaufen geschickt und er Dan deshalb gleich mitgenommen hatte. Einfach so hätte er ihn sicher nicht extra mit dem Auto abgeholt.

Keiner wusste, wie genau sie es geschafft hatte, doch Catrinel hatte das Essen so perfekt getimt, dass es fast fertig war, als sie ankamen. Noch genug Zeit, um die Einkäufe in den Kühlschrank zu räumen und sich als Gast bequem am Tisch zurecht zu finden. Es gab selbstgemachte Lasagne, davor wieder einen gemischten Salat und zum Nachtisch noch einen Pudding mit Blaubeeren. Es schmeckte köstlich und Dan war wirklich dankbar, dass sie ihn eingeladen hatte. Er machte sich selbst meistens nur Nudeln mit verschiedenen Fertigsoßen oder Fertiggerichte. Er hatte weder den Nerv noch das Talent zum Kochen. Sogar bei den einfachsten Sachen war er meistens so in Gedanken versunken, dass ihm das Essen regelmäßig anbrannte.

Nach dem köstlichen Mahl nahm Marie Dan bei der Hand und führte ihn in den ersten Stock, weil er sich unbedingt ihr Zimmer anschauen musste.

Das Kinderzimmer war größer als Dans Schlafzimmer und Küche zusammen und war wirklich kindgerecht eingerichtet. Marie hatte ein Bett über das sich ein rosafarbener Schleier ausbreitete, einen Kleiderschrank und einen Kinderschreibtisch, der Dan gerade einmal bis zu den Knien reichte. Für ein kleines Kind war das Zimmer recht ordentlich, nur an manchen Stellen lagen Spielsachen auf dem Boden. Marie besaß ein Regal, das ausschließlich mit Kuscheltieren gefüllt war und neben der Tür stand eine kleine Spielküche. Ganz wie ihre Mutter, dachte Dan und schmunzelte.

„Du bist der Bruder von Papa, oder?", fragte sie, nachdem sie Dan alle ihre Lieblingskuscheltiere mit Namen vorgestellt hatte. Und sie besaß viele.

„Ja, das bin ich", bestätigte Dan.

Sie überlegte eine Sekunde.

„Dann bist du doch mein Onkel", stellte sie plötzlich begeistert fest und lachte ihn an.

„Ja … das stimmt", gab er zu und war für den Moment selbst überrascht. Er hatte zwar gewusst, dass sein Bruder eine Tochter hatte, aber das hatte er nie auf sich selbst bezogen. Es war einfach immer Peters Familie gewesen, aber in diesem Moment wurde Dan das erste Mal richtig bewusst, dass es auch seine Familie war. Er hatte eine Nichte.

„Darf ich dich dann Onkel nennen?"

„Wenn du das möchtest. Ich würde mich freuen", meinte Dan ganz gerührt von der neu gewonnenen Erkenntnis. „Du kannst aber auch einfach Dan zu mir sagen."

„Also Onkel Dan", legte Marie fest und lächelte zuckersüß.

Sie war wirklich ein liebes Kind. Da hatte Peter echt ein Riesenglück gehabt mit dieser Familie.

Wie auf Bestellung rief Catrinel in diesem Moment vom Treppenabsatz hinauf: „Möchtest du auch einen Kaffee, Dan?"

„Ja bitte", antwortete er und ging mit Marie wieder ins Wohnzimmer hinunter. Sie wollte unbedingt den ganzen Weg über seine Hand halten.

Die Erwachsenen saßen zusammen am Wohnzimmertisch und Marie spielte in einer Ecke mit verschiedenen Figuren. Anscheinend hatte sie ein Set Dinos mit übergroßen Nagetieren und kleinen Puppen gemischt, die jetzt alle zusammen wohnten.

Nach ein paar Minuten verabschiedete sich Peters Frau, weil sie die Küche aufräumen wollte und ließ die Brüder alleine.

Peter war das Essen über erstaunlich still gewesen und auch jetzt wirkte er noch ganz in Gedanken versunken.

Also eröffnete Dan das Gespräch: „Ich glaube, die Frau aus deinem Fall hat ihren Mörder gekannt."

Peters Kopf ruckte nach oben und er war offensichtlich aus seinen Gedanken gerissen worden. Er blinzelte einige Male, bevor er reagierte.

„Das hattest du bereits erwähnt, aber wie kommst du jetzt darauf?", fragte er überrascht.

„Ich war gestern wieder dort und habe mir die Erinnerung noch einmal angesehen", erklärte Dan. Mittlerweile konnte er von seinen Visionen ganz normal als Erinnerung sprechen und kam sich dabei fast gar nicht mehr seltsam vor.

„Ich habe darauf geachtet, alles genau mitzubekommen und am Anfang hatte ich stark den Eindruck, dass die Frau ihr Gegenüber kannte. Sie hat ganz locker mit der Gestalt gesprochen und wirkte dabei absolut nicht ängstlich. Wenn man bedenkt, dass sie im Dunkeln von einer Person verfolgt wurde, muss sie ihn gekannt haben."

Peter nickte und stellte seine Kaffeetasse zur Seite.

„Diese Vermutung haben wir in der Tat auch bereits aufgestellt. Wie das Opfer ermordet und vor allem auch gefunden wurde, unterstützt diese These noch. Die Ermittlungen konzentrieren sich daher auch schon auf den Bekanntenkreis", erklärte Peter mit der Souveränität eines Polizisten.

„Konntest du gestern sonst noch etwas herausfinden?"

Dan schloss kurz die Augen, um sich die Erinnerung wieder vorzustellen und sich wieder an das zu erinnern, was er sich dabei gedacht hatte. Jetzt nur nicht im Stich lassen, Gehirn, appellierte er an sich selbst, bevor er Peter antwortete:

„Dieses Mal konnte ich das Messer besser erkennen. Es war silbern und hatte irgendein Zeichen auf der Seite der Klinge. Das konnte man sehen bevor er –" An dieser Stelle brach Dan den Satz ab, doch sein Bruder hatte ihn schon verstanden.

„Konntest du erkennen, was für ein Symbol das war?", fragte Peter gespannt nach, doch Dan schüttelte ebenfalls enttäuscht den Kopf.

„Dafür war es viel zu klein und zu unscharf. Ich hatte geglaubt, dass es sich möglicherweise um ein Tier handeln könnte, aber das kann ich nicht sicher sagen. Was ist eigentlich mit den Messern aus der Küche vom Restaurant? Haben die irgendein Zeichen drauf und wurden die schon untersucht?"

Peter lehnte sich seufzend in seinem Sessel zurück und verschränkte die Arme.

„Natürlich haben wir die sofort untersuchen lassen, aber die waren alle sauber. Mein Chef hat mir schon fast den Kopf abgerissen, weil der Betrieb im Restaurant deswegen einige Zeit gestört war. Sie haben zwar andere Messer für die Zeit aufgetrieben und unsere Leute haben blitzschnell gearbeitet, aber naja." Peter zog vielsagend und genervt die Augenbrauen hoch, während er sich noch einen Schluck Kaffee genehmigte.

„Also kommt das Messer nicht von dort", schloss Dan ebenfalls mit verschränkten Armen.

„Nicht zwingend. Wenn es gut genug gesäubert wurde, können auch keine Spuren mehr nachgewiesen werden. Dazu ist zwar mehr Aufwand als einfaches Abwaschen nötig, aber es ist durchaus möglich."

„Das heißt ja, dass ihr absolut nichts sagen könnt", stellte Dan schockiert fest.

Sein Bruder antwortete ihm mit einem trockenen Lachen.

„Jetzt hast du mein Problem erkannt. Hast du sonst noch irgendetwas gesehen?"

„Nein, mehr nicht. Aber da ist noch etwas anderes."

Peter blickte ihn neugierig an und so fuhr Dan fort: „Im Restaurant hatte ich mich doch mit dieser Betty unterhalten, die mir einen ausgegeben wollte." Er konnte einfach nicht anders und musste das noch einmal betonen. „Sie hat mir gesagt, dass ihre Chefin sich vor ein paar Tagen höchst merkwürdig verhalten hat. Sie waren im Saal und es war noch keine Kundschaft da. Die Frau, also Bettys Chefin, hat aus dem Fenster geschaut und total intensiv etwas abgesucht. Aber Betty meinte, dass sie dort nur Bäume entdecken konn-te. Betty sagte auch, dass das gar nicht die Art ihrer Chefin war, so abwesend zu sein, das hatte sie anscheinend sehr seltsam gefunden." Dan verstummte an dieser Stelle und ließ seinen Bruder weiterdenken. Er bemerkte plötzlich, dass er noch Kaffee in der Tasse hatte und trank diesen in einem Zug aus. Igitt, kalter, schwarzer Kaffee.

Peter nickte monoton.

„Das hatte sie auch in ihrer Aussage erwähnt. Offensicht-lich hat das Opfer sich bereits vor dem Mord beobachtet gefühlt. Von wo aus würde sich ein Gebäude wie der Storch wohl am besten beobachten lassen? Natürlich von den Bäumen aus, weil man da ungesehen bleibt", beantwortete Peter seine eigene Frage. „Also vermutet man einen Verfolger oder Beobachter auch genau dort. Wann sagtest du, war das?"

„Vor ein paar Wochen, meinte Betty."

„Dann ahnte Elisabeth Richard schon so lange etwas. Das würde aber auch bedeuten, dass der Mörder die Tat schon länger geplant haben könnte."

Mit düsterer Miene überlegte Peter einen Moment lang in Schweigen gehüllt.

Dan erachtete es als besser, seinen Bruder nicht zu unterbrechen und goss sich noch einen Kaffee aus der Kanne vor ihm nach. Kaffee hatte er auch nicht zuhause. Es dauerte ihm immer zu lange, wenn er auf Kaffeemaschinen oder Wasserkocher warten musste. Diesmal fügte er aber einen großen Schuss Milch dazu, denn er mochte es nicht so bitter.

„Das passt auch zum Fund der Leiche", murmelte Peter. Aufgeschreckt blickte er schnell nach seiner Tochter, doch die hatte mittlerweile zum Glück den Raum verlassen. Er hatte gar nicht daran gedacht, dass Marie im Raum sein könnte, während sie über Morde sprachen. Peter stand auf und schloss die Tür, damit seine Tochter nicht unbemerkt hereinkommen und ihr Gespräch mitbekommen könnte.

„Was war mit dem Fund?", fragte Dan neugierig.

„Warte kurz", entgegnete Peter und holte seine Arbeitstasche. Bevor er es ewig erklären musste, konnte Dan es sich auch einfach anschauen. Peter hatte immer ein paar Fotos

vom Fundort und der Leiche dabei, damit er notfalls jemanden fragen konnte, ob er die Person darauf kannte. Manchmal benutzte er sie auch, um über den Fall nachdenken zu
können. Der Ehemann war – ob aus Trauer oder aus Jähzorn
– nicht kooperativ genug gewesen, um ihnen ein Foto zu
bringen, auf dem Frau Richard noch lebte.

Peter legte ein paar Fotos auf den Tisch vor Dan und be-
schrieb, was man darauf sehen und daraus schließen konnte.
Es waren insgesamt vier Bilder aus verschiedenen Perspekti-
ven und mit unterschiedlichen Motiven. Die erste Fotografie
zeigte die Leiche, wobei der gesamte Körper zu sehen war, so
wie sie gefunden wurde. Elisabeth Richard lag zwischen zwei
Bäumen auf dem Boden und hatte die Augen geschlossen.
Ein weiteres Foto zeigte nur das Gesicht der Frau, das erstaunlich entspannt wirkte. Es war gar nicht mehr mit dem
Gesicht zu vergleichen, das Dan in der Erinnerung sehen
konnte. Auf dem dritten Bild war nur die obere Körperhälfte
zu sehen. Das vierte und damit letzte zeigte den Torso mit
den Einstichstellen am Oberkörper und die Arme, aber das
Gesicht war nicht mehr abgebildet. Vier dunkle Flecken auf
Frau Richards hellem Mantel zeigten die Einstiche.

Dan schluckte, sein Blick wurde vor allem von dem Bild
des Gesichtes angezogen. Elisabeth Richard hatte dunkel-
blonde, halblange Haare. Eigentlich waren sie zu einem Zopf
zusammengebunden, doch ein paar Strähnen hatten sich
gelöst und umrahmten nun ihr Gesicht. Die Augen waren
geschlossen und ihre Gesichtszüge wirkten ganz friedlich.
Dan fand, dass dies ein unglaublich trauriges Bild war. Man

konnte erkennen, dass die Frau darauf sehr schön war, doch ihre Gesichtsfarbe wirkte so unnatürlich bleich, dass es ein wenig gruselig aussah.

„Der Mörder hat sie nicht einfach nur umgebracht. Nachdem er sie niedergestochen hatte, hat er sie ganz sorgfältig so zwischen die Bäume gelegt, dass sie von den Häusern aus nicht zu sehen war. Es war ihm wohl auch noch wichtig, dass sie nicht einfach irgendwie dalag. Hier, ihr Kopf ist auf eine Wurzel gelegt, aber so, dass er leicht gestützt wird, wie von einem Kissen." Während er erklärte, deutete Peter immer auf die Bilder und Stellen, wo die Einzelheiten am besten zu sehen waren.

„Einem sehr harten Kissen", kommentierte Dan trocken, doch Peter ignorierte ihn und fuhr unbeirrt fort.

„Ihre Hände wurden auch so drapiert wie du es hier sehen kannst. Ein Arm liegt ganz eng am Körper an und die andere Hand wurde gezielt auf die Brust gelegt. Das sieht man auf dem Bild jetzt nicht so gut, weil der untere Teil fehlt, aber sogar die Kleidung des Opfers ist ordentlich. Gerade so, als hätte jemand den Stoff zurecht gezupft und alle Falten glatt gestrichen. Das lässt darauf schließen, dass es kein Raubmord war oder ein Konkurrent aus der Gastronomie, der sie ausschalten wollte. Dem Mörder war sie vermutlich in irgendeiner Form wichtig."

„Habt ihr DNA-Spuren an ihr gefunden?", erkundigte Dan sich. Er bemerkte, dass es ihm mittlerweile weniger ausmachte, so über die Frau zu reden. Wenn man über eine Leiche sprach, begann man mit der Zeit, den Menschen, der es einmal gewesen war, zu vergessen. Das war irgendwie erschreckend.

„Nein, leider gar nichts. Die KTU hat ein paar Stoffrückstände gefunden, aber das sind nicht mehr als dunkle Fussel, die zu jeder zweiten Jacke gehören könnten."

Dan überlegte einige Zeit, während Peter die Fotos wieder zu einem Stapel zusammenschob. Ganz oben lag nun das Bild, das eine Aufnahme des gesamten Körpers der Frau zeigte. Wären die roten Stellen auf ihrem Mantel nicht gewesen, dann hätte man meinen können, sie schliefe nur.

„Was gibt es denn noch für Motive? Wenn sie weder wegen ihres Geldes, noch von einem Konkurrenten, der sie ausschalten wollte, getötet wurde?", fragte Dan naiv und sein Bruder sah ihn milde an.

„Es gibt so viele Gründe, warum Menschen morden und kaum einer davon scheint wirklich nachvollziehbar. Außerdem ist es noch nicht sicher geklärt, dass es weder ein Konkurrent, noch ein Räuber war. Es ist extrem unwahrscheinlich, aber es gibt auch Fälle, in denen der Mord noch weiter verschleiert wurde. Zum Beispiel durch irreführende Drapierung der Leiche. Wobei ich nicht wirklich daran glaube", gestand Peter, „wenn jemand schon so eine Tat verschleiern wollte, könnte er auch einfach die Brieftasche leeren oder mitnehmen und jeder würde auf einen Raubmord tippen. Immerhin war Frau Richard in Valkenberg stadtbekannt und jeder wusste von ihrem Vermögen. Außerdem ist ein weiteres gängiges Motiv auch noch Eifersucht, vielleicht hat sie ihren Mann betrogen, oder aber eine Verehrerin wollte Herrn

Richard für sich haben, doch dafür fehlen uns die Beweise. Aber Gründe für einen Mord gibt es viele."

Dan schluckte schwer und Peter hörte auf, weiter darüber zu sprechen. Stattdessen betrachtete er besorgt seinen Bruder. Das Ganze schien ihm recht nahe zu gehen. Auch ein Punkt, in dem sein kleiner Bruder sich stark geändert hatte. Früher hatte er weder geweint noch gelächelt, höchstens erzwungen. Man hatte bei ihm selten eine Gefühlsregung erkennen und erst recht kein Mitleid erwarten können. Vor Peters geistigem Auge erschien wieder die Packungsbeilage der Medikamente und die Nebenwirkungen schossen ihm durch den Kopf. Er spürte, wie sich ein Kloß in seinem Hals bildete. Er musste jetzt einfach darüber sprechen und gleichzeitig konnte er so seinen Bruder von den Gedanken über Morde ablenken.

„Hast du", begann Peter, musste aber ein zweites Mal anfangen, damit seine Stimme nicht belegt klang. Er räusperte sich kurz.

Dan blickte langsam von dem Foto auf, das immer noch vor ihm auf dem Wohnzimmertisch lag.

„Hast du irgendeine Veränderung bemerkt, seit du die Tabletten abgesetzt hast?" Natürlich hatte selbst Peter bemerkt, dass sich etwas bei seinem Bruder geändert hatte, doch es interessierte ihn, wie Dan das empfand.

Dieser überlegte einen Moment. Jedoch nicht, weil er es nicht wusste, sondern weil er nach Worten suchte, um es richtig zu formulieren.

„Es ist merkwürdig seitdem", begann er schließlich langsam, „aber ich fühle irgendwie alles intensiver."

Peter sah seinen Bruder irritiert an und so erklärte Dan eilig weiter: „Es klingt echt seltsam und das ist es wohl auch, aber ich fühle mich, als könnte ich seit langer Zeit wieder die Welt mit meinen eigenen Augen sehen. Verstehst du, wie ich das meine?" Er blickte seinen Bruder an und merkte, dass dieser nicht verstand. Also versuchte Dan, es noch weiter zu erklären.

„Es fühlt sich so an, als ob ich jahrelang unter einer Glasglocke gelebt hätte. Ich war ein Teil von dieser Welt und habe in ihr gelebt und trotzdem war ich von allem abgeschnitten. Ich konnte kaum Bezug zu etwas fassen. Ich habe alles durch ein Glas betrachtet, das die Welt verschwommen und grau gemacht hat. Dann hat sich diese Glocke ganz langsam gehoben und", er hielt einen Moment inne, „jetzt ist sie weg! Die Welt um mich herum ist mir noch nie so intensiv vorgekommen wie jetzt. So lebendig und so farbig!" Je mehr Dan darüber sprach, desto mehr steigerte er sich selbst hinein. Jetzt konnte er mal so richtig darüber reden und er merkte, dass er das gebraucht hatte. Was das für ein Gefühl war. Was für eine Erleichterung!

„Es ist, als wären meine Gedanken wieder meine eigenen. Vorher war mein Kopf wie in Watte gepackt, aber mit einem Mal ist alles so klar und – ich weiß gar nicht, wie ich das beschreiben soll, da fehlen mir einfach die Worte." Und damit verstummte er dann auch. Dan hörte mit einem Mal seinen Puls in den Ohren und spürte, dass seine Atmung schneller geworden war. Er hatte beim Sprechen gar nicht wahrgenommen, wie aufgeregt er war.

Die beiden Brüder blickten sich einen Moment lang schweigend an.

„Ich glaube, du solltest dieses Zeug nicht mehr nehmen", meinte Peter schließlich.

Dan zuckte überrascht zusammen.

„Das … hatte ich mir auch schon überlegt", gestand er zögernd, „das einzige Problem ist dann nur –", druckste er herum.

„Mama und Papa", vollendete Peter den Satz und beide nickten vielsagend.

„Das bekommen wir schon hin. Ich werde mal mit Mama reden und ihr das Ganze erklären. Ohne von deinen Fähigkeiten zu sprechen, zumindest vorerst."

Dan lächelte seinen Bruder dankbar an und dann musste er plötzlich laut loslachen. Es prustete nur so aus ihm heraus und er konnte kaum noch aufhören.

Peter blickte ihn erschrocken an und wurde schließlich vom Lachen seines Bruders angesteckt.

„Worüber lachen wir eigentlich?", wollte Peter einige Augenblicke später keuchend wissen.

Dan wischte sich ein paar Tränen aus den Augenwinkeln, bevor er immer noch grinsend antwortete: „Dass wir beide uns mal gegen Mum verschwören. Ausgerechnet wir beide. Das hätte ich vorher nie gedacht."

Die Tür ging auf und Catrinel trat ein.

„Na ihr beiden", fragte sie lächelnd, „amüsiert ihr euch? Und ich hatte schon Angst, dass ihr nur über die Arbeit reden werdet."

Wieder blickten sich beide Brüder an und grinsten. Das war wirklich das erste Mal, dass Peter Dan wie ein Bruder vorkam und die ständige Distanz zwischen ihnen überwunden war.

Dan blieb noch den ganzen Nachmittag bei der Familie seines Bruders und er genoss es in vollen Zügen. Er spielte mit Marie im Garten Verstecken und Fangen, worauf sie unbedingt bestanden hatte. Am späten Nachmittag servierte Catrinel Kuchen und entschuldigte sich, dass er leider nur vom Bäcker war. Sie hatte gerade keine Zeit gehabt, einen selbst zu backen. Das störte Dan nicht im Geringsten. Allein, dass er Kuchen bekommen hatte, war schon Ewigkeiten her. Er überlegte sich, ob er vielleicht einmal backen lernen sollte, einen Backofen hatte er in seiner winzigen Wohnung immerhin. Aber wahrscheinlich würde er bei dem Versuch nur Kohle produzieren.

Als er sich am Abend von der kleinen Familie verabschiedete, stand ihm ein breites Grinsen im Gesicht. Er bedankte sich mehrfach und Catrinel beteuerte, dass sie ihn gerne bei sich hatten.

„Komm bald wieder vorbei, du bist immer willkommen", verabschiedete sie ihn strahlend.

Die kleine Marie, seine Nichte Marie, umarmte zum Abschied sogar sein Bein. Diese Herzlichkeit rührte Dan unglaublich.

Peter fuhr ihn nachhause mit der Begründung, dass es schon dunkel war und mit dem Bus zu fahren viel zu unsicher sei. Außerdem sei es auch viel zu kalt. Dan schmunzelte in sich hinein und ließ den Vorwand seines Bruders einfach mal so stehen.

Als Dan dann wieder alleine vor seiner Haustür stand, empfand er ein wenig Bedauern. Doch es half ja nichts und außerdem waren die Nilsons ja nicht aus der Welt. Er schmunzelte bei dem Gedanken, dass sie zu seiner Familie gehörten. Familie war immer so ein schwammiger Begriff gewesen. Für ihn hatte es als Familie lediglich seine Eltern und den Bruder, der mit ihm nichts zu tun haben wollte, gegeben. Zum ersten Mal waren dort Menschen, die richtig herzlich miteinander umgingen und ihn daran teilhaben ließen. Und zum ersten Mal empfand er dabei so großes Wohlbefinden, wie an einem warmen, wohligen Ort. Man konnte also sagen, Familie ist wie eine Kuscheldecke. Dan konnte sich nicht mehr daran erinnern, wie es gewesen war, bevor er die Tabletten genommen hatte. Mit wie vielen Jahren hatte er anfangen müssen, sie zu nehmen? Sechs oder Sieben? Er war bestimmt nicht viel älter gewesen.

Heute Abend konnte nicht einmal das hart gewordene Toastbrot Dans Stimmung mildern. Fröhlich summend kaute er darauf herum, bevor er unglaublich schnell und unglaublich glücklich einschlief.

6. Kapitel

Der Sonntag verlief relativ unspektakulär, Dan hatte ja kaum Möglichkeiten, sich zu beschäftigen. Er bräuchte vielleicht einmal ein Hobby, dachte er, während er überlegte, was er heute machen könnte. Spazieren gehen auf jeden Fall, aber er konnte ja nicht den ganzen Tag nur durch die Gegend latschen. Dan zog in Erwägung, noch einmal in die Allee zu gehen, aber das erschien ihm dann doch sinnlos. Alles, was er da sehen würde, wäre nur wieder die Erinnerung des Mordes und er hatte jetzt keine Lust, sich die Stimmung vermiesen zu lassen. Als er immer noch unentschlossen die Wohnungstür hinter sich zuschlug, fiel sein Blick auf den Friedhof. Er lächelte unwillkürlich, entschied sich für ein Ziel und ging durch das eiserne Tor.

Er war sich nicht mehr hundertprozentig sicher, wo sich das Grab befand, das er suchte, doch er würde es schon erkennen, wenn er kurz davor stehen würde. Nach einigen Minuten fand Dan schließlich die Reihe, in deren Mitte auch schon der Schemen erschien. Zielstrebig bog er ab und lenkte seine Schritte zum Grabstein. Er trat nicht zu nah heran, damit er alles gut sehen konnte. Die dunkle Gestalt stand vor dem Grabstein der Frau und hielt den Kopf gesenkt. Nach ein paar Augenblicken hob sie die Hand, in der auf einmal wie aus dem Nichts die leuchtend helle Blume erschien. Ganz behutsam legte die Erscheinung die Blume auf den Grabstein und strich mit der Hand über die eingravierte Schrift. Sie richtete sich wieder auf und blieb noch einen Moment sichtbar, bevor sie langsam verblasste. Die weiße Blume war noch um einiges länger zu sehen, bevor auch sie allmählich verschwand. Die Erinnerung kam nicht wieder, trotzdem blickte Dan noch eine ganze Zeit auf die Grabsteine.

Er fragte sich, wie lange es dauerte, bis sich eine Erinnerung erneut zeigte. Vielleicht konnte er sie nur einmal pro Tag sehen? Oder sollte er sich nur ein wenig entfernen und wenn er dann wieder kam, könnte er sie erneut sehen? Er nahm sich vor, das auszutesten und so lange zu warten, wie er Lust hatte. Dieser Plan wurde jedoch gleich gestört.

„He, runter da!", rief jemand hinter Dan und er fuhr erschrocken hoch. Dan hatte sich unbewusst und ohne es zu merken gegen einen Grabstein auf der anderen Seite des kleinen Weges gelehnt.

Schnell drehte er sich um und sah den Friedhofswärter mit einem Rechen in der Hand auf ihn zu gehen. Er kannte ihn nicht persönlich, hatte ihn aber schon oft von weitem arbeiten oder über den Friedhof laufen sehen. Und Dan wusste auch, dass der Wärter extra für ihn die Friedhofstore über Nacht nicht abschloss. Irgendwie hatte er mitbekommen, dass Dan die Abkürzung über den Friedhof schon in den frühen Morgenstunden benutzte.

„Das ist doch kein Sessel! Ein bisschen mehr Respekt bitte!", schnauzte der Friedhofswärter Dan an und baute sich vor ihm auf. Er war ein paar Zentimeter kleiner als Dan, dafür aber breiter gebaut und trotz seines hohen Alters wirkte er immer noch rüstig genug, um Ruhestörer eigenhändig vom Gelände zu befördern. Das Haar unter der dunklen Mütze war zwar grau, sah aber immer noch voll aus, sofern Dan das beurteilen konnte. Den Wärter erkannte man immer schon von weitem dank der grünen Uniform mit dem darauf genähten Abzeichen der Stadt. Auf der linken Brust war ein Stoffstreifen, auf dem normalerweise das Namensschild befestigt wurde, doch dieser Wärter hatte das ignoriert.

„Entschuldigung", sagte Dan schnell und fügte noch eilig hinzu: „Ich wollte mich nicht hinsetzen, ich habe das eigentlich gar nicht richtig mitbekommen. Ich war so in Gedanken versunken." Dan versuchte es mit einem beschwichtigenden Lächeln, das jedoch erstarb, als es auf wenig Entgegenkommen stieß.

Der Friedhofswärter musterte mit sehr strenger Miene erst Dan und dann die Grabsteine hinter ihm. Es vergingen ein paar Momente, während er mit den Augen so hin und her blickte und schließlich milderte sich sein Ausdruck.

„Gehörst du zu den Gästen da drüben?", fragte er dann und nickte zu den Gräbern hin.

„Äh, was?", entgegnete Dan irritiert.

Der Friedhofswärter fuchtelte mit seinem Rechen in die Richtung der Gräber. Dann stellte er ihn senkrecht vor sich und stützte sich darauf.

„Die Gäste da hinter dir. Bist du mit ihnen verwandt oder warst du mal befreundet?"

Dan hatte nichts dagegen, wenn ihn jemand ungefragt duzte, doch die Toten auf einem Friedhof als *Gäste* zu bezeichnen, fand er dann doch ein wenig schräg.

„Nicht direkt", versuchte Dan sich etwas heraus zu reden.

Der Friedhofswärter zog eine Augenbraue nach oben.

„Was starrst du dann da so hin, hä?", fragte der er in seiner derben Art.

Beim Sprechen konnte man die Ansätze eines Dialektes erkennen, aber Dan wusste nicht, woher er stammte und es interessierte ihn auch nicht wirklich. Er brauchte jetzt eher eine Erklärung.

„Ich, äh", überlegte Dan schnell und blickte sich hilfesuchend um. Da entdeckte er das vertrocknete Etwas auf dem Grab der Frau.

„Ich habe mich gefragt", begann er dann und wandte sich wieder dem Friedhofswärter zu, „ob die, äh, *Gäste* aus den beiden Gräbern da nicht vielleicht verwandt sind? Und ich habe mich über die Blumen dort gewundert."

Ein bisschen auf der Lippe herum kauend, wartete Dan auf die Reaktion des Wärters. Die schien wie auch alles andere bei ihm ein bisschen zu dauern. Doch einen Augenblick später hellte sich dessen Miene wieder auf.

„Da hast du aber allerdings recht." Mit ein wenig ungelenken Bewegungen stieg der Friedhofswärter über die Reihe der Grabsteine, sodass er nun direkt neben Dan auf dem kleinen Kiesweg stand und blickte ebenfalls zu den beiden Gräbern herüber. Während der Wärter erzählte, nickte er immer wieder bestätigend.

„Tragisch, sag ich dir, höchst tragisch war das, als die Dame dort zu den Würmern zog."

Wieder wunderte sich Dan über die Ausdrucksweise des Alten. So hatte er noch nie jemanden sprechen hören. Ein wahrlich seltsamer Kauz, aber vielleicht gewöhnte man sich so etwas an, wenn man sein halbes Leben auf dem Friedhof verbrachte?

„Eine Mordsfeier war das hier. Eigentlich ganz schlicht und ohne den Prunk, den so manch anderer Gast hier veranstaltet, aber dermaßen voll. Unglaublich viele Menschen waren hier. Hölle, muss die viele Bekannte gehabt haben, denn so viele Kinder hat nicht mal das tüchtigste Karnickel."

Wie war das mit dem Respekt? dachte Dan, behielt das aber für sich. Er war sowieso schon erstaunt, dass der Wärter ihm so viel von sich aus erzählte. Eben noch hielt er ihn für einen Vagabunden und schon plauderte er hier lässig vor sich hin.

„Und wie tragisch das für den alten Herrn war. Aus dem Heulen kam der kaum noch heraus. Wie ein Schlosshund, stundenlang ging das so."

Dan überlegte, dass der Wärter vielleicht einen winzig kleinen Hang zu Übertreibungen besaß.

„Aber es war schon herzzerreißend, nich'. Und erst die Jahre danach. Er hat mir mal erzählt, dass seine Frau diese Blumen so unglaublich gern gehabt hat." Er wedelte mit dem breiten Ende seines Rechens zu den vertrockneten Resten der Pflanze hin. „Irgendeine Art von Tulpe oder so. Ich hab's einfach nicht über mich gebracht, die wegzuräumen. Jeden

Tag hat er ihr ein neues von dem Grünzeug hingelegt. Und ihr alles erzählt, was den letzten Tag über passiert ist. Jeden Tag hat er ihr von neuem seine Liebe gestanden, jeden verdammten einzelnen Tag", schloss der Wärter, stützte sich auf seinen Rechen und schüttelte ungläubig den Kopf. Dennoch konnte er sich ein Lächeln nicht verkneifen, obwohl er so derbe Sprüche brachte.

„Tja, und jetzt hat es ihn schließlich auch erwischt, den alten Liebhaber. Herzstillstand hat man mir erzählt, als er beerdigt wurde. Hat mitten in der Nacht einfach aufgehört zu leben. Da hat er sich wohl zu sehr nach seiner Liebsten gesehnt." Er seufzte lang und tief.

„Vielleicht", wagte es Dan, sich auch einmal wieder zu Wort zu melden, „vielleicht sind sie jetzt ja endlich wieder vereint."

Der Friedhofswärter lachte laut und rau auf und gab Dan einen unsanften Klaps auf die Schulter. Sein Lachanfall endete dann in einem starken Husten.

„Du bist wohl auch so ein kleiner Romantiker, was?", meinte er grinsend, als er wieder zu Wort kommen konnte.

Darauf wusste Dan gar nichts zu entgegnen, irgendwie fühlte er sich jetzt beleidigt und wurde rot, während er sich seine leicht schmerzende Schulter rieb.

„Bist'n guter Kerl", meinte der Wärter plötzlich, „so was spür ich immer gleich, weißt du."

Dan wusste wirklich nicht, was er von diesem Typen halten sollte, irgendwie machte diese Person ihn fertig. Er hatte keine Ahnung, wie er mit diesem Mann umgehen sollte.

Der Friedhofwärter klopfte ihm auf die Schulter und ging dann wieder an seine Arbeit.

Dan brauchte einige Minuten, bis er realisierte, was gerade passiert war. Eigentlich war er doch nur hergekommen, um die Erinnerung erneut zu betrachten, die ihn so rührte, aber jetzt war er einfach nur verwirrt.

„Das Arbeitsamt!", fiel Dan mit einem Schlag wieder ein. Damit war sein neues Ziel für den heutigen Tag festgelegt. Bevor er endgültig ging, warf er noch einen Blick zurück und entdeckte schmunzelnd wieder einen dunklen Schemen mit einem leuchtenden Gegenstand in der Hand.

Nach einer Weile und einer kurzen Busfahrt stand Dan vor den verschlossenen Türen des Arbeitsamtes. Es dauerte ein paar Minuten, bis er realisierte, warum das Amt denn geschlossen hatte.

„Es ist ja noch Sonntag", fiel es ihm ein und er klatschte sich mit einer Hand gegen die Stirn. Von sich selbst mehr genervt als amüsiert trottete Dan wieder davon. Also musste er wohl oder übel morgen noch einmal herkommen.

Mit vorsichtigen Blicken schlich sich Peter am Montagmorgen in sein eigenes Büro. Vor der Tür begegnete er Jakob Anderson.

„Morgen", begrüßte er ihn schnell und mit gedämpfter Stimme, „ist die Luft rein?"

„Der Chef ist noch nicht da", antwortete dieser gelassen und mit einem Bagel im Mund. Bestimmt nicht sein erstes Frühstück.

Peter atmete erleichtert aus. Dann hatte er vorerst seine Ruhe.

„Und was ist die schlechte Nachricht für den heutigen Tag?", fragte Peter seinen Kollegen und schloss dabei sein Büro für sie beide auf.

„Keine, im Gegenteil sogar, der Ehemann ist wieder aufgetaucht."

„Tatsächlich?!", rief Peter begeistert aus. Der Tag wurde ja immer besser. Aber irgendeinen Haken musste es da doch geben? Peter traute der Lage noch nicht.

„Und jetzt halt dich fest", kündigte der Kollege verheißungsvoll an und wedelte bedeutungsvoll mit seinem Bagel, „er wurde festgenommen als er gerade seelenruhig nachhause kam. Der wusste gar nicht, was er falsch gemacht haben soll oder warum wir so nach ihm suchen."

Peter schüttelte unwillkürlich den Kopf.

„Die Welt ist voller Idioten", musste er eingestehen. „Wo habt ihr ihn jetzt hingebracht?"

„Er ist im Verhörzimmer B, da schmort er seit circa einer Stunde."

„Dann schadet es ihm auch nicht, wenn er noch etwas weiter schmoren muss." Peter warf einen Blick auf seine Armbanduhr. Er plante, ihn in einer halben Stunde einmal zu besuchen. Jetzt, da er geflohen und wieder eingefangen war, hatten sie ausreichend Zeit.

„Ich habe jetzt einmal die alten, unaufgeklärten Fälle durchgearbeitet, aber viel ist nicht dabei, was unserem Mordfall ähnelt." Der Polizist blätterte in den Unterlagen, die er auf dem Arm trug und zog einen sehr dünnen Schnellhefter hervor.

„Eigentlich fällt nur ein Fall auf. Mord an einer jungen Frau, 29, vor circa 9 Monaten in Ostheim, das liegt ungefähr 100 Kilometer von hier entfernt. Sie wurde mit einem ähnlichen Messer ermordet wie bei unserem Fall. Es wurden keine Täter gefunden und es gibt auch kein mögliches Mordmotiv in ihrem Umfeld."

„Das ist ziemlich wenig", bemerkte Peter und sein Kollege zuckte nur mit den Schultern.

„Mehr haben wir nicht."

Kurz bevor Peter bei Herrn Richard vorbeischauen wollte, klopfte es an der Tür und eine ältere Kollegin vom mittleren Dienst, die meistens am Empfang arbeitete, schaute zu ihm ins Büro herein.

„Hier ist ein junger Mann, der sagte, dass er dringend mit Ihnen sprechen müsse, Herr Nilson. Er sagte, dass es vielleicht etwas mit Ihrem Mord zu tun hat."

„So?", fragte Peter überrascht und stand auf, „dann immer herein mit ihm."

Die Frau öffnete die Tür vollständig und ließ eine Person an sich vorbei gehen.

Mit vorsichtigen Schritten und noch ängstlicheren Blicken trat Thomas Ellington, der Beikoch aus dem Restaurant *Zum Stolzen Storch* ein.

Jakob Anderson nickte Peter kurz zu und verließ zusammen mit der Kollegin das Büro, damit der Kommissar ungestört mit dem Besucher sprechen konnte.

„Guten Tag", begrüßte Peter den Hilfskoch und bot ihm mit einer Handbewegung den Stuhl vor seinem Schreibtisch an. Er war schon gespannt, was der junge Mann ihm zu berichten hatte. „Möchten Sie vielleicht etwas trinken?"

Herr Ellington setzte sich und schüttelte verhalten den Kopf. Er wirkte noch um einiges zurückhaltender als bei ihrem ersten Treffen.

„Meine Kollegin meinte, Sie hätten mir etwas zu erzählen, was für meinen aktuellen Fall interessant sein könnte?", versuchte Peter, ihn zum Reden zu bringen. Solche Leute mussten häufig ein wenig auftauen, bevor man wirklich etwas mit ihnen anfangen konnte. Also setzte Peter sich auf seinen Stuhl und blickte den jungen Mann vor sich freundlich und erwartungsvoll an.

Thomas Ellington verschränkte die Finger im Schoß und wiegte sich ein wenig vor und zurück. Er wirkte extrem nervös und unsicher.

„Sie können ganz frei reden, ich werde Ihnen nichts krumm nehmen." Peter versuchte, extra noch Freundlichkeit auszustrahlen und es schien zumindest ein bisschen zu funktionieren.

Herr Ellington blickte langsam zu ihm auf und öffnete den Mund mehrfach.

Bitte stell dich doch nicht ganz so an, dachte sich Peter gequält, lächelte ihm aber weiter aufmunternd zu. Er sollte sich mehr zusammen reißen, immerhin konnten die anderen ja nichts dafür, dass er so gestresst war. Und außerdem fing diese Woche doch sehr gut an.

„Sie haben ja schon vom Streit gehört, den die Chefin mit ihrem Mann hatte, oder?", begann der junge Mann endlich zu erzählen.

„Ja, das habe ich", bestätigte Peter geduldig.

„Also", druckste Thomas Ellington herum, „es war nicht so ganz richtig, dass man in der Küche fast nichts verstanden hat. Ehrlich gesagt konnte man den Streit überall gut hören und gerade in der Küche."

Peter zog eine Augenbraue nach oben.

„Sie und auch Herr Steinweis meinten doch, dass es nichts zu hören gab. Außerdem muss ich sagen, dass ich mich ein wenig über Ihre Ausdrucksweise wundere, aber vielleicht können Sie mir da auf die Sprünge helfen. Warum konnte man *gerade in der Küche* gut hören, wenn Herr und Frau Richard sich doch im Speisesaal unterhalten haben?"

Wieder knetete Ellington seine Hände durch und begann erneut, sich zu wiegen.

Da schien wirklich mehr dahinter zu stecken. Peter hoffte inständig, dass der junge Mann bald über seinen Schatten sprang. Er hatte im Gefühl, dass das, was Ellington ihm zu sagen hatte, den Fall voranbringen könnte.

„Das haben sie ja auch, aber nur am Anfang. Die Chefin würde niemals vor den Gästen so etwas ausdiskutieren. Nein, sie hat ihren Mann mit nach draußen hinter die Terrasse genommen, damit sie halt die Gäste nicht weiter belästigen." Er leckte sich über die Lippen und zögerte einen Moment.

„Nur weiter, was war dann?", ermutigte Peter ihn.

Der junge Koch atmete einmal tief durch und fuhr dann fort: „Sie sind nach draußen neben die Terrasse gegangen, da kann man vom Speisesaal aus nichts hören. Aber genau dort sind die Fenster zur Küche."

Peter merkte auf. So, jetzt wurde es wirklich interessant.

„Also konnten Sie das Gespräch verfolgen?" Er wartete einen Augenblick, dann hakte er nach: „Dann waren die Küchenfenster also geöffnet?"

„Ja, die Fenster sind eigentlich immer geöffnet. Bei der Hitze, die es da drinnen immer hat, muss das auch im Herbst oder Winter einfach sein." Ellington versuchte ein schwaches Lächeln zustande zu bringen, schien sich aber sofort dafür zu schämen und die Mundwinkel sackten, genau wie sein Blick, wieder nach unten.

„Also ich, äh, ich will jetzt nicht für meinen Kollegen sprechen, aber H-herr Steinweis war da auch in der Küche. V-vielleicht hat er ja gar nichts gehört, weil er zu sehr beschäftigt war, aber er musste zumindest mitbekommen haben, dass sie dort gesprochen haben, glaube ich jedenfalls."

„Und Sie konnten genau verstehen, was gesagt wurde?"

„Mein Arbeitsplatz ist genau unter den Küchenfenstern, deshalb –" Er zuckte mit den Schultern und verzog vielsagend den Mund.

„Um was genau ging es denn in dem *Gespräch* zwischen Ihrer Chefin und deren Mann?", fragte Peter, wobei er das Wort Gespräch etwas anders betonte, um klar zu stellen, dass er wusste, dass es mehr ein Streit als ein einfaches Gespräch gewesen war.

„Es ging um viel Persönliches."

„Es ist wirklich ehrenwert von Ihnen, dass Sie die Privatsphäre Ihrer Chefin respektieren", lobte Peter den Mann vor ihm, „doch es geht hier darum, den Mord an ihr aufzuklären. Gerade persönliche Informationen könnten daher essentiell für unsere Ermittlungen sein."

So eine umfangreiche Erklärung schien dem Hilfskoch das Reden zu erleichtern, dennoch wirkte er sehr vorsichtig und unsicher, als er fortfuhr.

„Er hat ihr mehrfach vorgeworfen, dass sie keine Zeit für ihn habe. Er –", Ellington stockte einen Moment.

Peter jauchzte innerlich, als der junge Mann sich dann ohne erneute Aufmunterung zum Weitersprechen durchrang.

„Er hat ihr auch vorgeworfen, dass ihre Ehe nur noch ein Schein sei. U-und gefragt, ob sie überhaupt noch Kinder mit ihm wolle. Und … und er hat sie vor die Wahl gestellt. Entweder sie verkauft das Restaurant oder er würde die Scheidung einreichen."

Fast hätte Peter einen kleinen Pfiff ausgestoßen. In der Beziehung hatte es aber gewaltig gekriselt. Das stellte natürlich eine ganz neue Dimension dar.

„Wie hat Frau Richard darauf reagiert?", hakte Peter vorsichtig aber begierig nach.

„Sie wollte das Restaurant auf keinen Fall verkaufen. Das kann ihr auch keiner krumm nehmen, immerhin hat ihr Vater das Restaurant von Grund auf aufgebaut. Viel mehr ist ihr wohl auch nicht von ihrer Familie geblieben, was man zumindest so von der Belegschaft hört." Er verstummte plötzlich und es war sofort klar, dass er an eine bestimmte Person dachte, aber keine Namen nennen wollte.

Und Peter könnte auch darauf wetten, dass er wusste, wer die Informanten aus der Belegschaft sein mochten.

„Soweit ich das mitbekommen konnte, hat die Chefin versucht, ihren Mann zu beruhigen, aber er ist immer aufbrausender geworden. Und ich glaube, der Kommentar zu den Kindern hat sie schwer getroffen."

Peter nickte verständnisvoll.

„Das hat sie nicht verdient", murmelte Ellington leise.

Peter konnte ihn kaum noch verstehen. Tja, das war wirklich harter Tobak, jedoch konnte er sich auch noch kein so richtiges Bild vom Opfer machen. Einerseits war sie wohl zuvorkommend und führte eine langjährige Beziehung. Andererseits war diese gerade erst in die Brüche gegangen und auf der Arbeit galt sie als streng und hart. Zu Lebzeiten war sie sicher eine interessante Person gewesen. Es gab jedoch leider viele Menschen, die sich zu sehr in ihre Arbeit vertieften, worunter die Beziehung dann leiden musste. Peter machte sich das auch immer wieder bewusst, damit seine Familie nicht zu kurz kam. Er hatte es bereits bei ein paar Kollegen mitbekommen, dass die Arbeit Beziehungen zerstören konnte, weshalb er versuchte, möglichst keine Arbeit mit nachhause zu nehmen.

„*Er* hat sie nicht verdient", sagte Ellington dann überraschend und holte Peter damit aus seinen Gedanken zurück. Der Koch blickte ziemlich energisch, was Peter vorher bei dem Mann noch nicht gesehen hatte.

„Sie hatten wohl einiges für Ihre Chefin übrig?", fragte er einfach direkt heraus.

Der Hilfskoch lief ein bisschen rot an, blickte Peter dann aber fest in die Augen und sagte: „Ich habe sie bewundert! Obwohl sie sich als Frau in dem Geschäft mit harten Männern rumschlagen musste, hat sie sich mit allen Mitteln durchgekämpft. Sie war immer voller Energie und hat genau gewusst, was sie wollte. Dafür habe ich sie wirklich bewundert."

Peter konnte es sich gut vorstellen. Diese Frau stellte das genaue Gegenteil zu dem jungen Mann vor ihm dar. Bei seinem offensichtlich geringen Selbstwertgefühl war es durchaus nachvollziehbar, dass er so wie seine Chefin sein wollte. Selbstbewusst und voller Kraft. Vielleicht steckte da aber auch noch mehr dahinter.

„Waren Sie in Ihre Chefin verliebt?", fragte Peter. Das wäre für die Ermittlungen nicht unwichtig. Es hätte eine Eifersuchtstat vom Ehemann oder auch von Ellington selbst sein können.

Dieser schüttelte jedoch den Kopf, immer noch ein wenig rot im Gesicht.

„Bewunderung habe ich für sie empfunden, mehr aber nicht."

„Ging das Gespräch noch weiter oder wollten Sie mir noch etwas anderes mitteilen?", lenkte Peter dann erneut auf das eigentliche Thema zurück.

Der junge Koch verzog das Gesicht etwas und drückte seine Hände stark zusammen.

„Ich weiß nicht, ob er es getan hat oder überhaupt hätte tun können", begann er mit abgehackter Stimme. „Der Streit ist eskaliert." Er atmete wieder stark durch die Nase aus und es klang wie ein wütendes Schnauben. Für einen Moment schloss er die Augen und beschloss dann scheinbar, es direkt zu sagen.

„Er hat sie geschlagen. Er hat seine eigene Frau geschlagen."

Peters Hand, die sich nebenbei Notizen machte – er beherrschte es schon seit einiger Zeit, ohne hinschauen zu müssen, schreiben zu können – erstarrte mitten im Wort. Er blickte den Hilfskoch scharf an, dessen Ohren sich zunehmend gerötet hatten. Die Farbe aus seinem Gesicht war hingegen wieder gewichen.

„Sind Sie sich da absolut sicher?"

Der Koch nickte.

„Ich habe es genau gehört, dieses … Klatschen", warf er angewidert und leise aus. „Und ihre linke Wange war danach gerötet."

Peter nickte ernst. Das war ja fast schon gruselig, was für eine Auffassungsgabe der junge Mann besaß, kam das allein durch die Bewunderung, die er für Frau Richard empfunden hatte?

„Haben Sie mitbekommen, dass Frau Richard sich in letzter Zeit seltsam benommen hat? Zum Beispiel als würde sie sich verfolgt oder beobachtet fühlen?"

Herr Ellington überlegte eine Weile und man konnte förmlich zusehen, wie sein Blick in weite Ferne schweifte.

„Beobachtet", wiederholte er langsam, „ist mir jetzt nicht aufgefallen, wobei –" Er leckte sich über die Lippen und runzelte die Stirn. Offensichtlich dachte er angestrengt nach. „Sie … sie hat öfter aus dem Fenster ins Leere geschaut als normalerweise. Und sie wirkte irgendwie nervös. Das war auch untypisch. Sonst war sie immer gefasst und konzentriert bei der Sache. Sie gab sich niemals eine Blöße."

Nach ein paar weiteren Fragen waren aus dem jungen Mann dann auch keine neuen Informationen mehr herauszuholen. Schließlich bedankte sich Peter bei ihm und wünschte ihm eine gute Heimreise.

Der Koch blieb jedoch noch sitzen, obwohl sie sich bereits verabschiedet hatten.

„Sie sagen das hier doch niemandem, oder?", fragte er dann plötzlich und blickte verängstigt zu Peter hoch. „Ich meine, was ich alles über Herrn Richard und so gesagt habe. Ich will nicht, dass die anderen aus dem Restaurant das wissen. Am besten nicht einmal, dass ich überhaupt hier war."

„Keine Angst", beschwichtige Peter, „wenn es für Befragungen nicht relevant ist, dann wird das sowieso gar nicht erwähnt und falls doch, dann bin ich mir sicher, dass ich auf die Nennung Ihres Namens verzichten kann. Wie Sie bestimmt wissen, unterliege ich der Schweigepflicht, daher verfahre ich vertraulich mit Ihren Angaben."

„V-vielen Dank", sagte der Koch und lächelte offensichtlich erleichtert. Er wirkte dennoch eingeschüchtert, als er mit eingezogenen Schultern und schlurfenden Schritten das Büro verließ.

„Gut", sagte Peter in das leere Büro hinein, um sich selbst aufzuraffen, „dann auf zum nächsten Gespräch." Der Blick auf die Uhr ließ ihn einerseits erschrecken, aber er konnte sich ein Schmunzeln auch nicht ganz verkneifen. Eigentlich wollte er bereits vor einer halben Stunde im Verhörzimmer B sein.

Vor der Tür mit dem großen B darauf hielt Peter einen Moment inne, um sich geistig auf das Verhör vorzubereiten. Zusätzlich rückte er noch einmal seine Krawatte zurecht. Dann klemmte er sich seine Mappe mit verschiedenen Dokumenten und Notizen zum Fall unter den Arm, drückte die Klinke runter und trat ein.

Es war ein klassischer Verhörraum. Keine Fenster, keine Dekorationen. Nur in der Mitte mit einem kleinen Tisch ausgestattet, der breit genug war, dass man von einer Seite nicht ganz bis zur anderen hinüber fassen konnte. Eine Vorsichtsmaßnahme, falls manche der Verdächtigen auf die Polizisten losgehen wollten, oder Schlimmeres. Am Tisch stand zu beiden Seiten je ein Stuhl, von denen der eine mit Herrn Richard besetzt war. An einer Seitenwand lehnte stumm ein Polizist als Wache. Die Statur des Beamten war genauso wenig zu verachten, wie die des Mannes auf dem Stuhl und er nickte Peter zur Begrüßung zu, als dieser eintrat.

Der Ehemann trug wieder trotz der Kälte ein T-Shirt, das seine tätowierte Muskulatur zeigte. Offensichtlich ungeduldig und genervt kippelte er mit dem Stuhl vor und zurück.

Als er Peter entdeckte, ließ er die Stuhlbeine hart auf den Boden aufschlagen.

„Da sind Sie ja endlich! Ich dachte schon, ihr lasst mich hier vergammeln", schnauzte Christian Richard den Kommissar sofort an.

Konnte der Mann sich nicht einmal beherrschen? Immerhin war er es, der ein Fehlverhalten begangen hatte. Er brauchte sich nicht wundern, wie ein Verbrecher behandelt zu werden, wenn er kurz nach dem Mord an seiner Frau einfach spurlos verschwindet. Auf der anderen Seite waren gereizte Menschen einfacher zu verhören, weil sie sich in Rage schneller verplapperten.

Mit aller Gelassenheit der Welt ließ sich Peter auf dem freien Stuhl nieder – natürlich nicht, ohne den Verdächtigen anständig zu begrüßen. Dabei ignorierte er die vorangehende Kritik des Mannes einfach. Danach breitete er ein paar Unterlagen aus seiner Mappe sehr sorgfältig vor sich aus, aber so, dass Herr Richard gerade so nicht hineinschauen konnte. Auch eine Technik, die Peter sich im Laufe der Jahre angeeignet hatte. Anschließend legte er die Hände gefaltet auf den Tisch und schaute dem Mann vor sich genau in die Augen.

„Nun, hatten Sie ein angenehmes Wochenende? Wenn wir schon dabei sind, wo bitteschön waren Sie eigentlich?"

Der Ehemann des Opfers lehnte sich zurück und legte seinen tätowierten Arm über die Stuhllehne. Gleichzeitig nahm er das Kippeln wieder auf.

„Was geht Sie das denn an?"

Hätte man ganz genau hingeschaut, dann hätte man eine winzig kleine Ader an Peters Schläfe entdecken können, die leise und rhythmisch zuckte.

„Das geht mich in dem Sinne etwas an, als dass wir in einem Mord ermitteln. Der Mord an Ihrer Frau, falls Sie das vergessen haben. Ist Ihnen überhaupt bewusst, was Sie am Wochenende angestellt haben?" Er wartete, doch von Herrn Richard kam keine Antwort.

Er wich lediglich dem Blick des Kommissars aus und schürzte die Lippen.

Peter schüttelte den Kopf und konnte sich ein Seufzen nicht verkneifen.

„Was glauben Sie, was das für einen Eindruck auf uns macht, wenn Sie nach dem Tod Ihrer Frau einfach verschwinden?"

„Das Land habe ich nicht verlassen", entgegnete Herr Richard in trotzigem Tonfall, der eher einen an einen Teenager erinnerte.

Peter holte einmal tief Luft, um sich ein wenig zu beruhigen und antwortete dann gefasst in einem sehr höflichen Tonfall.

„Es ist wahr, dass ich Ihnen sagte, dass Sie das Land nicht verlassen sollen, aber bei allem gesunden Menschenverstand: Sie können sich doch wohl denken, was es für einen Aufwand veranstaltet, wenn Sie so einfach mir nichts dir nichts vom Erdboden verschwinden. Sie wurden als Täter noch nicht ausgeschlossen."

Bei dem Satz wurde der Mann plötzlich ganz weiß im Gesicht und sein Mund begann, sich wütend zu verziehen. Dabei hörte er auch mit dem Kippeln wieder auf. Offensichtlich war ihm das bisher tatsächlich noch nicht klar gewesen.

„Nun, jetzt sagen Sie doch erst einmal, wo Sie am letzten Wochenende überhaupt waren."

Herr Richard schaute sehr grimmig, sprach dann aber doch noch ohne weitere Aufforderungen.

„Ich war weg, musste einfach mal raus. Ich habe es halt nicht mehr ausgehalten. Ganz allein in diesem Haus, in dem ich mit Liz gewohnt habe."

„Ja, aber *wo* waren Sie denn?"

Der tätowierte Mann schnalzte mit der Zunge und verlagerte seine Position auf dem Stuhl auf die andere Seite.

„Ich war auf einer Hütte in den Bergen oben. Da hat man seine Ruhe und niemand geht einem auf den Geist."

Bei dem Blick, den er dem Kommissar zuwarf, wusste dieser, dass dies eben eine subtile Beschwerde sein sollte. Was glaubte dieser Mensch eigentlich, was sie hier taten?, dachte Peter ungläubig.

„Wo ist diese Hütte und wer kann das bezeugen?", fragte Peter nüchtern. Er war immer noch betont freundlich, zumindest was seinen Tonfall betraf, doch sein Umgang mit dem Ehemann hatte ganz im Gegenteil zu ihrem letzten Gespräch den mitfühlenden Charakter verloren.

„Sie fragen ganz schön viel rum", kommentierte der Verhörte und Peter schüttelte nur leicht den Kopf mit gesenktem Blick, dann sah er wieder zu seinem Opfer – Zeugen hin.

„Herr Richard, ich glaube, Ihnen ist immer noch nicht klar, in welcher Lage Sie sich befinden. Sie verschwinden spurlos, kurz nach dem Tod Ihrer Frau, deren Mörder wir immer noch suchen. Wir hatten Sie gebeten, sich weiter zur Verfügung zu halten, was denken Sie denn, was das für einen Eindruck macht. Erst wollten wir nur mit Ihnen reden, aber Sie haben sich mit einem Schlag selbst tatverdächtig gemacht."

Man konnte zusehen, wie der Unterkiefer von Herrn Richard mahlte, während er selbst angestrengt überlegte.

Peter hoffte, dass dieser Mann sich der Situation endlich einmal bewusst wurde.

„Gamshütte", entgegnete er darauf.

Peter war einen Augenblick verwirrt, weil er nicht wusste, was das nun wieder für einen geistreichen Kommentar darstellen sollte. Doch gerade, als ihm ein Licht aufging, erklärte der Verhörte, was er meinte.

„Die Hütte, auf der ich war, wird Gamshütte genannt und liegt an so 'nem kleinen Weiher in der Nähe von Sonntal oder so. Ich habe mich mit dem Vermieter dort getroffen und ihm die Schlüssel am Sonntag auch wieder eigenhändig gegeben. Er sollte mein Alibi also bestätigen können, obwohl ich nicht weiß, warum ich für die letzten Tage ein Alibi brauche. Immerhin war meine Frau da schon tot."

Den letzten Kommentar überging Peter wortlos und fragte nur: „Wie ist der Name dieses Vermieters?"

„Robert Johnson."

„Das werden wir überprüfen."

Herr Richard machte eine abfällige Handbewegung.

Peter ließ sich noch die Nummer des Vermieters und die Adresse der Hütte geben, die er gleich auf seinen Notizblock schrieb. Das würde er nachher noch überprüfen.

„Wenn Sie sich dann besser fühlen, bitte sehr. Und jetzt hätte ich mal ein paar Fragen." Herr Richard blickte zornig auf und setzte sich ganz gerade und nach vorne gelehnt auf seinen Stuhl. Er zeigte vorwurfsvoll mit dem Finger auf Peter.

„Was bitte haben Sie eigentlich die letzte Woche getrieben? Und wann wollen Sie endlich den Mörder meiner Frau finden? Seien Sie mal ehrlich, haben Sie überhaupt schon die geringste Spur?"

„Wir haben zurzeit verschiedene Spuren, denen wir nachgehen müssen und das tun wir auch. Zum genauen Stand der Ermittlungen kann ich Ihnen leider keine weiteren Informationen geben. Außerdem sind wir noch nicht ganz fertig. Wie gesagt, hatten wir letzten Freitag bereits einige Fragen an Sie. Ich bitte Sie nun, mitzuarbeiten und alle Fragen wahrheitsgemäß und so gut Sie können zu beantworten. Seien Sie kooperativ, es geht immerhin darum, den Mord an Ihrer Frau aufzuklären."

Herr Richard schnalzte vernehmbar mit der Zunge und ließ sich wieder ein Stück nach hinten gegen die Stuhllehne sinken.

Fast meinte Peter, in seinen Augen eine Träne zu bemerken, doch da war er sich nicht sicher.

„Wie ich aus verschiedenen Quellen gehört habe", begann Peter schließlich, ohne weiteres, überflüssiges Geplänkel, „hatten Sie vor nicht allzu langer Zeit einen heftigen Streit mit Ihrer Frau. Im Restaurant *Zum Stolzen Storch*, ist das korrekt?"

Herr Richard schnaubte verächtlich aus.

„Wer diese Quellen wohl sein mögen", kommentierte er ironisch.

„Ist das korrekt, Herr Richard?", beharrte Peter, ohne auf den Kommentar einzugehen.

„Mein Gott, ja! Wir haben uns gestritten, aber so heftig war das doch nicht."

Peter zog ein Blatt zu sich her und sprach so, dass man meinte, er würde einen Bericht darüber lesen. Wieder eine Eigenheit, die er sich im Laufe der Jahre angewöhnt hatte. Ob dies ein Vorteil war oder nicht, konnte er selbst nicht ganz beurteilen, aber es hatte sich irgendwie so ergeben.

„Nach unseren Quellen sind Sie in das Restaurant gestürmt und haben vor allen Leuten Ihre Frau angeschrien. Anscheinend haben Sie ziemlich persönliche Beziehungsprobleme vor allen kundgetan. Wollen Sie das bestreiten?"

Mit nervöser Hand rieb sich der Verhörte über den Oberschenkel.

„Nein", murmelte er kaum verständlich.

„Wie bitte?", fragte Peter nach, obwohl er ihn eigentlich schon richtig verstanden hatte.

„Nein, verdammt noch mal! Ich will das nicht bestreiten, es stimmt schon."

Peter überging die Ausfälligkeit kommentarlos.

„Wollen Sie mir nun erzählen, worum genau es dabei eigentlich ging?", fragte Peter in leicht genervtem Tonfall weiter.

„Wollen eigentlich nicht, aber Sie werden ja doch nicht aufhören zu fragen, oder?"

Peter lächelte ihn nur bejahend an und so begann Herr Richard seufzend.

„Ich wollte Liz einfach nur mal dort zur Rede stellen, wo sie nicht weglaufen konnte. Sie wissen gar nicht, wie oft ich schon mit ihr darüber reden wollte, aber sie hat sich immer rausgewunden. Also dachte ich mir, dass sie dort nicht so einfach weglaufen würde und so war es ja dann auch." Er verstummte kurz.

Peter bedeutete ihm mit einer schlichten Handbewegung, fortzufahren.

Herr Richard rutschte auf seinem Stuhl herum, bis er richtig saß, erst dann sprach er weiter: „Sie hat mich dann aus der Hintertür rausgeschleift, um die Gäste nicht zu belästigen." Das letzte sagte der tätowierte Mann mit einem stark übertriebenen und fast schon verachtenden Tonfall.

„Über welche Themen haben Sie denn miteinander gesprochen?", wollte Peter wissen, diesmal wieder in eher ruhigem und freundlicherem Tonfall. Er wollte ja nicht gefährden, dass Herr Richard mit seiner Erzählung aufhörte.

Der Ehemann der Ermordeten seufzte erneut laut und ließ seinen Kopf in die Hände sinken.

„Sie war schon immer sehr mit dem Restaurant beschäftigt. Es war ihr ganzer Stolz und eine Erinnerung an ihren verstorbenen Vater. Sie hat ihren Vater unglaublich geliebt, müssen Sie wissen. Ihre Mutter war schon gestorben, als Elisabeth noch klein war. Daher hing sie umso mehr an ihrem Vater. In der Zeit nach seinem Tod hatte sie es nicht leicht. Es blieb ihr keine Zeit zum Trauern, immerhin musste das Restaurant weitergeführt werden. Nicht einmal hatte sie sich darüber beschwert. Und anstatt um ihren Vater zu trauern, hängte sie sich extrem in den Betrieb rein. Das wusste ich ja und ich war es gewohnt, dass sie oft erst nach Mitternacht nachhause kam und gerade samstags viel zu tun hatte. Ich wusste es und es war okay. Ich habe ja auch oft am Abend gearbeitet."

Soweit sich Peter an den Personenbericht über Herrn Richard erinnerte, hatte darin gestanden, dass er Fitnesstrainer war. Und zu seiner Kundschaft gehörte ein ganzer Haufen der lokalen Prominenz, vor allem Anwälte und Unternehmer. Solche Leute, die ihr gesamtes Leben in ihre Arbeit steckten und daher wohl erst immer spät abends Zeit für Sport hatten.

„Aber in letzter Zeit war es um einiges schlimmer geworden als früher. Wir sahen uns eigentlich gar nicht mehr und wenn sie mal frei hatte, dann dachte sie nur noch über irgendwelche Pläne nach, wie man das Restaurant noch optimieren könnte."

„Oder modernisieren?", mutmaßte Peter, aber Herr Richard zuckte nur unwirsch mit den Schultern.

„Ja, davon hat sie auch gesprochen, aber da weiß ich nicht viel drüber. Sie hat mir kaum etwas erzählt. Es hat mich ehrlich gesagt auch nicht wirklich interessiert und sie war mit ihren Gedanken sowieso immer woanders. Ich habe es ihr nicht gesagt, aber ich glaube, dass ihr die Leitung zu Kopf gestiegen ist und sie dann völlig am Rad gedreht hat. Und außerdem –", er brach ab und machte ein gequältes Gesicht.

Peter ging ein Risiko ein und wagte, eine heikle Frage zu stellen, aber so, dass er auch selber darauf gekommen sein konnte.

„Wie sah es bei Ihnen denn beim Thema Familienplanung aus?"

Der Kopf des muskulösen Mannes ruckte schlagartig nach oben und in seinen Augen funkelte Zorn.

„Sie waren beide doch immerhin im passenden Alter und schon eine ganze Weile verheiratet", wagte Peter sich dennoch weiter vor.

Einen Moment noch stand der Zorn in das Gesicht von Herrn Richard geschrieben, dann verschwand der Ausdruck abrupt und der Mann wirkte unglaublich traurig. Und um zehn Jahre gealtert noch dazu.

„Eigentlich hatten wir vor zwei Jahren beschlossen, dass es bald an der Zeit sei, die Sache ernsthaft anzugehen." Er senkte den Kopf, sodass seine Augen im Schatten lagen und nur ganz schwach als Glitzern zu erkennen waren. „Aber genau deswegen wollte ich endlich mit ihr sprechen und wenn es im Restaurant sein musste. Sie hat es nie zugegeben, aber ich war mir insgeheim sicher, dass sie keine Kinder mehr wollte. Die Arbeit war ihr zu wichtig und für Kinder hätte sie niemals die Zeit gehabt."

„Was hat sie dazu gesagt, als Sie sie darauf angesprochen haben?"

Eine lange Pause trat ein, bevor Herr Richard auf diese Frage antwortete, doch Peter wartete geduldig, ohne weiter nachzuhaken. In den richtigen Momenten musste man den

Menschen die Zeit geben, die sie zum Antworten benötigten und das war ein solcher Moment. Herr Richard musste sichtlich seine Gedanken sortieren, denn das war gewiss ein heikles Thema für ihn.

„Sie hat es abgestritten", sagte der Ehemann dann schließlich und seine Stimme klang belegt. „Sie sagte, sie würde es immer noch wollen, aber das habe ich ihr nicht abgekauft."

„Wieso nicht?"

Christian Richard blickte auf und jetzt konnte man deutlich Tränenspuren sehen, die sich über seine Wangen zogen.

„Weil ich gleich darauf gefragt habe, wann, wenn nicht jetzt und wie sie das mit dem Restaurant vereinbaren will und wie lange ich denn noch warten sollte." Er schwieg wieder.

„Was hat sie geantwortet?"

„Das ist es ja!", fuhr der Tätowierte den Kommissar an. „Nichts! Sie hat nichts geantwortet, weil sie es nicht wusste und weil sie es auch eigentlich nicht mehr wollte, da bin ich mir sicher." Er wischte sich grob mit dem Handrücken über das Gesicht und setzte sich mit einem Räuspern wieder aufrecht hin.

Peter gab dem Mann einen Moment Zeit, um sich zu sammeln, dann meinte er: „Das war sicher sehr hart für Sie, da ist es ja nicht ungewöhnlich, dass man die Beherrschung verliert."

„Wie meinen Sie das?", fragte Herr Richard scharf.

„Ich meine, dass man bei so einem Thema schnell die Beherrschung verlieren kann. Sind Sie gegenüber Ihrer Frau handgreiflich geworden? Haben Sie sie geschüttelt, gestoßen oder ... geschlagen?"

Einen kleinen Augenblick war es ruhig, dann sprang der Mann auf.

„Wie können Sie es wagen?!", brüllte er dem Kommissar entgegen.

Sofort wollte der junge Polizist von der Wand aus eingreifen, doch Peter scheuchte ihn mit einer Handbewegung zurück auf seinen Platz. Er schaute zwar verunsichert, stellte sich aber kommentarlos wieder an die Wand gelehnt hin und beschränkte sich auf weiteres Beobachten. Man konnte jedoch sehen, dass seine Muskeln angespannt blieben und er sofort bereit zum Eingreifen war.

„Bitte beruhigen Sie sich, Herr Richard. Ich kann gut verstehen, dass Sie sich angegriffen fühlen, aber wir haben Hinweise darauf erhalten, dass Sie mit Ihrer Frau damals im Restaurant nicht nur gesprochen haben. Also, bitte setzen Sie sich jetzt wieder hin", fügte Peter noch mit Nachdruck in der Stimme hinzu.

Widerwillig und immer noch schnaubend vor Wut ließ Herr Richard sich auf seinen Stuhl zurück fallen.

„Was für Hinweise?", blaffte er den Kommissar an und warf dem Polizisten an der Wand auch einen grimmigen Blick zu.

„Sie wissen doch sicher, dass ich Ihnen das nicht sagen darf. Erzählen Sie mir lieber, was es mit diesen Hinweisen auf sich hat. Noch haben Sie es nicht abgestritten."

Der Ehemann funkelte Peter böse an.

„Ich habe meine Frau noch nie geschlagen. So etwas würde ich niemals tun. Ich habe sie geliebt!"

„Das kann sein, doch Sie müssen zugeben, dass Sie einen gewissen Hang zur Aggression nicht bestreiten können. Gerade nach so einer Aktion."

Erst wollte Herr Richard etwas wütend entgegnen, doch dann wurde ihm bewusst, wie sein Auftritt eben gewirkt haben musste. Er schloss den Mund wieder und knirschte mit den Zähnen.

„Das ist was anderes", murrte er dann.

Das stimmte schon, dachte Peter. Es war ein großer Schritt zwischen lautem Verhalten und wirklicher Gewalttätigkeit. Vielleicht genauso groß wie der Schritt von einer Schlägerei zu einem Mord. So einfach waren die Menschen eben nicht zu durchschauen. Trotzdem war das kein Argument für den Ehemann.

„Wer auch immer erzählt hat, dass ich Liz geschlagen habe", sagte Herr Richard betont und tippte mit dem Zeigefinger auf den Tisch, „der hat dreckig gelogen. Ich hätte Liz niemals etwas angetan und wer das Gegenteil behauptet, der führt etwas gegen mich im Schilde. Ich sage es noch einmal: ich habe meine Frau weder geschlagen noch umgebracht, ich habe sie geliebt." Während er das sagte, blickte er Peter ernst in die Augen.

„Dann nehme ich an", wechselte Peter das Thema, „dass Ihre Liebe so weit geht, dass Sie Ihrer Frau auch absolut treu waren, also keine Seitensprünge oder etwas in dieser Art hatten?"

„Da liegen Sie verdammt richtig. Wie kommen Sie überhaupt auf solche Ideen?"

„Nun, Sie sind doch ein attraktiver Mann und bei Ihrer Arbeit kommen Sie doch sicher auch so mancher Frau körperlich näher, oder? Zwangsläufig natürlich."

Christian Richard zuckte erst mit den Schultern, nickte aber dann doch.

„Das ist aber alles rein beruflich. Wenn ich eine andere Frau anfasse, dann nicht unsittlich und nur für die Übungen. Es ist nur meine Arbeit."

„Das ist Ihre Denkweise, aber ich kann mir vorstellen, dass sich die eine oder andere Frau mehr von Ihnen erhofft."

„Selbst wenn, mich interessiert niemand außer Elisabeth." Und mit diesen Worten stiegen ihm wieder die Tränen in die Augen.

„Sie haben niemals die Gelegenheit auf, sagen wir, ein Abenteuer genutzt?"

Herr Richard schüttelte den Kopf und verschränkte die Arme. „Niemals", sagte er sehr nachdrücklich.

„Das schließt einen möglichen Konflikt aber nicht unbedingt aus", begann Peter und erklärte es näher, bevor der fragend dreinschauende Ehemann sich wieder beschweren konnte: „Hat Ihre Frau vielleicht einmal etwas von etwaigen Verehrerinnen mitbekommen? Eine Frau ihres Formats hätte das doch sicher nicht kalt gelassen."

Herr Richard lachte trocken.

„Sie hangeln sich einfach nur von Ast zu Ast, nicht wahr?", fragte er mit einem spöttischen Lächeln im Gesicht.

156

„Nun, das ist mein Job", antwortete Peter trocken, „ich muss jeder Möglichkeit nachgehen und alles in Betracht ziehen, was irgendeine Rolle spielen könnte."

„Dann befragen Sie doch nicht nur mich und finden den Mörder, verdammt noch mal."

„Das tun wir", beschwichtigte Peter ihn, „wir gehen jeder Spur nach, die wir finden können und wir werden den wahren Täter entlarven. Es ist höchstens eine Frage der Zeit."

„Ich habe mal gehört, dass die meisten Fälle in den ersten 24 Stunden geklärt werden, weil die Täter da noch zu wenig Zeit haben, sich auf alles vorzubereiten und weil die Erinnerungen der Zeugen noch frisch genug sind." Er blickte Peter herausfordernd an und fing wieder an, mit dem Stuhl zu kippeln. Das Geräusch, das dabei entstand, war ganz schön nervig.

„Aus welchem Krimi haben Sie das oder war es der Tatort im Fernsehen? Anhand der Zahlen mag das vielleicht stimmen, rein statistisch aber nur. Und ich bin kein Freund von Statistik. Dabei geht es nur um Zahlen und nicht um die Menschen dahinter, mir jedoch geht es in erster Linie um die Menschen."

Darauf hatte Herr Richard keine Antwort parat.

„Also, hat Ihre Frau schon einmal von einer Ihrer Kundinnen Wind bekommen, die mehr für Sie empfand?"

„Ich wüsste es nicht. Früher hat sich Elisabeth manchmal eifersüchtig gegeben, aber das war nur aus Spaß." Als er das erzählte, zuckten seine Mundwinkel im Anflug eines Lächelns ein bisschen nach oben, so als ob er sich an etwas

Schönes oder Lustiges erinnerte. „Aber sie wusste genau, dass ich sie nie im Leben betrügen würde." Er stockte bei dem Ausdruck *nie im Leben* und schluckte schwer.

Peter seufzte und lehnte sich nach vorne auf den Tisch. Er schlug wieder einen sanfteren Tonfall an.

„Denken Sie noch einmal genau nach. Können Sie sich irgendjemanden vorstellen, der Ihre Frau aus dem Weg räumen wollte. War vielleicht eine Ihrer Kundinnen eifersüchtig auf Ihre Ehefrau? Das ist auch nicht so ungewöhnlich."

Der Ehemann schüttelte den Kopf wie ein Hund.

„Ich kann mir das nicht vorstellen. So extrem ist eigentlich keine von denen. Vielleicht ein bisschen verknallt, das kommt schon mal vor, aber keine, die sich Hoffnungen machen würde. Außerdem ist die Hälfte von denen so bekannt, dass die nicht einfach so mir nichts dir nichts durch die Stadt spazieren und so etwas tun könnten, ohne aufzufallen. Die Lisa, sie wissen schon, das bekannte Model von Valkenberg, hat sogar beim Training ihre Bodyguards und ’nen Manager dabei. Ich kann mir da niemanden vorstellen."

„Dann nicht von Ihrer Arbeit, einfach irgendwen, haben sie irgendeinen Verdacht?"

Der tätowierte Fitnesstrainer stützte verzweifelt den Kopf in die Hände.

„Ich weiß es nicht", sagte er gequält. „Das einzige, was Liz in letzter Zeit Sorgen bereitet hatte, war die Umstellung im Restaurant wegen der Modernisierung. Dass der Teil der Belegschaft, der schon bei ihrem Vater dort gearbeitet hat, strikt dagegen war."

„An wen speziell denken sie dabei?"

„Am meisten natürlich dieser Chefkoch. Der wollte wohl partout nichts ändern. Und der angenehmste Typ ist der wohl auch nicht, aber deswegen jemanden zu ermorden?" Er schüttelte den Kopf und schwieg wieder.

„Hat Ihre Frau ein Testament aufgesetzt? Sie sind doch wohl der Haupterbe, oder? So ein großes Restaurant wirft doch sicher viel ab, oder nicht?"

„Wollen Sie damit andeuten, ich hätte meine Frau wegen dem Geld umgebracht?"

Wegen *des Geldes,* dachte Peter automatisch, sagte aber nichts.

„Was für ein Schwachsinn. Ich bin nicht auf ihr Geld angewiesen. Ich verdiene mehr als genug mit meinem eigenen Job und das Restaurant will ich auch nicht. Ich bin froh, wenn ich das nie wieder sehen muss. Sind wir hier bald fertig?"

„Bald, aber noch nicht", entgegnete Peter streng. „Eine ganz andere Frage: Hat Ihre Frau Tagebuch geführt? In welcher Form ist egal."

„Nicht, dass ich wüsste", antwortete Herr Richard und war von der Frage sichtlich überrascht, „als kleines Mädchen bestimmt mal, aber nicht seit wir zusammen wohnen, wenn überhaupt."

Nach ein paar weiteren Fragen war Peter fertig mit dem Verhör und ließ den Mann schließlich gehen, denn immerhin hatten sie keine handfesten Beweise gegen ihn. Der unbegründete Tatverdacht reichte nicht aus, um ihn noch länger festzuhalten. Dieses Mal jedoch mahnte er ihn nachdrücklich, nicht wieder einfach zu verschwinden, da sie ihn sonst zur Großfahndung ausschreiben würden und dann würde er nicht wieder so schnell ein freier Mann sein.

Zurück in seinem Büro schaute Peter seufzend seine Notizen zum Verhör durch. Er beauftragte einen Kollegen damit, den Vermieter der Hütte zu kontaktieren, um sich alles bestätigen zu lassen. Danach sollte er sich die Kontodaten des Ehemanns besorgen. Peter wollte wissen, wie viel so ein Fitnesstrainer wirklich verdiente, wobei er sich davon eigentlich keinen wirklichen Fortschritt erhoffte.

7. Kapitel

Ungeduldig rutschte Dan auf seinem Stuhl hin und her. Der Schweiß rann ihm den Rücken hinunter, die Luft war schwül und stickig und die schlechte Laune aller Anwesenden war fast greifbar. Er wartete jetzt schon seit Stunden. Darum hasste er es so, zum Arbeitsamt zu gehen. Deshalb und weil sie einen immer so vorwurfsvoll anblickten. Er hatte ein Bein quer über das andere geschlagen und wackelte mit dem Fuß, während er sich umblickte.

Außer ihm waren dort noch viele andere Leute, die ebenfalls ungeduldig darauf warteten, dass sie endlich an die Reihe kamen.

Es war recht interessant, die Menschen zu beobachten und dabei Unterschiede oder auch Gemeinsamkeiten festzustellen. In einer Ecke saß eine Frau mit zwei kleinen Kindern, die sich gerade stritten, und einem Baby auf dem Arm. Sie war bemüht, die Kleinen auseinander zu halten und parallel das Baby zu beruhigen, das aussah, als wollte es jeden Moment anfangen zu weinen. Neben der jungen Mutter saß ein Herr mittleren Alters im Anzug und mit einem kleinen Aktenköfferchen auf dem Schoß. Dieser Mann saß aufrecht auf seinem Stuhl, hatte die Hände auf seinem Koffer gefaltet und bewegte sich kein Stück. Nur gelegentlich warf er einen gereizten

Blick auf seine Armbanduhr oder auf die Anzeige über der Tür.

Auf dieser Anzeige wurde die Nummer desjenigen angezeigt, der in eins der frei gewordenen Büros kommen durfte. Dabei wurden bei der Anmeldung und Nummernverteilung bereits die Namen der Klienten aufgenommen. Jede Person hatte nämlich immer den gleichen Betreuer im Arbeitsamt.

In diesem Moment sprangen die Ziffern der Anzeige um und nun war die Zahl 215 zu lesen. Dan blickte auf den Zettel mit seiner Nummer, den er beim Betreten des Gebäudes gezogen hatte.

298.

Er seufzte und wandte sich wieder der Betrachtung seiner Mitwartenden zu.

Auf der anderen Seite des Raumes, genau gegenüber dem korrekten Anzugträger, saß ein junger Mann, bei dessen Aussehen sich wohl niemand wunderte, warum er beim Arbeitsamt war. Auf seinem Stuhl war er so weit nach vorne gerutscht, dass er schon fast von der Kante fiel. Seine Mütze trug er schräg auf dem Kopf und sonst war er nur mit einer zerrissenen Jeans und einer Art Unterhemd bekleidet, wobei beides auch noch fleckig war. Die naserümpfenden Blicke der Vorbeigehenden schien dieser junge Mann gar nicht zu bemerken, da er offensichtlich sehr in sein Handyspiel vertieft war.

Die übrigen Wartenden stellten die unterschiedlichsten Schattierungen der Gesellschaft dar. Je nach Person mehr abgewrackt wirkend oder weniger. Einige Leute wollten sich offenbar ordentlich kleiden – die Versuche waren deutlich erkennbar – doch sie kannten sich nicht so aus oder hatten dafür zu wenig Geld.

Dan blickte erneut zur Anzeigetafel empor.

219.

Er seufzte wieder. Immer, wenn die Ziffern umklappten, stand jemand auf und ging hastig durch die Tür, die zum Gang mit den kleinen Büros führte. Dafür kam knapp jede Viertelstunde eine neue Person von draußen in den Warteraum. Und wie alle machte sie ein genervtes Gesicht, wenn sie die Zahl auf der Anzeige mit ihrer eigenen Nummer verglich. Es war wirklich schrecklich, wie lange man immer warten musste. Dan hatte auch schon erlebt, dass Leute versuchten, ihre Nummer mit anderen zu tauschen, damit sie früher drankamen. Natürlich konnte man nur mit denen die Nummer tauschen, die auch den gleichen Bearbeiter wie man selbst hatten, was die Sache komplizierter gestaltete. Dennoch versuchten manche ihr Glück und boten dafür sogar die kuriosesten Dinge an. Einmal hatte ein Mann in einem Trenchcoat einen Hamster aus der Jackentasche gezogen, den er zum Nummerntausch angeboten hatte. Die fassungslosen Blicke des Gegenübers waren einmalig gewesen.

Noch ein Blick auf die Anzeige.

221.

Obwohl die Zeit so schleppend verging, wurde es doch ziemlich schnell immer später, stellte Dan verwundert mit einem Blick auf die Uhranzeige seines Handys fest. Es war schon nach Mittag und sein Magen begann mittlerweile heftig zu knurren. Hoffentlich kam er bald dran und konnte sich anschließend etwas zu essen organisieren.

Als er irgendwann damit anfing, die Schnürsenkel der Wartenden zu vergleichen, hörte er wieder das mechanische Umklappen der Ziffernblätter an der Anzeige. Er schaute auf und endlich stand dort die 298. Schnell sprang Dan auf und stellte fest, dass seine Beine eingeschlafen waren. Also ging er mit etwas eiernden Schritten zur Tür und erntete abschätzige Blicke im Wartezimmer.

Nachdem er die große Glastür geöffnet hatte, blickte er den Gang nach rechts und links entlang. Es waren vielleicht zehn Bürotüren zu sehen, von denen alle bis auf die letzte auf der linken Seite geschlossen waren. Das war seine.

Vor dem Eintreten klopfte er an den Türrahmen und seine Betreuerin, Frau Wellner, blickte von ihren Unterlagen auf.

„Guten Tag", begrüßte sie ihn und sah wieder auf die Papiere vor sich hinab.

Dan setzte sich auf den Stuhl vor ihrem Schreibtisch und wartete stumm. Er hatte bei seinem letzten Besuch hier schon gelernt, dass die Mitarbeiter es gar nicht leiden konnten, gestört zu werden, nur weil man wollte, dass sie einem einen Job vermittelten. Wie konnte man auch so dreist sein und das auch noch im Arbeitsamt erwarten.

Also wartete Dan stumm, bis die Frau mit ihm reden wollte und betrachtete derweil das Büro. Es sah genauso aus wie beim letzten Mal. Die einzige Dekoration war ein seltsames Bild an der Wand, das einen stilisierten Delfin zeigte, der aus einem Goldfischglas in eine Pfütze sprang. Daneben hing ein

Kalender mit dem Logo des Arbeitsamtes. Hinter seiner Betreuerin am Schreibtisch befand sich ein kleines Fenster und auf dem Fensterbrett davor stand eine mickrige Pflanze in einem roten Topf. Der Schreibtisch seiner Betreuerin war wie immer sehr aufgeräumt. Neben dem Computer und einigen Akten stand nur noch ein Namenschild mit ihrem Namen, Ingrid Wellner, an der Kante.

Endlich blickte Frau Wellner von ihren Papieren auf. Sie war um die fünfzig und recht korpulent. Die braunen Haare hatte sie zu einem geflochtenen Zopf zusammengebunden, aus dem jedoch einige Strähnen herausstanden. Auf der Nase trug sie eine Brille mit runden Gläsern und einem ziemlich dicken Rand.

„Ihr Name?", fragte sie mit rauer Stimme.

„Daniel Nilson."

Sie tippte auf ihrer Tastatur herum und rückte die Brille zurecht, während sie vermutlich Dans Akte in ihrem Computer durchlas.

„Ich sehe, dass Ihnen letzte Woche gekündigt wurde, Herr Nilson, warum?"

Dan wusste genau, dass der Grund für die Kündigung sehr wohl dort vermerkt war. Aber die Frau wollte es unbedingt noch einmal von ihm hören. Er hätte wetten können, dass er die unangenehmste Betreuerin im ganzen Amt hatte.

„Ich bin nicht zur Arbeit erschienen, unentschuldigt."

Sie wandte sich vom Computer ab, lehnte sich im Stuhl zurück und blickte ihn durch ihre dicken Brillengläser an.

„Und wieso sind Sie nicht erschienen, unentschuldigt?"

Dan biss sich auf die Lippe. Er hatte im Vorfeld schon viel überlegt, was er denn genau sagen sollte, oder ob er sich irgendwie rausreden könnte. Er entschied sich für einen Ausschnitt der Wahrheit, doch gerade das klang wie eine Ausrede.

„Letzte Woche war doch dieser Mord an der Restaurantbesitzerin."

Die Frau vom Arbeitsamt kniff die Augen leicht zusammen und ihre Stirn legte sich in zarte Falten.

„Das habe ich mitbekommen, aber was haben *Sie* damit zu tun?"

„Ich habe etwas mitbekommen und der Polizei dann bei den Ermittlungen geholfen", sagte er frei heraus.

Jetzt verschränkte die Frau auch noch die Arme.

„Und das soll ich Ihnen glauben?", fragte sie in einem äußerst skeptischen Tonfall.

„Warum nicht?", erwiderte Dan mit einem verschmitzten Lächeln. Diese Frau machte ihn nervös. Viel nervöser als ihn andere Menschen ohnehin schon machten.

Sie schüttelte missbilligend den Kopf.

„Wissen Sie eigentlich, wie viele Ammenmärchen mir die Leute hier jeden Tag auftischen? So viele Geschichten und eine ist abstruser als die andere. Sie wissen doch auch, wie so etwas läuft. Entweder Sie gehen regelmäßig zur Arbeit oder wir kürzen Ihnen die Bezüge. Wenn Sie dann die Arbeit sausen lassen, die wir Ihnen mühsam besorgt haben, dann stehen Sie gefälligst auch wie ein Mann dazu. Also, wollen Sie mir sagen, warum Sie nicht zur Arbeit gekommen sind?"

„Aber ich hatte wirklich meine Gründe und ich habe auch wirklich der Polizei geholfen. Fragen Sie dort nach, wenn Sie wollen."

Die Frau zog eine Augenbraue hoch. „Und wenn ich da nachfrage?", sagte sie und griff drohend zum Hörer. Sie wollte Dan wohl einschüchtern, falls es eine Lüge gewesen war.

„Dann werden die Ihnen das bestätigen. Fragen Sie einfach den zuständigen Kommissar zu dem Mordfall." Dan vermied es lieber, den Namen seines Bruders zu nennen. Er vermutete, dass das seiner Glaubwürdigkeit nicht so guttun würde.

Die Frau warf ihm noch einen prüfenden Blick zu, dann betätigte sie eine Taste und hielt sich den Hörer ans Ohr.

„Die Polizei haben wir hier alle schon auf der Kurzwahl", erklärte sie flüsternd, während man aus dem Hörer ein leises Tuten hören konnte.

„Guten Tag, Wellner hier vom Arbeitsamt Valkenberg. Ich würde gerne den Kommissar sprechen, der mit dem Mordfall an der jungen Besitzerin vom Restaurant am See betraut ist. Es geht nur darum, dass er mir etwas bestätigt, dauert auch nicht lange. … Ja ... ja, vielen Dank." Sie warteten wieder.

Dan spitzte die Ohren so gut er konnte und hielt sogar den Atem an, um die Stimme auf der anderen Seite der Leitung verstehen zu können.

„Ja?", meldete sich sein Bruder und Dan fiel schon mal ein großer Stein vom Herzen, dass Peter sich nicht mit Namen gemeldet hatte.

Dans Betreuerin erklärte kurz die Sachlage und erhielt eine Antwort, die Dan jedoch nicht mehr verstehen konnte. Sie fragte noch ein- oder zweimal nach und bedankte sich dann schließlich. Mit etwas angesäuertem Blick legte sie den Hörer wieder auf.

„Wie es aussieht, stimmt Ihre Geschichte wirklich", gab sie dann widerwillig zu. Sie klang schon fast enttäuscht. „Der Herr Kommissar hat bestätigt, dass Sie in der letzten Woche einige Zeit mit ihm zusammengearbeitet haben. Dennoch ist das kein Grund, einfach *unentschuldigt* zu fehlen. Falls Sie noch einmal in so eine Situation kommen sollten, geben Sie gefälligst bei Ihrer Arbeit Bescheid, verstanden?"

„Natürlich", antwortete Dan schnell, „ich habe das in der ganzen Aufregung nur vergessen, ich hatte noch nie mit einem Mord zu tun und als ich mich dann an die Arbeit erinnert habe, war es schon zu spät."

Frau Wellner schnaubte aus und wandte sich wieder dem Bildschirm zu.

„Na, dann wollen wir doch mal schauen, ob wir wieder etwas für Sie finden. Ich lese zuerst Ihre Angaben vor, wenn etwas nicht mehr aktuell ist, dann sagen Sie das." Sie begann mit Dans Adresse und Familienstand und kam dann zu den Parametern, die für eine neue Stelle wichtig waren. Sie las in sehr monotonem Tonfall vor.

„Sie haben keinerlei Abschluss. Sie haben keinen Führerschein, können aber mit öffentlichen Verkehrsmitteln fahren, weshalb eine Stelle in der Nähe Ihrer Wohnung oder einer Buslinie in Frage kommt."

Alle Angaben waren immer noch korrekt und so musste Frau Wellner keine Änderungen vornehmen. Es hatte sich bei

Dan im Leben ja auch nichts geändert, naja fast nichts, dachte er sarkastisch.

Die Frau tippte eine Weile auf der Tastatur herum und las immer wieder stumm und mit gerunzelter Stirn. Erst ein paar Minuten später druckte Sie etwas aus und sprach wieder mit Dan.

„Ein Supermarkt in Ihrer Nähe sucht eine Aushilfe, um Regale einzuräumen und im Lager zu arbeiten. Mit solcher Arbeit haben Sie ja schon Erfahrung, nicht wahr?"

Er nickte, genau das Gleiche hatte er bei seinem letzten Job auch gemacht. Und bei den beiden Jobs davor.

„Haben Sie irgendwelche ansteckenden Krankheiten oder einen speziellen Grund, um diesen Job abzulehnen?"

„Nein, der ist voll in Ordnung", entgegnete Dan schnell.

„Dann kontaktiere ich den Arbeitgeber und gebe Ihnen anschließend Bescheid. Wenn er Ihrem Profil zustimmt, können Sie nächsten Montag beginnen. Halten Sie Ihr Handy in den nächsten zwei Tagen bereit. Auf diesem Blatt stehen alle Informationen, die Sie dazu wissen müssen", sagte sie und reichte Dan das eben ausgedruckte Blatt Papier.

Dan bedankte sich und verließ das Büro wieder.

Also hatte er auf jeden Fall diese Woche noch Urlaub. Er wusste auch schon, was er in dieser Zeit tun würde, dachte er und grinste in sich hinein. Das Grinsen verging ihm jedoch abrupt als er das Amt verließ. Er mochte den gepflasterten Platz vor dem Arbeitsamt nicht. Die Steine waren so klein, dass Dan es fast nicht vermeiden konnte, auf die Rillen zu treten. Ein Schauer nach dem nächsten lief ihm über den

Rücken, während er den Platz überquerte. Die Bepflasterung vor dem Polizeipräsidium beispielsweise war viel angenehmer zum Laufen. Da kam Dan die Idee, dass er doch seinen Bruder besuchen könnte und so machte er sich auf den Weg zur Polizei.

Nach nicht einmal einer halben Stunde klingelte Dans Handy und er ging ein wenig verwundert ran. Konnte das Arbeitsamt schon so schnell sein? Aber es war sein Bruder am anderen Ende der Leitung.

„Hast du vielleicht Lust auf einen kleinen Ausflug?", fragte Peter.

Dan musste grinsen.

„Bin schon auf dem Weg. In zehn Minuten bin ich beim Präsidium", sagte er und hörte ein erstauntes Lachen von Peter.

Eine Viertelstunde später befanden sich die beiden Brüder im Auto und fuhren aus der Stadt heraus zum See.

„Hat sich etwas Neues ergeben?", fragte Dan neugierig.

„Eigentlich dürfte ich dir das ja gar nicht sagen", meinte Peter schmunzelnd, doch er sprach trotzdem weiter: „Ich will vor allem den Chefkoch vom Restaurant noch einmal befragen. Wir haben bei ihm angerufen, aber da er meinte, er habe keine Zeit, um aufs Revier zu kommen, komme ich eben zu ihm."

„Wir", korrigierte Dan und Peter bestätigte: „Wir. Aber offiziell nur ich."

Das Auto bog in die Einfahrt ein, fuhr an der Eingangstür des Restaurants vorbei bis hin zum Parkplatz. Beim Aussteigen fiel Dans Blick sofort auf den See. Er warf leichte Wellen, die im Sonnenschein glitzerten. Was für ein herrliches Wetter heute. Er hatte Lust auf einen Spaziergang. Gerade nach dem ganzen Herumsitzen erst im Amt und dann im Auto riefen seine Beine nach Bewegung.

„Was soll ich machen, während du die Leute verhörst?", fragte Dan nach.

Peter blickte ihn etwas erstaunt an. Dass er mal von sich aus fragen würde. Peter hatte sich schon darauf eingestellt, dass sein Bruder einfach wieder nach Lust und Laune herumstreunen würde.

„Du kannst beim Verhör dabei sein und auf den Koch achten, ob er sich irgendwie verdächtig verhält oder dir an ihm was bekannt vorkommt. Also aus dieser … *Erinnerung*." Das letzte Wort sprach Peter unsicher aus. Er konnte sehen, wie Dan überlegte.

„Eigentlich würde ich mich lieber in der Küche umsehen. Da hat der Koch mich das letzte Mal sofort rausgeworfen, vielleicht ist dort ja was Verdächtiges."

Peter schüttelte den Kopf.

„Das geht nur mit dem Einverständnis des Zuständigen und bis die Verhältnisse nach dem Tod der Chefin geklärt sind, denke ich, dass der Chefkoch derjenige ist."

„Derjenige?", fragte Dan, während sie den Parkplatz entlang auf die Eingangstür zugingen.

„Der Zuständige", erklärte Peter. „Du kannst natürlich fragen, ob sie dich reinlassen, doch das bezweifle ich ehrlich gesagt. Ansonsten hat mein Chef verboten, dass wir uns großartig in den Restaurantbetrieb einmischen. Er hat sowieso schon ein riesiges Theater veranstaltet, als die Küche untersucht wurde. Das geht nur bei einem eindeutigen Verdacht und so weit sind wir noch nicht", erklärte Peter mit grimmiger Miene. Man sah ihm deutlich an, dass es ihn gewaltig ärgerte.

„Was soll denn das von deinem Chef?", fragte Dan irritiert, „Will der den Fall nicht auch aufklären?"

Peter seufzte nur und zuckte mit den Achseln.

„Mein Chef", sagte er besonders betont, „ist selbst nicht selten Gast im *Stolzen Storch* und trifft sich hier regelmäßig mit einigen Bekannten. Sehr einflussreichen Bekannten", ergänzte Peter dann noch mit einem vielsagenden Blick und Dan begriff.

Auch heute stand wieder Betty hinter dem Tresen der Bar und lächelte, als sie die beiden erkannte.

„Guten Tag, so sieht man sich also wieder", begrüßte sie die Brüder freudig, „darf ich Sie heute als Gäste begrüßen?"

„Leider nein", wies Peter sie gleich ab, was ihrem Lächeln einen besorgten Ausdruck verlieh, es aber nicht ganz verschwinden ließ.

Leiser, damit die wenigen anwesenden Gäste nichts mitbekamen, fragte sie: „Haben Sie schon etwas über den Mörder herausgefunden?"

Auch das musste Peter verneinen.

„Wir würden uns gerne noch einmal mir Ihrem Chefkoch, Herrn Rupert Steinweis, unterhalten", erklärte Peter, ebenfalls mit gesenkter Stimme.

Bettys Augen huschten ganz kurz in Richtung der Küchentür.

„Ich hole ihn, warten Sie bitte einen Moment. Es könnte etwas dauern, falls er die Omeletts noch fertig machen muss."

„In Ordnung", antwortete Peter.

Betty gab ihnen zu verstehen, dass sie auf der Terrasse warten sollten. Dann wuselte sie in die Küche, um den Koch zu holen.

Auf dem Weg zur Terrassentür betrachtete Dan die Gäste, die gerade auf ihr Mittagessen warteten oder zum Teil auch schon mitten beim Schlemmen waren. Ausnahmslos alle trugen teuer aussehende Anzüge. Selbst eine der beiden Frauen, die hier offensichtlich die Minderheit darstellten, trug einen Hosenanzug. Eine andere Frau hatte ein kurzes Kleid mit einem edel aussehenden Jäckchen darüber an, das den tiefen Ausschnitt des Kleides aber nicht wirklich verdecken konnte. Überhaupt sah alles an den Gästen teuer aus. Von den Krawatten über die Uhren bis hin zu den Taschen, die neben den Stühlen auf den Boden gestellt waren. Glänzend und hochpoliert. Ein paar der Leute warfen ihm und Peter abschätzende Blicke zu, bevor sie sich wieder ihrem Essen widmeten, doch die meisten ignorierten die Neuankömmlinge komplett.

Dan zupfte beim Vorbeigehen ein wenig beklommen an seiner alten Kapuzenjacke.

Es war zwar ein sonniger Tag, doch die herbstliche Luft war bereits so kalt, dass niemand auf der Terrasse saß.

Peter steuerte einen Tisch an, der ein Stück von der Tür entfernt war, sodass sie von drinnen niemand hören konnte, sie aber jeden sahen, der zur Terrasse hinaus kam. Die Brüder setzten sich an den Tisch und warteten.

Dan schloss die Augen und genoss die Sonne, die ihm ins Gesicht schien. Aus der Küche drang ein leckerer Geruch hervor, der sich mit dem Duft von Wald und Grün vermischte. Nur ein kleines Stück vom Restaurant entfernt standen ein kleiner Wald und einige Büsche. Dorthin hatte bestimmt die Ermordete geblickt, als sie sich beobachtet gefühlt hatte, wie Betty letztens erzählt hatte.

Ein Weilchen mussten sie warten, bis polternde Schritte das Kommen des Koches ankündigten. Unter der typischen, weißen Kochkleidung trug er schwere, schwarze Stiefel. Rupert Steinweis wischte sich gerade die Hände an einem Tuch ab, als er durch die Tür kam. Er entdeckte sie an dem Tisch und kam zielstrebig auf sie zu.

„Guten Tag", begrüßte Peter ihn.

Der Koch überging die Begrüßung und antwortete nur sofort: „Lange habe ich keine Zeit für Sie. Die Gäste warten sonst auf ihr Essen."

Peter nickte verstehend und wies auf den Stuhl, der an dem kleinen Tisch noch frei war.

Mit einem leicht zornigen Blick auf Dan setzte sich der Koch und zündete sich eine Zigarette an.

„Also, was gibt's?"

„Wir hätten noch ein paar Fragen, die neu aufgekommen sind", erklärte Peter.

„Das habe ich mir schon gedacht", antwortete Herr Steinweis, „sonst wären Sie ja nicht hier. Also was wollen Sie wissen?"

Peter verkniff sich einen Kommentar.

„Wir haben letztes Mal ja bereits über den Streit gesprochen, den Ihre Chefin und deren Ehemann hatten. Sie haben uns bestätigt, dass die beiden den Speisesaal verlassen und woanders weiter gesprochen haben. Wissen Sie, wo das war?"

Der Koch pustete eine lange Rauchfahne aus und schien damit gleichzeitig ein wenig ruhiger zu werden.

„Keinen Schimmer, aber was ich weiß, ist, dass die zwei sich nicht nur unterhalten haben."

Peter zog eine Augenbraue hoch und musterte sein Gegenüber genauer.

„So, was denn noch?"

„Na was wohl, die haben sich heftig gezofft, das muss man nicht beschönigen."

„Und Sie haben wirklich keine Ahnung, wo die beiden sich weiter *gezofft* haben?"

Steinweis zuckte mit den Schultern und zog wortlos an seiner Zigarette.

„Nun, wir haben erfahren, dass der Streit direkt unter den Küchenfenstern weiterging. Da kann ich mir schlecht vorstellen, dass Sie nicht mitbekommen haben, worum es dabei ging. Oder wenigstens, dass die beiden dort standen."

„Mein Gott, man kriegt doch nicht alles mit, was draußen passiert, ich muss immerhin noch arbeiten."

Peter schlug sein Notizbuch auf, doch noch benötigte er es nicht.

„Korrigieren Sie mich, falls ich irre, aber in so einer Restaurantküche ist es doch sicher immer recht warm."

Der Koch nickte mit einem leichten Stirnrunzeln.

„Ist es dann nicht üblich, die Fenster geöffnet oder gekippt zu lassen, damit etwas frische Luft hereinkommt? Und da muss man doch hören, wenn sich Leute unter dem Fenster *heftig zoffen*."

Rupert Steinweis ließ die Zigarette sinken. Er überlegte einen Moment.

„Okay, ich habe nicht ganz die Wahrheit gesagt. Ja, ich habe sie gehört, war auch nicht zu überhören", gab der Koch widerwillig zu.

„Warum haben Sie mich dann angelogen?", fragte Peter ganz direkt.

Dan sah dem Ganzen recht unbeteiligt zu. Wie sein Bruder ihn angewiesen hatte, beobachtete er den Koch ganz genau und versuchte zu erkennen, ob dieser nervös wurde oder irgendwelche Anzeichen von Lügen zeigte. Lügen, die er nicht wieder von selbst zugab. Leider kannte sich Dan nicht so gut mit so etwas aus. Konnte man irgendwo lernen, Mimik und Gesten von Menschen zu lesen? Wenn ja, dann wäre das doch sicher mal interessant.

Im Geiste ging Dan noch einmal die Erinnerung des Mordes durch und versuchte zu beurteilen, ob der Koch der Mörder sein konnte. Rein durch die Größe und Statur. Das war aber nicht leicht zu sagen, bei so einer verschwommenen

Gestalt wie in der Erinnerung. Der Koch war schon sehr groß. War der Mörder auch so groß gewesen?

„Warum wohl", entgegnete der Koch gerade, „ich wollte nicht, dass die Kleine schlecht da steht. Und viel verstehen konnte man sowieso nicht."

„Die Kleine?", fragte Peter irritiert nach.

„Na, die Chefin halt. Man spricht nicht schlecht über Verstorbene. Erst recht nicht, wenn der Tod noch nicht lange her ist. Außerdem war das ihre Sache, da wollte ich mich nicht einmischen."

„Nicht einmischen", wiederholte Peter tonlos. Warum wollten es die Leute denn nie kapieren. Immer musste man es erklären, dachte er und schüttelte innerlich den Kopf.

„Herr Steinweis, wie Sie sehr gut wissen, ermitteln wir in einem Mordfall. Da ist es kein Einmischen oder schlechtes Reden, wenn man über Konflikte zwischen Personen spricht. Erst recht nicht, wenn eine dieser Personen das Opfer ist. Sie machen sich nur selbst verdächtig, wenn Sie uns gegenüber so etwas verschweigen und unsere Arbeit erschweren Sie auch unnötig. Vor allem werden wir solche Informationen doch auch nicht weitergeben, wenn es nicht absolut notwendig ist."

Der Koch schnaubte ungläubig.

„Tut mir leid, aber in dem Punkt bin ich mir nicht so sicher. Ich traue den meisten Menschen nicht und nur weil Sie Polizisten sind, mache ich da keine Ausnahme", sagte er und warf Dan einen misstrauischen Blick zu.

Irgendetwas hatte dieser Koch wohl gegen ihn.

„Sind Sie etwa nicht daran interessiert, dass der Mord an Ihrer Chefin aufgeklärt wird?"

„Doch, natürlich", warf Herr Steinweis entrüstet ein.

„Dann sprechen Sie in Zukunft sofort über so etwas mit der Polizei. Auch wenn Sie sich das in dem Moment noch nicht vorstellen können, so sind Informationen solcher Art essentiell für die Ermittlungen. Wenn wir uns ein Bild der gesamten Situation machen können, ist es auch leichter, den Fall zu lösen."

Dan bemerkte den pikierten Ausdruck des Koches. Er störte sich wohl an der etwas hochgestochen klingenden Wortwahl von Peter. Das war ein Punkt, in dem er mit dem Koch übereinstimmte, was Dan nicht gerne zugab.

Peter stellte dem Koch noch ein paar Fragen und konfrontierte ihn mit einigen Aussagen seiner Kollegen – natürlich anonym genannt. Vor allem auch zu dem Thema der Modernisierung des Restaurants hakte er weiter nach. Es war deutlich, dass Rupert Steinweis die Idee seiner Chefin für absoluten Schwachsinn hielt und sich auch deshalb ernsthaft mit ihr gestritten hatte.

Dan hörte jedoch gar nicht mehr so genau hin, denn es langweilte ihn und er glaubte eh nicht, irgendetwas im Verhalten des Kochs lesen zu können. Er schaute sich verträumt in der Landschaft um und betrachtete den See. Hin und wieder schnupperte er in die frische Luft.

„Also sind Sie auch sehr laut gegenüber Ihrer Chefin geworden?", fragte Peter gerade.

Rupert Steinweis gab es offensichtlich nur sehr ungern zu.

„Ja okay", meinte er schließlich, „ich habe ihr gesagt, dass ich da nicht mitmachen werde und dass sie sich mit dem Vorhaben Feinde machen könnte. Aber damit habe ich doch nicht mich gemeint, jedenfalls nicht, dass ich sie umbringen würde."

„Sie haben in Ihrer Küche doch sicher viele Messer und wissen auch gut damit umzugehen, außerdem sind Sie ein kräftiger Mann", meinte Peter. „Da wäre es für Sie doch ein Leichtes, einfach eines davon zu nehmen und Ihrer Chefin zu folgen. An dem Abend ihres Mordes war wenig los im Restaurant und es wurde früher geschlossen, habe ich gehört."

Der Koch stritt alles vehement ab und wurde dabei langsam ein bisschen ausfällig.

Mit einem Mal stutzte Dan mit erhobener Nase.

„Riecht es hier verbrannt?", fragte er laut.

Die anderen beiden hielten inne und blähten ebenfalls prüfend die Nasenflügel.

„Dieser verdammte Idiot!", brüllte der Koch plötzlich los. Er sprang auf und rannte in Richtung Küche davon, während er sich lautstark beschwerte.

Die Brüder blieben noch einen Moment lang verwundert sitzen, bis sie die Situation richtig verstanden. Unvermittelt stand Peter auf.

„Wohin willst du?", fragte Dan und erhob sich ebenfalls langsam von seinem Stuhl.

„Ich will etwas überprüfen, komm." Und damit ging Peter um das Gebäude herum, aber in eine vom Eingang entfernte Richtung. Sie kamen an das Eck des Gebäudes und trafen auf eine kleine Hecke, welche die Terrasse begrenzte. Die Terrasse befand sich direkt gegenüber dem Restauranteingang.

Dan hatte keine Ahnung, was genau Peter überprüfen wollte und wunderte sich noch viel mehr, als sein Bruder einfach über die Hecke hinweg stieg. Und das in so einem schicken Anzug.

„Wo willst du denn hin?", wiederholte Dan seine Frage und Peter antwortete mit gesenkter Stimme.

„Ich will etwas überprüfen, was in einer Zeugenaussage gesagt wurde."

Hier war das Gelände für die Gäste nicht erschlossen. Sie gingen über eine Wiese. Diese Seite des Restaurants war karg. Nur eine Reihe von Fenstern erstreckte sich über die Wand, aber so hoch, dass man nicht hineinschauen konnte. Dans Scheitel reichte gerade so an den Fenstersims heran und er war ja sogar noch ein Stück größer als sein Bruder. Hier war der Geruch nach Essen und aktuell nach verbrannten Eiern sehr stark. Peter blieb genau unter den Fenstern stehen und legte einen Finger an die Lippen, um Dan zu bedeuten, still zu sein.

Sie lauschten.

Aus dem Innern des Restaurants waren Stimmen zu hören. Genauer gesagt eine Stimme, die deutlich schimpfte.

„Kann man dich nicht *einmal* alleine lassen?! Wieso wurdest du überhaupt eingestellt, nicht mal ein verdammtes Omelett kann man dir für zwei Minuten anvertrauen! Das Ganze noch mal von vorne und wehe, wenn du es wieder vermasselst, dann kannst du was erleben!"

Das war ganz eindeutig die Stimme von Chefkoch Steinweis. Zwischendurch war ein leichtes Wimmern zu vernehmen und plumpe Entschuldigungsversuche einer weiteren Person.

Dan sah seinen Bruder an und erblickte überrascht ein grimmiges Lächeln auf dessen Gesicht. Sein Blick war zu den Fenstern empor gerichtet.

„Ha", machte Peter leise.

Nach einigen weiteren Augenblicken, in denen Geschimpfe und das Scheppern von Geschirr zu vernehmen waren, bedeutete Peter seinem Bruder, wieder zur Terrasse zurück zu gehen.

„Was genau sollte das jetzt?", fragte Dan, als sie durch die Terrassentür wieder in den Saal gingen.

„Kannst du dir doch denken. Aber ich erkläre es dir nachher schon noch."

Kaum hatten sie den Speisesaal betreten, kam auch schon Betty wieder zu ihnen gewuselt. Ihr Zopf wippte schwungvoll beim Gehen und wie immer strahlte sie pure Freundlichkeit aus.

„Wollen Sie uns schon verlassen? Kein Getränk für die trockene Kehle vom ganzen Verhören?", fragte sie lächelnd.

„Ein anderes Mal gerne", winkte Peter ab, „anscheinend haben Sie gerade ein paar Probleme, da stören wir lieber nicht weiter. Außerdem haben wir auch noch woanders zu tun. Aber demnächst schauen wir vielleicht wieder vorbei."

„Das will ich doch hoffen", schäkerte Betty und zwinkerte den Brüdern zu.

Peter verabschiedete sich mit einem Kopfnicken und Dan winkte ihr beim Gehen zu. Sie verließen die Gaststätte, aber Peter steuerte nicht auf den Parkplatz zu, sondern ging zielstrebig in Richtung des Seeufers.

„Lust auf einen kleinen Spaziergang?", fragte er. „Dann können wir uns ein bisschen unterhalten."

„Werde ich jetzt auch noch verhört?", meinte Dan grinsend und folgte seinem Bruder zum See hinunter.

Es waren nur etwa 50 Meter zwischen der Terrasse des *Stolzen Storch* und dem See, aber erst ein Stück vom Restaurant entfernt, schwappte ihnen mit einem Mal der typische Geruch nach Wasser, Algen und Fisch entgegen. Das Schilf am Seeufer wankte rhythmisch im Luftzug und außer dem leichten Plätschern der Wellen auf den Ufersteinen war nichts zu hören. Für die meisten Spaziergänger war es vermutlich bereits etwas zu kalt.

Peter vergewisserte sich erst, dass sie auf jeden Fall weit genug vom Restaurant entfernt und auch alleine waren, bevor er zu sprechen begann.

„Ich wollte vorhin etwas überprüfen."

„Das sagtest du bereits", meinte Dan. Während er mit seinem Bruder sprach, ging er so weit auf das Wasser zu, bis die leichten Wellen seine Schuhe gerade so nicht berühren konnten.

„Es ging darum, dass Herr Ellington, der Beikoch", fügte er bei Dans fragender Miene hinzu, „gesagt hatte, dass man es von der Küche aus hört, wenn unter den Fenstern jemand redet. Du hast mitbekommen, wie gut wir Herrn Steinweis verstehen konnten. Dann müsste es anders herum ja genauso funktionieren."

„Und warum ist das wichtig?", fragte Dan. Er hatte am Ufer einen großen Stock aufgelesen und stocherte damit jetzt im Schlamm und den Algen herum.

„Das Mordopfer hatte nur ein paar Tage vor ihrem Tod einen heftigen Streit mit ihrem Ehemann. Herr Ellington konnte das mitanhören und die meisten Inhalte genau verstehen. Herr Steinweis war zur gleichen Zeit ebenfalls in der Küche. Vorhin hat er aber behauptet, dass er nichts gehört hat, wie du vielleicht mitbekommen hast. Da frage ich mich doch, warum?"

Dan warf den Stock ins Wasser und wischte sich die Hände an der Hose ab. Er sagte seinem Bruder lieber nicht, dass er bei dem Teil des Verhörs etwas geistig abwesend gewesen war. Dann gingen sie ein Stück spazieren, während sie sich weiter unterhielten.

„Aber wenn er das verschweigt", begann Dan langsam und konzentriert, „dann verschweigt er doch bloß einen Konflikt, den das Opfer mit dem Ehemann hatte. Deckt er damit nicht einfach nur den Ehemann? Was hat er selbst dann davon, zu lügen? Immerhin betrifft es ihn selbst doch überhaupt nicht."

„Das ist eine gute Frage", meinte Peter und war ein bisschen stolz auf seinen kleinen Bruder. Da hatte Dan sich scheinbar einmal richtig Gedanken gemacht. Während des Gesprächs mit Herrn Steinweis hatte Peter nicht den Eindruck gehabt, dass Dan wirklich aufmerksam gewesen war.

„Ein Gespräch zu verschweigen, kann man natürlich nicht gleich als Mordmotiv werten. Aber vielleicht hat er etwas mitbekommen. Durch das Verschweigen deckt er den Ehemann, aber warum wohl?"

Dan überlegte angestrengt.

„Vielleicht war er sein Komplize, falls der Ehemann der Täter ist. Oder er weiß, dass der Ehemann der Täter ist und will ihn erpressen?"

„Möglich", meinte Peter nur und hing ein wenig seinen eigenen Gedanken nach.

Sie kamen jetzt an ein Wäldchen, das dicht mit Büschen verwachsen war und der Weg entfernte sich ein Stück vom Ufer. Ein Rauschen war von weitem zu hören.

„Ich mag ihn nicht", meinte Dan unvermittelt.

„Was, wen?"

„Den Koch, diesen Steinweis, oder wie der heißt. Der ist so rüpelhaft. Und so laut, das mag ich nicht."

„Aber das allein macht ihn noch lange nicht verdächtig. Im Gegensatz zu seiner Abneigung gegenüber den Plänen seiner Chefin. So wie das klang, wollte er deren Umsetzung mit allen Mitteln verhindern. Und wie weit würde ein Mensch für so etwas wohl gehen?"

Die Bäume wurden allmählich weniger und der Weg stieg leicht an. Während sie sich immer weiter vom See entfernten, wurde das Rauschen immer lauter. Nach einigen weiteren Metern kam eine Staustufe in Sicht. Das Wasser schäumte dort unter lautem Tosen weiß auf und schoss lärmend den Kanal hinab.

Begeistert lehnte Dan sich über das Geländer und blickte auf die Wassermassen hinab, die sich in Richtung See wälzten.

Über der Staustufe ging eine Art Brücke aus Beton entlang, die über eine verrostete Metalltreppe zu erreichen war. Die Treppe war zwar mit einem Türchen versperrt, doch das reichte einem erwachsenen Menschen gerade einmal bis zur Hüfte.

Ganz schön ineffizient, dachte Dan.

Bei dem Lärm war eine Unterhaltung unmöglich, da sie kaum das eigene Wort verstehen konnten. Also gingen die Brüder weiter, sobald Dan sich an der schäumenden Gischt satt gesehen hatte.

Er benimmt sich doch noch oft wie ein kleines Kind, dachte Peter halb genervt und halb amüsiert.

„Fest steht auf jeden Fall", nahm der Kommissar den Faden wieder auf, sobald sie das Tosen hinter sich gelassen hatten, „dass Rupert Steinweis mehr weiß als er zugibt. Und ich will wissen, was er verbirgt. Irgendwie muss man ihn aus der Reserve locken können. Hast du da vielleicht eine Idee?"

Dan blickte verwundert und ungläubig seinen Bruder an.

„Ich dachte, du bist der Polizist. Auf einmal brauchst du meine Hilfe?"

Peter seufzte tief. Stimmt schon, er hätte nie gedacht, dass er einmal seinen Bruder um Rat fragen würde.

„Der Fall geht einfach nicht weiter, mein Partner ist vor kurzem schwer erkrankt, weshalb mir wichtige Hilfe fehlt, außerdem sitzt mein Chef mir die ganze Zeit im Nacken. Und gleichzeitig erschwert er mir wichtige Arbeitsschritte, nur um sein Gesicht nicht zu verlieren. Ohne ihn hätten wir schon längst viel energischer ermitteln können."

„Aber wenn ihr den Fall nicht aufklärt, dann verliert er doch auch sein Gesicht?", fragte Dan naiv und Peter lachte einmal trocken auf.

„Von wegen, dann schiebt er lediglich die Schuld auf mich. Sprich, ich nehme gerade jede Hilfe, die ich bekomme", schlussfolgerte Peter mit einem verbissenen Lächeln.

Dan blickte etwas betreten drein und sein Bruder tat ihm aufrichtig leid. Er wusste gar nicht, was er sagen sollte und blickte Peter verstohlen von der Seite her an. Jetzt erst bemerkte er die dunklen Schatten unter Peters Augen. Außerdem konnte man ihm die Erschöpfung regelrecht anhören. Auf einmal wollte Dan seinem Bruder unbedingt helfen. Das war ein ganz ungewohntes Gefühl für ihn.

„Wir müssen ihn aus der Reserve locken, sodass er sich verplappert", meinte Dan und strengte sich an, sich etwas Gutes einfallen zu lassen.

„Wann verplappern sich die Menschen denn?"

„Wenn sie jemanden beeindrucken wollen, in erster Linie Frauen. Wenn sie sich so sicher fühlen, dass niemand ihnen etwas anhaben kann. Wenn sie mit der Polizei spielen wollen. Wenn sie sich extrem aufregen und wenn sie glauben, dass sowieso schon alles vorbei ist oder um ihre Unschuld zu beweisen.", zählte Peter auf.

„Dann müssen wir eben eines dieser Szenarien provozieren."

„Das ist der Plan. Die Frage ist nur, wie?", fragte Peter.

„Du meinst also, es wäre möglich, dass er ausplaudern könnte, was er weiß, wenn man einen Beweis bringt, dass er der Mörder ist, auch wenn das gar nicht wahr ist?", überlegte Dan und spürte, wie sich sein Hirn immer weiter verknotete. Dass Denken so anstrengend sein konnte.

„Es gibt natürlich keine Garantie dafür, aber das passiert immer wieder. Damit man ihnen glaubt, erzählen sie von ihren wirklichen Verbrechen oder was auch immer, um zu zeigen, dass sie mit dem Mord direkt nichts zu tun haben. Es ist sozusagen ein Akt, um Vertrauen zu erwecken, oder um zu verhandeln. Allerdings sagt mir mein Gefühl, dass Rupert Steinweis nichts so leichtfertig erzählt. Zumindest nicht vor Leuten, denen er nicht traut. Also uns."

Der Spaziergang war eine sehr gute Idee gewesen. Dan fühlte sich richtig produktiv und die frische Seeluft brachte das Gehirn in Schwung.

„Dann müssen wir vielleicht jemanden einspannen", schlug Dan vor. „Irgendjemand, vor dem der Koch reden würde, weil er ihm nicht misstraut."

„Könnte man schon machen, aber wen nehmen wir da? Ich meine, wenn die Person selbst verdächtig ist, ist es nicht möglich."

Beide überlegten und gingen die nächsten Minuten schweigend nebeneinander her.

„Er ist vermutlich ziemlich unberechenbar und so kräftig wie Herr Steinweis ist, könnte das Unterfangen nicht ganz ungefährlich sein. Deshalb würde ich lieber keine Frau hinzuziehen. Außerdem können wir auch niemanden nehmen, mit dem er enger befreundet ist. Ich denke mal, dass ein guter Freund von ihm nicht mitmachen oder ihn sogar warnen würde."

„Also eine männliche Person aus seinem näheren Umfeld, die aber nicht mit ihm befreundet ist. Welche männlichen Personen aus dem Restaurant haben denn ein wasserdichtes Alibi?", fragte Dan.

Peter zückte sein kleines Notizbuch und blätterte ein bisschen darin herum. Er hatte sich auch das Wichtigste aus den Protokollen derer notiert, die nur auf dem Präsidium von seinen Kollegen verhört wurden.

„Einer der Kellner, Dennis Forghstedt, aber ich glaube nicht, dass der so angetan von dieser Idee wäre. Er hatte erwähnt, dass er Angst vor dem Koch hat. Und noch der Hilfskoch Thomas Ellington. Das würde vielleicht gehen. Sie kennen sich, aber nicht so persönlich und Herr Ellington hat bisher kein Motiv, dafür aber ein Alibi. Und bisher hat er sich immer recht kooperativ verhalten. Wobei er vermutlich auch eher Angst vor Herrn Steinweis hat."

Wer hat das auch nicht, dachte sich Dan heimlich.

„Und wie soll das dann ablaufen?", fragte Dan, während er hüpfend auf jede einzelne Wurzel trat, die sich aus dem Boden hinaufwölbte. „Ich meine, soll dieser Ellington einfach zum Koch hingehen und sagen, dass er ihn verdächtigt?"

Peter schüttelte den Kopf.

„Natürlich nicht, das wäre dann doch zu direkt. Da bringt er sich nur in Gefahr beziehungsweise Herr Steinweis wird sich kaum die Mühe machen müssen, zu lügen, weil er einfach nicht darauf eingehen wird. Nein, wir brauchen dazu noch etwas, das wie ein Beweis aussieht. Etwas, das einen direkten Verdacht verursacht."

„Am besten wäre es, wenn seine Chefin ihn schon vor ihrem Tod verdächtigt hätte. Betty sagte doch, dass sie gewirkt hatte, als ob sie sich verfolgt gefühlt hatte."

„Das ist gar keine schlechte Idee", meinte Peter, „das ist wirklich gut. Wir lassen es so aussehen, als ob Elisabeth Richard selbst Herrn Steinweis bereits vor ihrem Tod verdächtigt hatte, etwas gegen sie im Schilde zu führen."

Dan blickte seinen Bruder verwundert und leicht besorgt an. Begann er vor lauter Stress jetzt schon zu spinnen? Wie sollte das denn gehen? Dan entschied sich, seine Frage etwas vorsichtiger zu formulieren.

„Das ist ja schön und gut, aber wie sollen wir das bitte machen?"

Peter schwieg einen Moment, bevor er antwortete, doch er hatte schon eine Idee. „Mit einem Tagebuch", fiel es ihm plötzlich ein.

„Wessen Tagebuch?", fragte Dan überrascht nach.

„Das Tagebuch des Opfers."

„Hat das Opfer denn Tagebuch geführt?"

„Ihr Mann meinte nein, aber das weiß der Koch ja nicht", sagte Peter und hatte auf einmal ein ungewohnt schelmisches Grinsen im Gesicht.

Während der letzten Etappe ihrer Seeumrundung sprachen die Brüder nicht weiter über den Fall, sondern über ganz andere Themen. Peter erzählte vom ersten Schultag seiner Tochter und wie der kleinen Marie die Schule gefiel.

Dan hatte die Schule nicht gemocht, wobei der zugeben musste, dass er sich an die meiste Zeit gar nicht mehr richtig erinnern konnte.

Sie sprachen auch noch über ihre Eltern, über Dans bisherige Jobs und über Gott und die Welt.

8. Kapitel

Als sie den See zu ungefähr dreiviertel umrundet hatten, stockte Dan. Er verlangsamte seine Schritte und lauschte angestrengt.

„Hörst du das?", fragte er seinen Bruder und blieb stehen.

Peter hielt ebenfalls an und hob den Kopf. „Was meinst du? Ich höre nichts."

Dan war sich ganz sicher, eine Stimme gehört zu haben, ein Rufen. Doch jetzt war wieder alles ruhig. Er zuckte mit den Achseln, wahrscheinlich hatte er es sich nur eingebildet. Gerade wollte Dan wieder losgehen, da hörte er erneut einen Schrei. Er wirbelte herum und suchte mit zusammen gekniffenen Augen den See ab.

Der Weg, auf dem sie sich im Moment befanden war keine zehn Meter vom Ufer entfernt. Ein Gebüsch, das fast bis zu den Hüften reichte, trennte die Brüder vom Wasser.

„Alles in Ordnung?", fragte Peter seinen Bruder. Er beäugte Dan besorgt, der konzentriert den See anstarrte.

„Nein, ich mein ja", antwortete Dan leicht geistesabwesend, „aber irgendetwas habe ich doch gehört."

Noch einmal lauschte Peter, aber außer dem Gezwitscher der Vögel, dem Rascheln der Blätter in den Bäumen über ihnen und dem leisen Plätschern des Sees, das gerade noch so zu hören war, fiel ihm nichts auf. Irgendwo den Weg zurück quakte eine Ente.

„Bist du dir sicher?", fragte Peter vorsichtig nach. Er musste unwillkürlich an die Medikamente denken, die Dan bis vor kurzem noch genommen hatte. Konnte das plötzliche Absetzten eigentlich Entzugserscheinungen verursachen? Doch den Gedanken schlug sich Peter sofort wieder aus dem Kopf. Wenn das der Fall wäre, hätte Dan solche Auswirkungen schon längst gemerkt. Sein Bruder war nicht mehr verrückt als er es schon immer gewesen war. Eigentlich war er jetzt sogar näher am Normalsein als jemals zuvor.

„Ich habe es doch ganz deutlich gehört", meinte Dan, immer noch suchend.

„Da!", stieß er plötzlich aus. Im nächsten Moment war er auch schon losgelaufen und kämpfte sich durch die Büsche hindurch in Richtung Seeufer. Seinen perplexen Bruder ließ er einfach hinter sich zurück.

„Oh nein, wir müssen uns beeilen!", rief er noch. Dan hatte im See, einige dutzend Meter im Wasser, eine Hand winken sehen. Jetzt wusste er auch, wo der Schrei hergekommen war. Während er sich von den Ästen losriss, die sich in seine Hose verhakten, blickte er immer wieder auf und vergewisserte sich, dass er in die richtige Richtung lief.

Die Person im Wasser tauchte wieder mit dem Kopf auf und jetzt konnte Dan sie ganz deutlich schreien hören.

Verdammt, das dauert viel zu lange, dachte er und versuchte verzweifelt, schneller durch das Gestrüpp zu kommen. Wie konnte man für eine so kurze Strecke nur so lange brauchen? Aber die Pflanzen waren dicht verwachsen und zu hoch, sodass man nicht einfach darüber hinweg steigen konnte.

„Hilfe!", hörte Dan die Person vor sich schreien. Die Stimme klang verzweifelt und die Worte wurden immer wieder von den Wellen verschluckt.

„Halte durch!", rief Dan der Person zu, doch er wusste nicht, ob sie ihn hören konnte.

Gleich habe ich es, gleich bin ich da, dachte er verzweifelt. Noch zwei Schritte, dann hatte er den See endlich erreicht. Dan wusste nicht, wie genau er den Menschen heraus ziehen sollte. Er konnte zwar schwimmen, aber ihm fehlte die Übung. Doch darüber machte er sich gar keine Gedanken, er war nur auf den Ertrinkenden vor ihm fixiert.

Immer wieder tauchte der Kopf der Person knapp über der Wasseroberfläche auf, nur um im nächsten Moment wieder zu versinken. Es schien ein Mann zu sein und er musste wirklich verzweifelt strampeln, doch scheinbar kam er nicht richtig hoch und konnte sich nur gerade so an der Oberfläche halten.

Dan hatte das Ufer erreicht, er stapfte schon durch das kalte Wasser. Doch plötzlich packte ihn eine Hand am Kragen und riss ihn unsanft nach hinten.

„Was machst du denn?!", schrie Dan fassungslos.

„Das sollte ich eher dich fragen", keuchte Peter. Er war ganz außer Atem und schon etwas verschwitzt, aber er hielt Dans Kragen fest im Griff.

„Was zum Teufel hattest du vor?"

Dan konnte es nicht fassen, dass sein Bruder ihn ausgerechnet jetzt zurückgehalten hatte. War er von allen guten Geistern verlassen?

„Ihn rausholen natürlich!", schrie Dan im Eifer seinem Bruder entgegen und fuchtelte mit einer Hand in Richtung See, „wir müssen ihm endlich helfen!" Dan sah erstaunt, dass sein Bruder ihn fragend anblickte. Peter sah erst ihm ins Gesicht und dann an ihm vorbei zum See, doch er schien ihn nicht zu verstehen.

„Warte mal", meinte Dan vorsichtig und hörte auf, sich gegen den Griff seines Bruders zu sträuben, „heißt das, dass du nichts siehst und auch nichts hörst?"

Es dauerte einige Sekunden, in denen Peter wohl nachdachte, bevor er antwortete: „Nein, tue ich nicht. Aber du siehst etwas?"

„Ja, er –", begann Dan fast hysterisch und wandte sich wieder dem See zu, doch er verstummte gleich wieder. Eine Ahnung beschlich ihn, als er auf den Menschen blickte, der verzweifelt um sein Leben kämpfte.

Das Gesicht gerade noch so über der Oberfläche haltend, versuchte der Mann nach irgendetwas zu greifen, doch dort auf dem offenen See war nichts, woran er sich festhalten konnte. Ein letzter Schrei, schwach und erschöpft, verließ seine Kehle, dann verschwand die Person vollständig im Wasser und tauchte nicht wieder auf.

Und der See, wurde Dan mit einem Schlag bewusst, der See war sofort wieder spiegelglatt und kräuselte sich nur gelegentlich im Wind. Kein aufgewühltes Wasser war zu sehen. Er hatte sich viel zu schnell wieder beruhigt. So als wäre gar nichts gewesen.

Ermattet ließ Dan die Hand sinken und nach einigen Augenblicken kämpften sich die Brüder wieder durch die Büsche bis zum Weg hoch. Obwohl sie auf dem Hinweg eine Schneise gebildet hatten, waren die Äste der Pflanzen immer noch dicht und das Vorankommen mühsam.

Peter fluchte leise über das Gestrüpp, seine zerrissene Hose und seine nassen Socken, aber Dan sagte kein einziges Wort bis sie den Weg wieder erreicht hatten. Oben angekommen setze er sich auf den Kiesweg und blickte auf den See hinunter. Er lag ruhig und friedlich da.

„War das eine Erinnerung?", fragte Peter. Seine Tonlage war ruhig, doch er war noch nicht ganz wieder zu Atem gekommen.

„Ich weiß es nicht", antwortete Dan geistesabwesend. Er war sich selbst noch nicht sicher, was er dort unten gesehen und gehört hatte. Hatte er sich das alles nur eingebildet? War er am Ende doch nur ein Wahnsinniger? Oder war das tatsächlich...?

„Das war das erste Mal", sagte er tonlos nach ein paar Minuten.

Peter hatte seinen Bruder in Ruhe gelassen, um ihm ein wenig Zeit zu geben, denn offensichtlich war Dan gerade mit der Situation überfordert, doch jetzt hakte er nach: „Was für ein erstes Mal?"

„Ich", begann Dan immer noch schleppend, „habe zum ersten Mal Geräusche gehört." Dan löste seinen Blick vom

See und schaute in das verständnislose Gesicht seines Bruders. Vielleicht sollte er das ein wenig weiter ausführen. Also erhob sich Dan vom Boden, klopfte seine Hose ab, die nach seinem Ausflug ins Gebüsch nun voller Risse war und blickte erneut auf den See, während er es seinem Bruder erklärte.

„Ich glaube, ich habe gerade wieder eine Erinnerung gesehen, aber dieses Mal habe ich auch die Geräusche dazu gehört. Das ist bisher noch nie passiert."

„Also deswegen bist du wie ein Irrer ins Wasser gerannt", schlussfolgerte Peter. Er wusste jedoch nicht, ob ihn das beruhigen sollte.

„Was genau hast du denn gesehen?", fragte er vorsichtig.

„Da vorne", begann Dan und deutete auf die Stelle im See, wo er den Menschen gesehen hatte, „ist gerade jemand ertrunken. Nein, eigentlich nicht gerade, es wird eine Erinnerung gewesen sein. Du hast ja wirklich nichts gesehen oder gehört, nicht das Geringste?"

Peter schüttelte den Kopf.

„Aber er hat um Hilfe gerufen", flüsterte Dan. Er konnte es immer noch nicht fassen. Während er den Ertrinkenden gesehen hatte, war ihm alles so real vorgekommen. Er hatte die Person ganz deutlich gesehen, ganz anders als die dunklen, verschwommenen Gestalten in der Allee oder auf dem Friedhof.

„Komm, lass uns gehen", meinte Peter nach einigen weiteren Minuten, in denen sie beide schwiegen. Er legte eine Hand auf Dans Schulter und brachte ihn davon ab, weiter den See zu betrachten.

Dan war immer noch ganz in Gedanken vertieft, weshalb sie sehr langsam gingen und noch etwa eine halbe Stunde brauchten, bis sie den Parkplatz erreichten.

„Weißt du was", meinte Dan plötzlich, „ich glaube, ich bleibe noch ein bisschen hier. Ich muss noch ein wenig nachdenken und das geht hier im Moment wahrscheinlich am besten, denke ich."

Verwundert öffnete Peter seine Autotür und lehnte sich mit einem Arm auf das Autodach, ohne einzusteigen.

„Bist du dir sicher? Zur nächsten Bushaltestelle ist es ein ganz schön langer Fußweg und ich kann dich dann nicht mehr heimfahren, ich muss jetzt wirklich wieder los."

„Das macht nichts, ich bin Laufen gewohnt und es macht mir Spaß."

„Aber nicht, dass du wieder in den See springst oder so etwas." Peter machte sich Sorgen um seinen kleinen Bruder. Er war sich nicht sicher, ob er ihn allein lassen konnte.

„Keine Sorge", winkte Dan nur kurz ab, „das wird nicht passieren. Ich weiß jetzt ja, dass die Erinnerungen auch mit Geräuschen verbunden sein können, so leicht falle ich also nicht mehr darauf herein. Ich werde schon nicht baden gehen." Dan versuchte ein Lächeln zu Stande zu bringen. Es wirkte jedoch recht verkrampft.

Peter überlegte kurz, denn er war eigentlich nicht ganz überzeugt. Doch als Dan unbedingt darauf bestand, blieb ihm keine andere Wahl.

„Na gut, aber sei vorsichtig", mahnte er seinen Bruder noch. Dann setzte er sich ins Auto und fuhr los.

Dan ging ein paar Schritte aus dem Weg, damit der Kies, den die Reifen aufwirbelten, ihn nicht traf. Er winkte seinem Bruder kurz nach, als der die Einfahrt hinabfuhr, dann machte er sich wieder auf den Weg runter zum See. Er wusste selbst noch nicht genau, was er eigentlich vorhatte, aber er war sich sicher, dass er jetzt nicht in die Stadt zurück wollte.

Dan ging die Strecke zurück, auf der Peter und er gekommen waren und versuchte, ungefähr die Stelle zu finden, an der er die Erinnerung gesehen hatte. Und gehört. Das konnte er immer noch nicht ganz fassen. Eine Erinnerung mit Ton. Wie sollte er so etwas denn von realen Menschen unterscheiden können? Wenn er jetzt noch nicht verrückt war, würde er es bestimmt bald werden. Und was versprach er sich denn davon, die gleiche Stelle wieder zu finden? Wollte er die Erinnerung noch einmal ansehen?

Dan blieb stehen.

Nein, das wollte er nicht. Er wollte nicht noch einmal mitansehen müssen, wie dieser Mensch um sein Leben kämpfte. Seine Schreie hatten so verzweifelt geklungen, so endgültig.

Also blieb Dan viel früher als geplant stehen. Er war noch ein gutes Stück von der Stelle mit dem Ertrinkenden entfernt und beschloss, nicht weiter zu gehen. Stattdessen schlug er einen Weg zum Ufer ein. Hier standen nur wenige Bäume zwischen ihm und dem Wasser und er musste sich nicht wieder durch dichtes Gestrüpp kämpfen. Das passte ihm ganz gut, denn die Bäume ließen ihre Äste tief ins Wasser hängen. So war es wie eine kleine Bucht, die vom restlichen Ufer abgeschirmt war. Dan wusste zwar nicht genau, wie lange es dauerte, bis sich die Erinnerung wiederholte – vielleicht hing das ja auch von der Erinnerung ab – aber er hoffte, dass die Bäume im Weg waren und er den Ertrinkenden auch aus dieser Entfernung nicht sehen konnte.

Am Wasser angekommen, setzte Dan sich auf einen umgestürzten Baumstamm, der mit seinen Ästen in den See ragte. Die Strömung ließ die dünnen Zweige hin und her wiegen.

Seufzend blickte er ins Wasser hinab. An dieser Stelle war es viel dunkler als in der Nähe des Restaurants. Es schien beinahe schwarz.

Dan grub einen Kiesel zu seinen Füßen aus und ließ ihn nach kurzem Überlegen ins Wasser fallen. Es machte ein dumpfes *Blubb*.

Schon komisch, vor einer Woche noch war sein Leben wie immer gewesen. Bis auf den Auszug von zuhause waren die letzten zehn Jahre immer gleich verlaufen. Dass er nun die nächste Arbeit verloren hatte, war auch nichts Neues. Dan hatte schon ziemlich viele Jobs gehabt und selten war er irgendwo mehr als zwei Jahre am Stück geblieben.

Und jetzt hatte sich in so kurzer Zeit doch so viel geändert. Er verstand sich ziemlich gut mit seinem Bruder. Das war das erste Mal überhaupt, soweit er sich erinnern konnte, dass sie gut miteinander auskamen und so viel zusammen unternahmen. Außerdem konnte er plötzlich die Erinnerungen von Orten wahrnehmen! An so etwas hätte er vorher nie im Leben geglaubt. Ihm wurde noch immer ganz flau im Magen, wenn er an die Tabletten dachte. Hätte er sie schon früher abgesetzt, dann wären diese wahnsinnigen Fähigkeiten bestimmt auch schon viel früher aufgetaucht. Aber hätte er das auch gewollt? Wenigstens wäre er schneller wieder er selbst geworden. Aber es brachte nichts, darüber nachzudenken. Man konnte die Vergangenheit sowieso nicht mehr ändern. Er konnte sie nur noch ansehen.

So fantastische Fähigkeiten kannte man sonst nur aus Filmen oder Comics, aber von einer Gabe wie seiner hatte Dan noch nie gehört. Er konnte sich auch nicht erinnern, was er als Kind alles gesehen haben musste, bevor er die Tabletten verschrieben bekommen hatte. Trotz aller Nebenwirkungen konnte er es seinen Eltern nicht verübeln, dass sie ihm die Medikamente gegeben hatten. Es war erstaunlich genug, dass Peter an seine Fähigkeit glaubte, denn selbst Dan hegte immer noch gewisse Zweifel.

Während er die Rinde des Baumes, auf dem er saß, mit den Fingern entlang fuhr, überlegte er, ob seine Fähigkeit vielleicht irgendeinen Sinn hatte. Konnte es einen Grund haben, dass gerade er so etwas sehen konnte? Vor allem waren es scheinbar ja nur vergangene Dinge. Plötzlich kam ihm ein Gedanke, an den er bisher noch gar nicht gedacht hatte. Konnte es sein, dass es noch andere Menschen mit seiner Fähigkeit gab? Oder vielleicht sogar noch mit ganz anderen Gaben?

Dan war so tief in seinen Gedanken verloren, dass er nur am Rande seines Bewusstseins wahrnahm, wie die Sonne allmählich hinter den Baumwipfeln verschwand und die Dämmerung eintrat. Vielleicht sollte er sich bald auf den Weg machen, immerhin musste er noch eine ganze Weile bis zur

Bushaltestelle laufen. Und er war sich auch nicht sicher, ob er sie überhaupt auf Anhieb finden würde, da wäre es sehr mühselig, wenn es zu dunkel würde.

Als er aufbrechen wollte, blickte er zuletzt noch einmal ins Wasser und konnte gerade noch eine Spiegelung über die Oberfläche huschen sehen, bevor er fiel.

Mit einem Schlag schlug Dunkelheit über ihm zusammen und das kalte Wasser brannte wie Feuer überall auf seiner Haut. Dan begriff gar nicht, was geschehen war. Er hatte überhaupt nicht bemerkt, dass er von dem Stamm abgerutscht war.

Strampelnd versuchte er aufzutauchen, doch irgendetwas hielt ihn unter der Wasseroberfläche und drückte ihn noch weiter nach unten.

Oder irgendjemand.

Dan schlug wie wild um sich und versuchte zu schreien, doch das war keine gute Idee. Eiskaltes Wasser strömte in seine Lungen und erstickte den Schrei. Er hustete, spuckte und würgte. Das Wasser drohte ihn zu ersticken.

Er konnte fühlen, wie zwei Hände auf seinen Rücken drückten. Er schlug mit den Armen nach hinten, doch er erreichte diese Hände nicht. Voller Panik merkte Dan, wie ihm langsam schwarz vor Augen wurde. Nicht die Dunkelheit des Sees, sondern eine beklemmende und gefährliche Schwärze, die auch seinen Geist zu benebeln schien. Die Kälte drang tief in seine Knochen und es wurde immer schwerer, seine Arme und Beine zu bewegen. Mit all seiner Kraft kämpfte Dan gegen das Schwinden der Sinne und gegen die Hände auf seinem Rücken an, aber es war unüberwindbar. Er selbst beschloss es nicht, doch er merkte, wie er langsam aufgab.

Sich der Dunkelheit hinzugeben schien auf einmal so viel einfacher. Er schloss die Augen.

Im nächsten Moment waren die Hände verschwunden und sofort erwachte wieder der Wille zu leben in Dan.

Prustend und Wasser spuckend riss er sich hoch und wuchtete sich aus dem See. Er rang nach Luft und vor seinen Augen tanzten Sternchen. Keuchend ließ er sich auf den Erdboden fallen und blieb an Ort und Stelle flach liegen.

Die Kälte biss ihm immer noch ins Fleisch, aber im Augenblick gab es nichts Besseres als hier zu liegen und atmen zu können.

Plötzlich schreckte Dan auf, drehte sich auf den Bauch und blickte sich am Ufer um. Die abrupte Bewegung ließ sein Blickfeld einige Sekunden schwanken. Aufgeregt suchte er seine gesamte Umgebung ab.

Nichts.

Nur Stille und das Rauschen der verbliebenen Blätter umgaben ihn.

Die Büsche und Bäume warfen in der dunkler werdenden Dämmerung schon undurchdringliche Schatten. Aber Dan konnte nicht einmal die kleinste Bewegung ausmachen.

Er war allein.

Betty wickelte sich ein Tuch um den Hals, als sie das Restaurant auf dem Weg zu ihrem Auto verließ. Jetzt, nach Sonnenuntergang war es schon ganz schön kalt geworden. Es war zwar noch nicht allzu spät, doch schon bald würde es vollkommen dunkel sein.

Heute Abend hatte Betty nur die kürzere Schicht gehabt und so konnte sie schnell nachhause. Sie überlegte schon, was sie an diesem Abend tun sollte. Vermutlich mit einer heißen Schokolade auf die Couch und Fernsehen. Oder mit einem guten Wein, dachte sie schmunzelnd.

Als sie gerade ihr Auto aufschließen wollte, hielt sie inne und blieb wie versteinert stehen. Hinter sich hörte sie deutlich ein unheimliches Schlurfen.

Während sie sich ganz langsam umdrehte, tastete sie möglichst unauffällig in ihrer Handtasche nach dem Pfefferspray, das sie seit neuestem bei sich trug. Irgendwie hatte sie ein ungutes Gefühl.

Wer da, wollte sie eigentlich rufen, doch die Worte blieben ihr im Halse stecken, als sie eine große Gestalt erblickte, von der eine dunkle Flüssigkeit herabtropfte.

Mit einem spitzen Schrei riss sie die Hand mit dem Pfefferspray in die Luft und zielte auf das Gesicht.

„Halt!", rief eine ihr bekannte Stimme und das Etwas vor ihr riss beide Arme in die Luft.

Überrascht ließ Betty ihre Waffe sinken.

Die Gestalt trat näher heran und im schwachen Licht, das aus den Fenstern des Restaurants drang, erkannte sie, wer da vor ihr stand.

„Dan?", fragte sie überrascht und steckte das Spray weg, „du meine Güte, was ist denn mit dir passiert?" Betty legte eine Hand auf seinen Arm, zog sie aber wieder erschrocken zurück. „Du bist ja klitschnass! Bist du in den See gefallen?"

Dan gab eine erbärmliche Figur ab. Seine Hose war zerschlissen und er war nass und dreckig. Die Haare hingen ihm tropfend so tief ins Gesicht, dass sie seine Augen verdeckten. Die Arme hatte er vor Kälte um sich geschlungen. Dazu schlotterte er am ganzen Leib und konnte vor lauter Zittern nur stotternd sprechen.

„S-So ä-ähnlich." Die Einzelheiten sparte Dan sich, weil er Betty nicht mit hineinziehen wollte. In das, was auch immer hier abging. Dan wusste nicht, ob ihn gerade wirklich jemand hatte umbringen wollen. Er fühlte sich auch nicht wohl bei dem Gedanken, alles erzählen zu müssen.

„Wo ist denn der Kommissar? Bist du alleine hier?", wollte Betty besorgt wissen und spähte hinter ihn, als ob sie erwartete, dass Peter jeden Moment ebenso triefnass ankommen könnte.

Dan nickte, was kaum auffiel, so stark zitterte er.

„Komm schnell ins Restaurant, du holst dir ja sonst noch den Tod."

Tropfen flogen in alle Richtungen davon, als Dan seinen Kopf schüttelte. „N-nicht da r-rein."

Betty schaute irritiert, aber vor allem besorgt drein.

„Hast du ein Auto?", fragte sie dann und wieder schüttelte Dan den Kopf.

Allmählich fühlte er sich wie ein Hund nach dem Baden.

„Warte kurz", entgegnete Betty und flitzte ins Restaurant zurück.

Unentschlossen trat Dan von einem Fuß auf den anderen. Ihm war verdammt kalt! Er fühlte sich als ob ihm niemals mehr warm werden könnte. Allein für den Weg zurück zum Restaurant hatte er Ewigkeiten gebraucht. Eigentlich sollte sich jeder denken, dass man sich bei Kälte beeilen muss und Rennen auch zum Warmwerden hilft, aber das war gar nicht so leicht, wenn man gerade erst in einen See gefallen war. Es war einfach ekelhaft, wie die nasse Kleidung auf der Haut klebte. Dazu ließ jeder noch so leichte Luftzug die Kälte erneut in seine Glieder stechen.

Dan musste nicht lange warten, bis Betty eilig aus dem Restaurant zurückgelaufen kam. In den Armen hielt sie ein weißes Handtuch.

„Hier, bitte", sagte sie und drückte ihm das Handtuch in die Hand.

Er nahm es dankbar entgegen. Es war zwar nicht groß, aber immerhin besser als nichts. Und es war unglaublich flauschig. Schnell trocknete er sich Gesicht und Haare ab. Als er das Tuch wieder von seinem Gesicht nahm, war Betty plötzlich verschwunden. Schon das Schlimmste befürchtend wirbelte Dan herum. Und blickte direkt in Bettys Augen.

„Jetzt komm schon", meinte sie und schritt in Richtung der Parkplätze weiter.

Eines der Autos blinkte mehrfach, als sie auf ihren Schlüssel drückte.

„Ähm, w-was…", begann Dan, doch Betty wartete sein Gestotter erst gar nicht ab.

„Ich fahre dich nachhause, komm schon."

Ein bisschen kam sich Dan vor wie ein Hund, den sie aufgelesen hatte, wie sie so die Tür für ihn aufhielt. Wie ein nasser Hund. Das Handtuch war zwar schon völlig durchnässt, aber er legte es dennoch auf den Beifahrersitz, um den Bezug nicht komplett durch zu weichen.

Bettys Auto war ziemlich klein und wirkte, als habe es auch schon einige Jahre hinter sich gebracht. Aber die Heizung funktionierte noch gut und es wurde sehr schnell warm, wie Dan erleichtert feststellte. Die warme Luft, die ihm entgegenblies, war angenehm, aber er konnte dennoch nicht aufhören zu zittern.

„Du musst so schnell wie möglich aus diesen nassen Sachen raus", stellte Betty fest, die sein Schlottern auch bemerkt hatte. Außerdem hatte er sich so weit vorgelehnt, dass seine Wange fast auf der Heizung lag.

Dan selbst gab nur ein nichtssagendes Brummen von sich und genoss die warme Luft.

Betty blickte ihn noch eine Weile lang immer wieder von der Seite her an und schürzte die Lippen.

„Jetzt sag doch mal, was eigentlich passiert ist", forderte sie ihn schließlich auf.

„I-ich bin in den See gefallen", antwortete er.

Sie blickte ihn mit einer hochgezogenen Augenbraue an und Dan konnte sehen, dass sie das bezweifelte, aber sie sagte erst einmal nichts mehr dazu.

„Wo wohnst du?", fragte sie nur, als sie allmählich in die Stadt kamen.

„Direkt beim Ostfriedhof."

Sie kicherte. „Passt ja irgendwie zu deinem Beruf."

„Wie man's nimmt", entgegnete er trocken. Wobei sein Tonfall im Moment das einzige Trockene an ihm war.

„Wie meinst du das? Ich finde schon, dass es zu einem Polizisten passt, auf ironische Weise natürlich."

Dan zögerte einen Moment und überlegte, ob er ihr die Wahrheit sagen sollte. Er konnte sich jedoch nicht vorstellen, was so schlimm sein könnte, wenn sie es wusste und beschloss, es zu erzählen.

„Ich bin eigentlich kein Polizist", gestand er. Mittlerweile konnte er auch wieder sprechen, ohne zu stottern, blieb aber immer noch dicht an der Heizung.

„So, was denn dann?"

Dan fand, dass sie drauf ganz schön gelassen reagierte. Sollte das einem normalerweise nicht seltsam vorkommen?

„Eher so etwas wie", er überlegte einen Moment, wie er es formulieren sollte, „wie eine Art Berater könnte man sagen."

„So was gibt es? Hätte ich nicht gedacht."

„Nun ja, es ist eher inoffiziell. Und der Kommissar, musst du wissen, ist mein Bruder."

„So? Und warum hilfst ausgerechnet du ihm? Also nichts gegen dich, aber was kannst du, wobei du die Polizei beraten kannst? Warum ausgerechnet du?"

„Personalmangel", antwortete Dan knapp und Betty lachte.

Sie fuhren problemlos durch die dunkle Stadt. Obwohl noch viel Verkehr auf den Straßen war, kamen sie in keinen Stau. Bettys Auto hatte zwar ein Radio, aber sie ließ als Hintergrundgeräusch eine Kassette mit klassischer Musik laufen. Es war wirklich ein altes Auto.

„Was hältst du eigentlich von eurem Koch?", fragte Dan nach ein paar Minuten unvermittelt.

„Von Rupert?", fragte sie überrascht und er nickte. Betty überlegte einen Moment.

„Er ist ziemlich schroff und laut. Außerdem ist er ganz schön streng. Frau Richard war zwar auch streng, aber bei ihm wirkt es irgendwie unhöflicher, fast schon gemein. Vermutlich ist er auch ein Choleriker und hat ziemlich hohe Ansprüche an sein Umfeld. Aber ... ich glaube, er kann ganz nett sein, nur manchmal macht er mir ein bisschen Angst." Beim letzten Satz grinste sie ironischer Weise.

Sie hatte ja kaum ein gutes Haar an ihm gelassen, dachte Dan. Aber sein persönlicher Eindruck von Rupert Steinweis bestätigte ihre Einschätzung ebenfalls. Zumindest bis auf den Teil, dass er nett sein könnte.

„Denkst du, er könnte auch gewalttätig werden?"

„Fragst du das als Berater der Polizei?"

„Auch."

Sie atmete langezogen aus und schien dabei zu überlegen.

„Also?", hakte Dan beständig, aber auch vorsichtig nach.

„Ich denke, er hat seine Prinzipien."

Das war eine Formulierung, die ganz schön viel Spielraum ließ. Dan glaubte, dass genau das ihre Absicht gewesen war.

„Sehr diplomatisch", kommentierte er.

Betty rümpfte ein wenig verstimmt die Nase, scheinbar hatte sie das als Kritik aufgenommen.

„Okay", gab sie schließlich nach und holte noch weiter aus, „Rupert ist schon ein sehr anstrengender Mensch und oft sehr unhöflich. Aber ich denke nicht, dass er im Inneren ein schlechter Mensch ist, verstehst du?"

Dan nickte, wobei er es noch nicht ganz nachvollziehen konnte. Auf ihn wirkte der Chefkoch wie ein herzloser Grobian. Aber ob er ihn als Mörder einstufen würde, konnte Dan nicht sagen.

Die nächsten paar Minuten hingen beide ihren Gedanken nach.

„Hier ist es", meldete er sich wieder, als sie in die Straße neben dem Friedhof einbogen, in der sich seine Wohnung befand.

„Vielen Dank fürs Heimfahren. Ähm, das Handtuch?", fragte er beim Aussteigen und hielt das nasse, ziemlich zerknitterte Tuch hoch.

„Bring es einfach das nächste Mal ins Restaurant mit. Hat keine Eile."

„Und wenn ich gar nicht mehr ins Restaurant kommen muss?"

„Dann kannst du mich auch einfach auf der Arbeit besuchen", entgegnete Betty. Mit einem Lächeln und einem neckischen Zwinkern verabschiedete sie sich von Dan.

Er schaute noch den Rücklichtern nach, obwohl er ja eigentlich immer noch nass war und im kalten Nachtwind stand. Aber er war sich nicht sicher, was er davon halten sollte. Er hatte sich so selten mit Frauen unterhalten und jetzt hatte eines dieser Exemplare ihn sogar im Auto mitgenommen. Trotzdem war er beim Gespräch kaum aufgeregt gewesen. Er mochte es sogar, sich mit ihr zu unterhalten, stellte Dan verblüfft fest, während er seine Haustür aufschloss.

Die nassen Sachen warf er über die Stühle in der Küche und nahm sofort eine heiße Dusche. Das warme Wasser brannte zuerst auf der Haut, doch als er sich dann an die Temperatur gewöhnt hatte, war es eine Wohltat. Nach der Dusche schlüpfte Dan schnell in seinen Schlafanzug und zog sich auch noch seine zweite Kapuzenjacke über.

Er zitterte immer noch.

Während er eine Fertigpizza in den Ofen schob, kochte er sich noch einen Tee, um sich möglichst gründlich aufzuwärmen. Obwohl das Getränk noch brühend heiß war, trank Dan in großen Zügen. Von den Hitzewellen, die durch seine Speiseröhre flossen, liefen ihm Schauer über den Rücken.

Die Tasse war leer und er zitterte immer noch. Seltsam.

Er setzte sich auf den Küchenboden und lehnte sich mit dem Rücken gegen die Tür vom Ofen, die schön warm war. Trotzdem hörte das Zittern nicht auf. Langsam konnte er sich nicht mehr einreden, dass es von der Kälte kam. Er musste sich eingestehen, dass er Angst hatte.

Bei dem Gedanken an vorhin, an den See, formte sich unmittelbar ein dicker Kloß in seinem Hals und ihm wurde schlecht.

„Stimmt schon", murmelte er vor sich hin und wusste nicht einmal genau, was er eigentlich meinte. Am Anfang hatte er die ganze Ermittlung ja noch interessant gefunden und es sogar für einen Spaß gehalten. Er hatte gar nicht begriffen, worum es überhaupt gegangen war. Aber mittlerweile schlug ihm die Wahrheit ins Gesicht, und er begriff, wie ernst die Lage war. Sie suchten nach einem Menschen, der bewusst getötet hatte. Erst vorhin, vor nicht einmal zwei Stunden, hatte irgendeine Person versucht, ihn umbringen und es auch fast geschafft. Dan erinnerte sich wieder an das Gefühl im Wasser, als sein Bewusstsein schwand und die Kälte ihn umschloss. Für einen kurzen aber unheimlichen Moment hatte er fest damit gerechnet, dort zu sterben.

Dan wusste, dass er das eigentlich sofort seinem Bruder erzählen sollte, aber im Moment konnte er sich einfach nicht dazu aufraffen. Er wollte den Abend lieber allein sein und versuchen, einen klaren Kopf zu fassen. Also wartete er genau hier auf dem Boden neben dem Ofen und schaute ins Leere, bis die Eieruhr mit schrillem Geschrei verkündete, dass die Pizza fertig war. In der stillen Küche aß Dan und spülte danach noch das Geschirr. Dabei kam ihm seine Spülmaschine überhaupt nicht in den Sinn. Das Radio ließ er ausgeschaltet, er wollte möglichst keine unnötigen Geräusche um sich haben.

In der folgenden Nacht konnte er zwar überraschend schnell einschlafen und schlief auch durch, ohne aufzuwachen, doch sein Schlaf war sehr unruhig und wenig erholsam. Er träumte sehr viel. Und es waren keine angenehmen Träume.

Nach dem Aufstehen konnte Dan sich nicht mehr an alles aus seinen Träumen erinnern, aber Wasser war mehrfach darin vorgekommen. Kaltes, schwarzes Wasser. Dunkelheit wie der Tod. Und eine gesichtslose Gestalt, die ihn erst erstechen und dann ertränken wollte.

Dan schüttelte sich bei dem Gedanken. Er erinnerte sich daran, dass er seinem Bruder Bescheid geben sollte, doch er hatte keine Lust, auf das Revier zu gehen und dort wie bei einem Geständnis alles zu erzählen. Also holte er sein Handy und rief Peter an.

„Ich muss mit dir über etwas reden. Können wir uns irgendwo treffen? Nein, ich habe noch nichts gegessen. Ja, von mir aus, wenn du mich einlädst."

Heute Morgen brachte Dan schon wieder ein verschmitztes Grinsen zustande, doch der Schrecken saß ihm noch tief in den Gliedern. Am stärksten wurde es ihm bewusst, als er seine Wohnung verließ.

Es war eher unterbewusst als absichtlich, doch Dan blickte sich die ganze Zeit um. Manchmal blieb er sogar stehen und drehte sich ganz langsam um, weil er meinte, Schritte hinter sich gehört zu haben. Meistens stellten sich diese dann jedoch als Blätter heraus, die raschelnd über den Weg geweht wurden.

Nicht weit von dem Café, in dem er sich mit seinem Bruder treffen wollte, hörte er plötzlich ein verdächtiges Rascheln in den hohen Büschen. Neben dem Fußweg dienten die hohen Pflanzen als Begrenzung der Grundstücke anstelle von Zäunen. Dahinter musste eine Gartenanlage oder etwas Ähnliches liegen. Ruckartig wandte Dan sich dem Grünzeug zu und das Geräusch erstarb sofort. Für einen Moment glaubte er, er habe es sich nur wieder eingebildet, doch sobald er sich zum Weitergehen wandte, hörte er es wieder.

Mit angehaltenem Atem starrte er auf den Busch. Da drinnen bewegte sich etwas, oder jemand? Ganz vorsichtig näherte er sich und schob er ein paar Äste zur Seite, um hineinzusehen.

Mit einem Satz und empört fauchend sprang eine getigerte Katze heraus und flitzte über den Weg und neben ihm hindurch in den nächsten Garten.

Beinahe wäre Dan rücklings auf das Pflaster gefallen, so sehr hatte er sich erschreckt, doch er konnte es noch abfangen. Er lachte nervös auf und war erleichtert, dass es nur eine Katze gewesen war. Schnell schaute er sich um, denn gleichzeitig schämte er sich dafür, dass er sich so leicht hatte erschrecken lassen. Doch es schien niemand mitbekommen zu haben. Von jetzt an nahm er sich fest vor, gelassener zu wirken, zumindest nach außen hin.

Ungewöhnlicherweise war er noch vor seinem Bruder am Café, in dem sie sich verabredet hatten. Dan ging hinein und setzte sich an einen Tisch, der etwas abseits im Eck des Cafés stand. Wenn er mit Peter sprach, war es besser, dass ihnen niemand zuhören konnte.

Fast eine Viertelstunde später – was bei seinem korrekten Bruder höchst selten vorkam – traf Peter ein. Er sah ein bisschen zerzaust aus, zumindest für seine Verhältnisse. Einen kurzen Moment lang sondierte er den Raum, entdeckte seinen Bruder und bestellte auf dem Weg zu Dan schnell einen Kaffee.

„Entschuldige, dass ich so spät dran bin", begrüßte er seinen Bruder und setzte sich an den Tisch, „aber ich war davor noch einmal schnell zuhause." Er legte eine Tüte auf den Tisch, in der sich höchstens ein Notizbuch oder etwas Ähnliches befinden konnte, und tippte bedeutungsvoll darauf.

„Aber zuerst zu dir, du wolltest über irgendetwas sprechen?"

Bevor er alles erklärte, bestellte sich Dan noch einen Tee und versicherte sich, – mit einem Blick in das Gesicht seines Bruders – dass das Getränk nicht auf seine eigene Rechnung ging. In einem Café konnte er sich fast nichts leisten, höchstens ein Glas Leitungswasser.

Damit sie nicht unterbrochen wurden, warteten die Brüder, bis alle Getränke und ein Brötchen für Dan gebracht wurden und die Bedienung sich wieder verzogen hatte.

„Es geht um gestern", sagte Dan, noch unschlüssig, wie er beginnen sollte.

In Peters Gesicht breitete sich bereits eine sorgenvolle Miene aus. Scheinbar hatte er immer noch ein schlechtes Gewissen, weil er am vorigen Tag einfach ohne seinen Bruder gefahren war.

„Also, als du weg warst. Ich bin ja dann noch am See spazieren gegangen."

„Ja, das dachte ich mir", warf Peter in einer Sprechpause seines Bruders ein und runzelte ein wenig die Stirn.

Dan nahm erst noch einen Schluck von seinem Tee und erzählte dann sehr knapp und bedacht darauf, neutral zu bleiben, was vorgefallen war.

Die Stirn seines Bruders legte sich zunehmend in Falten und seine Augen weiteten sich. Als Dan fertig war, schwiegen beide eine Weile.

„Wie geht es dir jetzt?", fragte Peter besorgt. „Am besten gehst du zu einem Arzt."

Dan winkte nur ab. „Es ist alles in Ordnung, ich habe zuhause heiß geduscht und schon ging es wieder. Alles ganz normal."

Wieder erforschten beide den Grund ihrer Tassen.

„Hast du jemanden gesehen?"

Dan schüttelte den Kopf. „Gar nichts."

„Ist irgendjemand anderes vorbeigekommen, der etwas gesehen haben könnte, vielleicht auch nur ein Spaziergänger oder so?"

Wieder Kopfschütteln auf Dans Seite.

„Ich war komplett allein, ich habe nicht einmal jemanden gehört."

Erneut schwieg Peter und ihm war an den Stirnfalten und dem verzogenen Mund deutlich anzusehen, dass er angestrengt nachdachte.

„Ich glaube ehrlich gesagt nicht, dass er dich umbringen wollte", schloss er nach ein paar Augenblicken und blickte seinen Bruder an.

Dan schaute irritiert zurück und zog die Augenbrauen hoch.

„Zum Glück natürlich, aber warum sonst hätte er von dir abgelassen. Er wurde nicht gestört oder so. Er ist von alleine einfach gegangen."

Ein Teil in Dan gab seinem Bruder Recht, ein anderer Teil war jedoch ein wenig beleidigt, dass die Gefahr für ihn selbst damit heruntergespielt wurde. Immerhin hatte er in diesem Moment wirklich geglaubt, dass es gleich vorbei wäre. Er wusste jedoch selbst, wie bescheuert es war, deswegen gekränkt zu sein und behielt es daher für sich.

„Der Fall nimmt Ausmaße an, die mir nicht gefallen. Versprich mir, dass du in Zukunft gut auf dich aufpasst", sagte Peter und blickte seinen kleinen Bruder sehr ernst an.

„Mach ich doch", antwortete dieser knapp. Dan gefiel die Stimmung nicht, die bei diesem Thema mitschwang, also lenkte er schnell ab.

„Jetzt zeig doch lieber mal, was du da eigentlich mitgebracht hast." Er deutete auf die mysteriöse Tüte, die auf dem Tisch lag.

Peter griff gehorsam danach und wickelte vorsichtig etwas aus, das tatsächlich wie ein Notizbuch aussah. Es war im DinA5-Format und hatte einen dunkelgrünen Ledereinband, der zwar noch gut intakt war, aber nicht mehr ganz neu wirkte. Ein schwarzes Gummiband hielt das Buch zusammen, ansonsten war es ganz schlicht gehalten.

„Was ist das?", fragte Dan.

„Ein Notizbuch."

„Ja, *das* kann ich auch sehen", entgegnete Dan genervt. „Aber was steht drin beziehungsweise warum schleppst du das in einer Tüte mit?"

„Nun, ich dachte, dass wir die Idee, die wir gestern am See hatten, so schnell wie möglich umsetzen sollten und da habe ich mich gleich ans Werk gemacht. Wobei, eigentlich habe ich die wenigste Arbeit dafür getan. Jedenfalls haben wir im Präsidium eine Art Abstellraum für alles Mögliche. Unter anderem dieses Notizbuch." Während er erzählte, bog er die Seiten immer wieder nach oben.

Das arme Buch, dachte Dan dabei.

„Ich habe mich mit dem Ehemann des Opfers noch einmal kurzgeschlossen, um ein paar Informationen zu bekommen, hinsichtlich Farbe, Lieblingsstift und solchen Sachen."

Allmählich dämmerte Dan, was das war, bei dem Peter gerade den Einband ausleierte.

„Ist das ein Tagebuch?", fragte er aufgeregt. Er zuckte leicht zusammen, als er merkte, dass er lauter geworden war. Keine Aufmerksamkeit oder Neugier erregen, rief er sich selbst wieder in Erinnerung. Doch als Dan sich umblickte, schenkte ihnen niemand besondere Beachtung. Er nahm sich vor, auf seine Lautstärke zu achten.

Peter nickte besonnen. Dabei wirkte er auch ein klein wenig stolz.

„Aber wie hast du das in so kurzer Zeit hinbekommen?"

„Das erkläre ich doch gerade. Also hör zu: Ich habe wie gesagt mit dem Ehemann telefoniert. Der hat mir erzählt, dass Frau Richard zwar kein Tagebuch führte, aber wenn, dann eins mit einem schlichten Einband, ohne irgendwelche Muster, Steinchen oder was auch immer gewählt hätte. Ihre Lieblingsfarbe war grün." Peter deutete dabei auf den Einband. „Und Privates schrieb sie am liebsten mit einem Füller mit schwarzer Tinte."

Er öffnete das Buch, sodass Dan das Geschriebene sehen konnte. Die Schrift war schwarz und offensichtlich mit einem Füller geschrieben worden.

„Wer hat das dann wirklich geschrieben?", fragte Dan begierig und achtete dieses Mal darauf, dass ihn niemand hören konnte.

„Das war Catrinel, deshalb bin ich vorhin noch zuhause gewesen. Sie ist echt ein Schatz. Ich habe ihr gestern alles erklärt und gebracht und sie hat die ganze Nacht durchgearbeitet und hier reingeschrieben. Ich dachte mir, dass es lieber eine Frau schreiben sollte, dann passt die Schrift auch besser. Ein Mann würde viel zu krakelig schreiben, naja, ich würde es zumindest. Ich habe Catrinel noch ein paar Informationen zu bestimmten Tagen gegeben. Der Tag, als Herr und Frau Richard sich gestritten haben und als eine große Veranstaltung im Restaurant war, so was. Den Rest hat sie sich einfach ausgedacht."

Peter schob das Buch zu Dan rüber, der es neugierig inspizierte. Er blätterte etwas darin herum und las eine Passage:

„Ich schreibe heute diesen Eintrag, um mich ein wenig abzuregen und meine Gedanken zu sortieren. Heute habe ich im Storch die neuen Pläne für die Umstrukturierung des Restaurants den Mitarbeitern vorgestellt. Die meisten waren genauso davon begeistert wie ich oder haben es zumindest gemeint. Nur Rupert hat wieder auf stur geschaltet. Ich bewundere zwar seine Leistungen als Spitzenkoch,

aber manchmal bringt mich sein Temperament doch
zur Weißglut. Es ist ja in Ordnung, wenn er die
Pläne zur Modernisierung persönlich ablehnt, –
immerhin ist er schon so lange im Restaurant und
will sich bestimmt nicht an etwas Neues gewöhnen
– aber wie er heute geredet hat, ist einfach unver-
schämt. Außerdem bringt er die anderen Mitarbei-
ter auf schlechte Gedanken. Ich kann zwar ganz gut
mit seiner Art umgehen, aber ich habe keine Lust,
dass er seine Kollegen gegen mich aufhetzt. Ich soll-
te das im Auge behalten."

Dan war beeindruckt von Catrinels Leistung. Er würde sofort glauben, dass es sich hier um das Tagebuch des Opfers
handelte, wenn es ihm jemand zeigte. Dabei hatte Peters Frau
die Restaurantbesitzerin nicht im mindesten gekannt. Aber
was sie anhand der wenigen Informationen geschrieben hatte, las sich wirklich gut. Neugierig blätterte Dan ein paar
Seiten weiter und las noch einen Eintrag:

„Heute war die Geburtstagsfeier von Bankdirek-
tor König, auf die wir uns jetzt schon seit Wochen
vorbereitet haben. Die Bemühungen haben sich end-
lich gelohnt, denn das Fest war ein voller Erfolg!
Die Stimmung war perfekt und die Gäste haben alle
sowohl das Catering als auch die Location gelobt.
Fast hätte es eine Panne bei der Technik der Musi-
ker gegeben, doch die konnten zum Glück schnell

einen Ersatzlautsprecher organisieren. Trotzdem
mussten die Gäste fünf Minuten länger auf das
Hauptevent warten. Diese Musiker werde ich wohl
nicht mehr engagieren. Doch insgesamt war es sehr
zufriedenstellend. Sogar der Bürgermeister und der
Polizeipräsident waren da. Ich denke, ich konnte mit
dem heutigen Event einen guten Eindruck hinter-
lassen."

„Wow", gestand Dan dann, „und das in nur einer Nacht. Nicht schlecht." Er öffnete es von hinten und schaute sich den letzten Eintrag an. Er war auf einen Tag vor dem Mord datiert.

„Der Text, um den es uns geht, ist ein paar Seiten davor, da, wo das Band drin liegt", sagte Peter und deutete auf die Stelle.

Dan klappte die angemerkte Seite auf und las den Eintrag, der dort stand. Hier war die Schrift nicht mehr ganz so sauber wie noch zuvor und wirkte dadurch gehetzter. Vielleicht war Catrinel müde gewesen, als sie das geschrieben hatte, oder ihre Hand hatte vom vielen Schreiben geschmerzt. Aber Dan war der Meinung, dass das Schriftbild sehr gut zu einer Frau passte, die sich verfolgt fühlte.

„Wie sehr können sich Menschen verändern? Ich
kenne Rupert schon seit ich ein kleines Mädchen
war und ich schätze ihn wirklich, selbst mit seiner
schroffen Art. Aber in letzter Zeit wirkt er immer

aggressiver und gibt mir nur noch contra. Ich ver-
stehe zwar, dass er gegen die Umstrukturierung des
Restaurants ist, aber der Storch ist immer noch
mein Erbe. Vielleicht bilde ich es mir nur ein, aber
die Blicke, die mir Rupert seit neuestem zuwirft,
finde ich besorgniserregend. Ich will nicht sagen,
dass er mir Angst macht, aber er ist schon irgend-
wie unheimlich. Vielleicht ist es lächerlich, aber ich
sollte ihn genauer im Auge behalten. Ich habe das
Gefühl, er hat irgendetwas vor."

„Das soll dann jemand dem Koch zeigen, oder? Aber weißt du jetzt eigentlich, wer?", wandte sich Dan an seinen Bruder, als er den Eintrag fertig gelesen hatte.

„Wir haben lange überlegt, aber es kommt fast nur Thomas Ellington in Frage."

„Aber man muss schon gut aufpassen, dass es glaubwürdig erscheint", meinte Dan bedachtsam.

„Natürlich." Peter nickte zustimmend. „Wir haben uns das so gedacht: Herr Ellington ist bei der Arbeit sowieso mit Herrn Steinweis zusammen in der Küche, da fällt es schon einmal nicht schwer, einen Moment zu finden, in dem die beiden allein sind. Wir verkabeln Herrn Ellington, sodass wir alles mitanhören und aufzeichnen können. Für die spätere Beweislage."

„Vorausgesetzt, der Koch gesteht", warf Dan ein.

„Vorausgesetzt, er gesteht und er ist überhaupt am Mord beteiligt", ergänzte Peter. „Herr Ellington wird behaupten, er habe das Tagebuch im Büro der Chefin gefunden, als er ein Formular für die Krankenkasse gesucht hat. Er soll einen Stapel umgestoßen und beim Versuch des Aufräumens das aufgeschlagenen Tagebuch gefunden haben. Natürlich war genau diese Seite oben und deshalb musste er Herrn Steinweis einfach zur Rede stellen. Herr Ellington hat sich auch schon dazu bereit erklärt. Wie immer sehr ängstlich, aber für seine Verhältnisse doch relativ schnell."

Dans Blick versank in dem Tagebuch und tief in seinem Innern kamen ihm Zweifel.

„Und wenn der Koch es gar nicht war?"

Peter trank unbeeindruckt seinen Kaffee aus.

„Wenn nicht, dann fangen wir eben noch einmal ganz von vorne an."

Seine Zuversicht klang nur halbherzig und Dan merkte sofort, dass es nur gespielt war. Der Mord war schon über eine Woche her. Bestimmt hatte Peter ganz schön Druck. Dan hörte zwar nicht oft Radio, aber dass der Mord immer noch nicht aufgeklärt war, wurde in den Medien noch andauernd erwähnt.

„Außerdem", sagte Peter plötzlich und riss Dan damit aus seinen Gedanken, „kennst du ja den Körperbau von Herrn Steinweis."

Dan nickte verwirrt, was sollte das denn jetzt? Für die Körper anderer Männer interessierte er sich nicht wirklich.

„So wie du das vom See erzählt hast, kam es so rüber, als hättest du nicht die geringste Chance gegen den Angreifer gehabt."

Ungern zwar, musste Dan das jedoch zugeben.

„Herr Steinweis dürfte ganz schön kräftig sein, bei der Statur, wer weiß also."

Und mit diesen unheilvollen Worten verabschiedete sich Peter und ging wieder zur Arbeit. Dan blieb noch eine ganze Weile im Café sitzen und ließ einfach nur die Gedanken schweifen.

Morgen würde sich dann alles aufklären, hoffentlich.

9. Kapitel

Gestern im Café hatte Peter noch die genaue Zeit genannt, zu der sie mit der Operation starten wollten. Dan hatte es geschafft, seinen Bruder zu überreden, dass er mitkommen durfte. Peter war schon mit der ganzen Mannschaft vom Präsidium im Aufbruch gewesen und da hatte Dan ihn abgepasst und einfach so lange genervt, bis er ja gesagt hatte. Aber bisher war es noch nicht besonders spannend.

Dan saß neben ein paar stillen Kollegen von Peter in einem Kleinbus, der mit einer halben Tonne Kabel und Technik ausgerüstet war. Der Bus stand weit genug vom Restaurant entfernt, damit er nicht bemerkt wurde. Sie waren hinter dem kleinen Wäldchen verborgen, das von der Restaurantterrasse aus zu sehen war.

Peter war gerade draußen, um ein letztes Mal mit dem Beikoch zu sprechen. Dan konnte sich dessen Namen einfach nicht merken. Die Polizisten im Wagen wirkten angespannt, doch Dan konnte sich noch nicht ganz in die Stimmung einfühlen. Immerhin passierte noch gar nichts.

Nach ein paar Minuten, in denen nur das Summen der Geräte zu hören war, öffnete sich die Tür und Peter trat ein.

„So", meinte er geschäftig und machte Dan damit schon Hoffnungen, „jetzt dauert es noch einige Zeit."

Enttäuscht ließ Dan den Kopf sinken. „Immer noch?", fragte er ungeduldig.

Sein älterer Bruder sah ihn streng an.

„Natürlich. Was glaubst du denn, wie das wirkt, wenn Herr Ellington die Arbeit beginnt und sofort mit dem Gespräch startet. Ziemlich verdächtig, oder? Außerdem soll er auf einen Moment warten, in dem wenig los ist. Schaltet die Mikrofone schon einmal an, er meldet sich dann, wenn er soweit ist."

Die Kollegen drückten einige Knöpfe, legten einen kleinen Hebel um und einer tippte wie wild auf einer Tastatur. Dann war es wieder still.

Alle warteten gespannt.

Dan konnte sehen, wie Peters Wangen sich leicht röteten. Auch er war sehr angespannt.

„Falls irgendetwas passiert, greifen wir sofort ein. Bei der Entfernung können wir uns kein Risiko erlauben."

Die Polizisten nickten und einer griff sich prüfend an die Hüfte.

Dan schluckte bei dem Gedanken an Schusswaffen.

Ganz leise konnte man aus den Lautsprechern Geräusche hören. Erst nur ein paar Schritte, dann begrüßte Thomas Ellington jemanden. Ein unfreundliches Grunzen ließ erkennen, dass Ellington die Küche betreten hatte und dem Chefkoch gegenüber stand. Sie konnten vernehmen, wie der Koch etwas sagte, vermutlich eine Anweisung, denn ein paar Augenblicke später begann Ellington – den Geräuschen nach zu urteilen – etwas zu zerschneiden.

Dan staunte, wie schnell das bei Köchen ging. Sie konnten das Klackern, wenn das Messer auf die Schneidefläche traf, in einer sehr hohen Frequenz hören. Dann war wieder Warten angesagt.

Mit einem Kugelschreiber, den er unter einem der Sitze gefunden hatte, vertrieb sich Dan die Langeweile. Er warf ihn hoch und fing ihn auf, bis Peter ihm das Spielzeug genervt aber wortlos wegnahm. Dans Augenverdrehen erntete nur einen strengen Blick.

Als ob man auf ein Kind aufpassen soll, dachte sich Peter. Sein Bruder konnte einfach nicht begreifen, in welcher Lage sie sich befanden und dass man da nicht einfach rumblödeln konnte.

Nach einiger Zeit – hin und wieder hatten sie verschiedene Geräusche gehört – räusperte sich Thomas Ellington und man hörte ein leises „okay, es geht los." In der Zwischenzeit war der Hilfskoch im Geschäftszimmer gewesen, was gleichzeitig das Büro der Restaurantchefin gewesen war.

„Rupert", hörte man den jungen Mann sagen. Seine Stimme klang gebrochen und sehr unsicher. Einer der Polizisten drehte an einem Knopf und sie konnten deutlich hören, wie der Koch antwortete. Wahnsinn, wie gut die moderne Technik mittlerweile ausgereift war.

„Was is?", schnauzte Steinweis seinen Assistenten an.

„Ich … ich muss mit dir reden", war dann wieder die Stimme des jüngeren Mannes zu hören.

Ein Scheppern verriet, dass jemand sein Werkzeug auf den Tisch geworfen hatte. Dan konnte sich im Geiste vorstellen, wie der Koch sein Messer auf die Arbeitsplatte geschmissen hatte und sich die Hände mit einem Handtuch abwischte.

„Ich war gerade im Büro der Chefin", fuhr Ellington mit zittriger Stimme fort, „und da … bin ich auf was gestoßen."

„Hast du da rumgeschnüffelt, oder was?"

„Natürlich nicht!", entgegnete Ellington auf den Vorwurf des älteren Mannes, „ich musste ein Formular holen. Aber darum geht es gar nicht. Es geht darum."

Jetzt reichte der Hilfskoch seinem Vorgesetzten vermutlich das Buch mit dem grünen Einband. Es trat für eine ganze Weile Stille ein. Offenbar las Steinweis in dem Büchlein.

„Woher hast du das?", hörte man ihn dann fragen. Er war plötzlich gar nicht mehr so stimmgewaltig wie sonst.

„E-es lag auf dem Boden", stotterte der Beikoch und Dan meinte, ein Schnauben von Steinweis zu vernehmen, war sich aber nicht sicher.

Dan warf seinem Bruder einen Blick zu, doch der beachtete ihn gar nicht. Obwohl sie kein Bild hatten, starrte Peter gebannt auf den Lautsprecher und wirkte höchst konzentriert.

„Hast du das gelesen?", fragte Steinweis zischend.

Thomas Ellington gab keine hörbare Antwort.

„Was soll das, hast du das gemacht?"

„I-ich?", Ellingtons Stimme überschlug sich fast. „Was meinst du mit gemacht? Denkst du etwa, ich habe ein Tagebuch gefälscht? Wie denn und wieso überhaupt?"

Man konnte förmlich hören wie die Zahnräder im Kopf von Steinweis ratterten.

„Hm, stimmt schon. Das … das ist also wirklich von ihr?"

Ellington druckste ein bisschen herum und man konnte nichts Genaues verstehen. Vermutlich wollte er den Koch auf die Seite aufmerksam machen, um die es ihnen ging.

„Was?" Das kam wohl von Steinweis, aber er brach sofort wieder ab.

Wieder trat Stille ein. So lange, dass es nicht nur am Lesen liegen konnte.

Peter tippte nervös mit der Fußspitze auf und ab. Die Nerven aller im Bus waren bis zum Zerreißen gespannt.

„I-ich will wissen", leitete Ellington ein, als er sich offenbar wieder an das vorherige Gespräch mit Peter erinnert hatte, „was da dran ist."

Erneutes Schweigen.

Dan versuchte sich vorzustellen, was für ein Gesicht der Koch jetzt wohl machte, während er das las. Immerhin verdächtigte ihn seine ehemalige Chefin in diesem Abschnitt des Tagebuches, ihr nachgestellt zu haben. Außerdem standen dort auch noch Vermutungen, dass Steinweis so wütend über die Erneuerungen im Restaurant war, dass er die Arbeit boykottieren könnte. Und auch irgendetwas in die Richtung, dass er den Menschen Angst einjagte, erinnerte sich Dan wage, wobei das bestimmt nichts Neues war.

„Immerhin", er sprach zwar immer noch stockend, aber langsam wurde der Hilfskoch mutiger, „immerhin ist noch immer nicht geklärt, wer es war."

„Wer was war?", fragte der Chefkoch in einem bedrohlichen Tonfall.

Dan empfand plötzlich großen Respekt für den kleinen Beikoch, dass er diesem breit gebauten Glatzkopf so standhielt. Bestimmt sah Steinweis im Moment auch ziemlich furchteinflößend aus. Sie konnten hören, wie Thomas Ellington laut schluckte, bevor er antwortete.

„Es ist noch immer nicht geklärt, wer die Chefin ermordet hat."

„Das ist jetzt nicht dein Ernst", zischte der Koch.

„A-aber du hast dich doch mit ihr gestritten, oder nicht?"

Der Koch lachte einmal trocken auf, aber es lag keine Spur von Humor in seiner Stimme.

„Na klar, dann muss ich sie umgebracht haben. Wer macht das denn nicht so? Jeden umzubringen, der einen auch nur ein bisschen aufregt." Seine Worte trieften nur so von Sarkasmus.

„Wie du dich sicher erinnern kannst, hat sich die Chefin auch mit ihrem Mann gestritten, der ist doch genauso verdächtig. Außerdem warst das doch bestimmt du, der gleich zur Polizei gerannt ist und von dem Streit erzählt hat. Dank dir hat mich die Polizei auf dem Kieker, glaub ich zumindest. Wenn du schon so fantasierst, dann steh wenigstens dazu. Na los, sprich schon aus, was du sagen willst. Wenn du dich traust, mir dabei ins Gesicht zu sehen!"

Erneut dauerte es eine ganze Weile, bis sich durch die Lautsprecher wieder etwas regte.

„Hast du Frau Richard ermordet?", fragte dann schließlich Thomas Ellington unsicher in die Stille hinein.

„Nein!", entgegnete der Chefkoch deutlich.

„Und was soll das in dem Tagebuch dann?", setzte der Hilfskoch nach. „Die Chefin war sich sicher, dass du irgendetwas im Schilde führst. Hast du das gelesen? Sie fühlte sich verfolgt und ständig beobachtet. Sie hat geschrieben, dass sie immer, wenn sie in den letzten Tagen im Restaurant war, dich im Auge behalten musste. Es hat sie nervös gemacht, wenn du dich in ihrer unmittelbaren Nähe befunden hast. Was soll man denn davon halten?" Ellington kam langsam immer mehr in Fahrt.

Rupert Steinweis hingegen klang immer erschöpfter. „Ich weiß nicht, was das soll. Das ist absoluter Schwachsinn. Da hat die Kleine sich wohl geirrt. Ich hielt nichts von ihren Plänen für das Restaurant, aber ich hätte ihr niemals etwas zu Leide tun können. Ich hätte auch gedacht, dass sie mich besser einschätzen kann. Aber was geht dich das überhaupt an?", schnauzte er wieder im von ihm wohl bekannten, schroffen Tonfall.

„Warum sollte ich dir einfach so glauben?", hakte Ellington nach.

„Musst du nicht. Ist mir doch egal, was du glaubst. Ich weiß, wofür ich mich zu verantworten habe und wofür nicht."

„Und wenn ich zur Polizei gehe?", fragte Ellington herausfordernd.

„Mir doch egal", entgegnete der Koch lediglich, „wenn du unbedingt musst, du Schleimer, dann renn doch zu den Bullen und schwärz mich an. Ich habe nichts getan", dabei betonte Steinweis jedes einzelne Wort.

Das war das Ende des Gespräches der beiden Köche.

„Das war ja vielleicht ein Reinfall", seufzte Peter nach einer Weile und ließ den Kugelschreiber zu Boden fallen, den er Dan weggenommen hatte. Er rollte wieder unter einen der Sitze.

„Und was jetzt?", fragte einer der Polizisten und gab damit zum ersten Mal überhaupt einen Ton von sich.

„Jetzt fangen wir wohl wieder von vorne an, was?", antwortete Dan für seinen Bruder.

Der schnaubte nur.

„Wir können nicht mehr warten, bis uns eine neue Theorie einfällt oder irgendein Plan, um den Täter zu überführen. Wenn wir Pech haben, ist das irgendein Triebtäter, der schon seit Tagen geflohen ist." Peter ging aus dem Bus, offensichtlich brauchte er erst einmal frische Luft.

Als Dan seinem Bruder hinterher ging, sah er noch, wie der Kommissar seinem Ärger Luft machte und mit der Faust gegen einen Baum schlug.

„Ganz ruhig", meinte Dan überrascht.

„Wie denn?!", fuhr Peter ihn forsch an. Doch sofort wurde sein Ausdruck wieder milder.

„Entschuldige, ich will dich nicht anschreien, aber wir haben jetzt echt ein Problem, ich habe ein Problem." Er setzte sich auf einen abgesägten Baumstumpf, legte die Hände vor die Augen und seufzte tief.

„Ist es so schlimm, dass er nicht gesteht?", fragte Dan vorsichtig. Er ahnte, dass es eine naive Frage war, aber er kannte sich nun mal nicht im Polizeisystem aus.

„Du hast ja keine Ahnung", stöhnte Peter, „hast du in den letzten Tagen eigentlich mal Nachrichten geschaut oder gehört?"

Dan schüttelte den Kopf. Das Radio hatte er nur selten an und da kamen auch nur die Kurznachrichten. Wobei er immer wieder Meldungen über den ungeklärten Mordfall mitbekommen hatte, bei denen die Medien die mangelnde Polizeiarbeit kritisiert hatten. Aber das musste er seinem Bruder jetzt nicht auch noch direkt auf die Nase binden.

„Die Presse setzt uns extrem unter Druck. Dauernd graben sie irgendwo irgendwelche Möchtegernexperten aus. Die ignorieren die Schwere des Falles und unterstellen uns die ganze Zeit schlampige Arbeit und dass wir ja zu bequem sind, um uns mit genug Elan hinter den Fall zu klemmen. Idioten", zischte er, „als ob Zeugen und Hinweise von den Bäumen fallen, wenn man nur mit genügend Enthusiasmus dabei ist. Das betrifft in direkter Linie eigentlich erst einmal meinen Chef, aber der leitet das alles natürlich auf mich um. Wenn da nicht bald etwas passiert, dann ist vielleicht sogar meine Stelle gefährdet, vor allem nach dieser Aktion eben. Einen Zivilisten zu verkabeln und als Lockmittel zu benutzten, wodurch er in Gefahr gebracht wird und gleichzeitig prägnante Details über die Ermittlungen erfahren kann. Und dann bringt es noch nicht einmal was. Das kommt weiter oben nicht gerade gut an. Und dann behindert mein Chef auch noch die Ermittlungsarbeiten, nur, um seinen reichen Freunden einen Gefallen zu tun. Es wäre ja auch eine nicht zumutbare Unannehmlichkeit, wenn diese Leute auch nur einen Tag in einem anderen Etablissement zu Mittag essen müssten", erzählte Peter überspitzt. Jetzt holte er zum ersten Mal Luft und hielt in seiner Schimpftirade inne.

„Das klingt irgendwie als wäre dein Chef ein Arsch", bemerkte Dan und Peter lachte auf.

„Das wirst du von mir niemals hören."

Doch beiden war klar, dass Peter die gleiche Meinung von seinem Chef hatte wie Dan.

Ihm tat sein älterer Bruder ganz schön leid. Er stand unter wahnsinnigem Druck und das sah man ihm auch an. Ihn so zu sehen, tat Dan in der Seele weh, auch wenn er das vor zwei Wochen nie im Leben geglaubt hätte. Irgendwie musste er seinem Bruder doch helfen können. Da hatten sie sich so viel Mühe gegeben, gerade auch Catrinel, und dann sollte der ganze Aufwand einfach umsonst gewesen sein?

Noch war der Koch ja nicht sicher ausgeschlossen. Vielleicht konnte er sich auch nur gut verstellen, hatte aber doch etwas mit dem Mord zu tun. Theoretisch war alles möglich.

Dan stellte sich vor, wie Steinweis hämisch grinsend in seiner Küche stand und große Fleischstücke mit einem Beil auseinander hackte. Er gäbe echt einen guten Metzger ab. Dann wurde ihm plötzlich etwas klar.

„Wir müssen in die Küche", sprach er den Gedanken laut aus.

Peter blickte auf. Er wirkte unglaublich erschöpft und gleich um mehrere Jahre gealtert.

„Die Tatwaffe war doch ein Küchenmesser, dann ist da in der Küche bestimmt ein Hinweis darauf zu finden."

„Es ist nicht klar, wessen Küchenmesser es war, vielleicht hat der Täter das auch von zuhause mitgebracht oder einer der anderen Angestellten hat es entwendet. Außerdem haben wir die Küche bereits vollständig untersuchen lassen. Wenn wir jetzt den Betrieb noch einmal aufhalten und nichts finden, wird mir mein Chef die Hölle heiß machen."

„Aber was soll er denn machen, wenn du dich trotzdem einfach nur umschaust. Du behinderst dabei ja nicht die Arbeiten oder so."

Peter schnaubte.

„Was er machen soll? Es würde mich nicht wundern, wenn irgendjemand im Restaurant mich bei meinem Chef anschwärzt, ob nun jemand von den Gästen oder dem Personal. Wenn mein Chef davon Wind bekommt, dann gibt das für mich richtig Ärger. Ich kann da nicht rein."

Dan überlegte.

„Und wenn ich mich umschaue? Mir macht es nichts, wenn mich jemand bei deinem Chef verrät, ich kann ja nicht gefeuert werden."

„Aber du bist mein Bruder und ich bin damit für dich verantwortlich."

„Von wegen, ich bin alt genug", entgegnete Dan und klang dabei wie ein trotziger Teenager, „und notfalls bestehe ich einfach darauf, dass ich vollkommen eigenständig gehandelt habe und du mich sogar vom Fall abhalten wolltest. Aber ich habe nicht auf dich gehört und auf eigene Faust die Küche untersucht." Er grinste und Peter wusste auch nicht, was er dagegen einwenden sollte.

Es wäre vielleicht nicht schlecht, wenn sich jemand mal dort umschaute, aber brachte es etwas, wenn Dan derjenige war? Er hatte keine Ausbildung in dieser Richtung und keine Erfahrung. Vielleicht fielen ihm entscheidende Punkte gar nicht auf. Vorausgesetzt, dass es in der Küche irgendwelche Hinweise gab, die sie bislang übersehen hatten.

Dan bemerkte den Zweifel im Blick seines Bruders und sagte sofort: „Außerdem ist es gar nicht so unsinnig, wenn ich gehe. Vielleicht kommt mir ja was aus der Erinnerung bekannt vor. Komm schon, ich kann das."

Peter seufzte wieder, aber dieses Mal weniger aus Erschöpfung. Er stemmte die Hände auf die Knie und stand auf.

„Von mir aus", gab er nach, „versuchen wir es einfach. Aber wir müssen den Koch erst ablenken. Es bringt nichts, wenn du zur Tür rein kommst und er dich sofort wieder rausschmeißt, ohne dass du etwas sehen konntest."

„Das musst du dann machen. Wann sollen wir das in Angriff nehmen, morgen?", schlug Dan vor, doch Peter schüttelte den Kopf.

„Das machen wir noch heute. Am besten jetzt gleich. Ich will nicht noch mehr Zeit verlieren."

Nachdem sie die Kollegen von der Technik wieder zum Präsidium geschickt hatten, blieben noch zwei Beamte als Unterstützung bei ihnen. Um die Mitarbeiter genügend abzulenken, wollte Peter eine Gruppenbefragung vorspielen, während Dan sich in die Küche schleichen und umschauen sollte.

Peter ging ins Restaurant und erklärte der Bedienung, dass sie die aktuellen Gäste, die zum Glück wenig und fast fertig waren, noch zu Ende bewirten konnten. Danach jedoch hängten sie das *Geschlossen*-Schild an die Tür.

„Was soll das denn nun wieder?", beschwerte sich Rupert Steinweis, als alle Mitarbeiter zusammengerufen wurden.

Peter saß auf einem der Barhocker. Neben ihm standen die zwei Polizisten in Uniform und Dan. Sie warteten entspannt, bis sich die gesamte Belegschaft gesammelt hatte. Heute waren neben dem Chefkoch noch ein weiterer Vollangestellter und zwei Hilfsköche da. Außerdem drei Bedienungen – eine davon war Betty.

Dan war ein wenig verwundert, dass so viele Kellnerinnen gleichzeitig arbeiteten. Gerade da sie jetzt kaum Gäste hatten. Aber vielleicht sollte der Service in so einem edlen Restaurant immer top funktionieren, egal bei wie vielen Gästen.

„Guten Tag. Sie fragen sich sicher, was das hier soll, immerhin haben wir mit jedem von Ihnen bereits einmal gesprochen", begrüßte Peter die Anwesenden, „dennoch möchte ich Sie noch einmal zu dem Mord an Ihrer Chefin befragen."

„Und was soll das bringen?", fragte der Chefkoch genervt und ein oder zwei Leute murmelten zustimmend.

Peter hob eine Hand, um weitere Zwischenrufe zu unterbinden.

„Natürlich tun wir dies nicht ohne irgendwelche Hintergedanken", begann er zu erklären und Dan dachte, er höre nicht recht. Sein Bruder würde doch nicht alles verraten?

„Wir, also die Polizei, sind uns sicher, dass es sich bei dem Mörder Ihrer Chefin um einen der Restaurantangestellten handelt. Der Täter ist also unter uns."

Plötzlich blickten sich alle Angestellten hektisch um und warfen sich gegenseitig misstrauische Blicke zu. Alle bis auf Rupert Steinweis, der blickte starr und grimmig weiter die Polizisten an.

„Es sind doch aber gar nicht alle Angestellten da", warf eine der Kellnerinnen ein.

„Dennoch trifft zu, was ich sagte", erklärte Peter ganz locker.

„Muss das ausgerechnet jetzt sein?", meldete sich schon wieder Steinweis zu Wort. „Ich habe gerade eine Suppe aufgesetzt, die muss eigentlich beaufsichtigt werden."

„Dann setzten Sie die eben später noch auf", entgegnete Peter.

„Das geht nicht, dann ist zu wenig Zeit, die braucht ziemlich lange und muss heute Abend fertig sein."

„Das ist dann leider Ihr Problem, denn ja, es muss jetzt sein. Oder wollen Sie etwa nicht wissen, wer Ihre Chefin ermordet hat?"

Man konnte sehen, wie der Koch mit den Zähnen knirschte. Dagegen konnte er jetzt natürlich nichts sagen. Denn selbst wenn er anders dachte, vor seinen Kollegen und der Polizei konnte er das natürlich nicht äußern. Also schwieg er und verschränkte die Arme, wobei Peter einfach weitersprach. Der Kommissar nahm sich ziemlich viel heraus, aber er setzt jetzt alles auf eine Karte.

„Der Täter ist also unter uns."

Der sorgt ja für richtige Partystimmung, dachte sich Dan schmunzelnd.

„Ich werde Ihnen erklären, warum wir Sie nun gesammelt vernehmen. Es geht dabei um die menschliche Psyche. In der Gruppe verhält sich ein Mensch immer anders als alleine. Das kann man gar nicht steuern, sondern es geschieht vollkommen unterbewusst. Da wir nun bei jedem von Ihnen einzeln keine verwertbaren Ergebnisse erzielt haben, sind Sie nun gemeinsam dran."

Dan konnte sich nicht entscheiden, ob das, was sein Bruder da sagte, vollkommener Schwachsinn war, denn es klang vollkommen selbstbewusst und logisch erklärt. Dan war von Peters Leistung und seiner Bestimmtheit beeindruckt, denn immerhin machte sein Bruder das komplett spontan. Außerdem hatte er vorher noch so erschöpft und unsicher gewirkt, aber davon ließ er sich jetzt nichts mehr anmerken. Das war dann wohl etwas, das man Professionalität nennen konnte.

„Jetzt werden Sie und vor allem der Täter sich wohl denken, warum ich das alles verrate, aber keine Sorge." Peter lächelte. „Wie schon erwähnt sind sämtliche Reaktionen, auf die es mir ankommt, unterbewusster Natur und damit auch nicht steuerbar. Ich werde Ihnen nun einige Fragen stellen, die Ihnen wohl auch bekannt vorkommen, und anhand Ihrer Reaktion können wir den Täter dann überführen. Also, fangen wir an."

Möglichst unauffällig warf Peter seinem Bruder einen vielsagenden Blick zu.

Dan brauchte eine Sekunde, um zu begreifen, dass er jetzt losgehen sollte. Vor Neugier und Spannung hätte er fast seine Aufgabe vergessen. Gelassen schlenderte er an dem Grüppchen der Angestellten vorbei.

Plötzlich packte ihn der Koch am Arm.

„He", entgegnete Dan.

„Wo wollen Sie denn hin? Ich dachte, Sie verhören zusammen mit Ihrem Kollegen?"

Mit einer empörten Miene riss Dan seinen Arm los, was bei der Kraft des Kochs gar nicht so einfach war.

„Was interessiert es Sie, wenn ich auf die Toilette gehe, hm?"

Der Koch schnaubte verächtlich.

„Hey!", rief Peter vom Tresen aus, „wenn ich um Ihre *gesamte* Aufmerksamkeit bitten dürfte. Und du, beeil dich gefälligst", fügte er an Dan gewandt hinzu.

Der war sich sicher, dass dies sogar ernst gemeint war, wenn auch nicht auf den Gang zur Toilette bezogen.

Der Koch wandte sich wieder dem Kommissar zu und achtete nicht mehr auf Dan.

„Bitte rufen Sie sich nun alle noch einmal genau in Erinnerung, wo Sie am Montag, den 9. November, am Abend gegen 19 Uhr waren."

Dan hörte gar nicht mehr hin, was sein Bruder da erzählte. Er ging ganz unauffällig in Richtung Eingang, denn im langen Gang zwischen Eingangstür und Speisesaal befanden sich die Toiletten. Nur ein paar Schritte von der Toilettentür entfernt, warf er einen verstohlenen Blick auf die Gruppe und versicherte sich, dass ihn niemand sah. Dann huschte er ganz eilig am Gang vorbei und schlüpfte durch die große Schwingtür in die Küche. Schnell hielt Dan den Türflügel von innen fest, damit er ihn nicht durch die Bewegung verriet.

In einem Schwall schlug Dan der Geruch unterschiedlicher Gerichte entgegen. Er schloss kurz die Augen und schnupperte genüsslich.

Hmmm, das roch richtig gut. Aber dafür hatte er jetzt keine Zeit, ermahnte er sich selbst und machte sich entschlossen auf die Suche.

Die Küche war ganz schön groß, was er bereits bei seinem ersten, sehr kurzen Besuch hier festgestellt hatte. Alle Schränke und Tischbeine waren aus Metall und die Arbeitsflächen bestanden aus schwarzem Stein, zumindest sah es wie Stein aus. Es gab verschiedene Arbeitsplätze, die alle gleich aufgebaut waren: eine Spüle, eine ausreichend große Arbeitsfläche zum Schneiden, ein Stapel mit Töpfen und Pfannen unter der Arbeitsfläche in einem offenen Regal und ein großer Messerblock aus hellem Holz.

Bei ein paar der Plätze waren auch noch Herdplatten und Öfen, aber nicht bei allen. Vermutlich war es in Plätze für Haupt- und Beiköche aufgeteilt. Dan tat ein paar Schritte weiter in die Küche hinein und blickte sich um.

So, jetzt muss ich mich beeilen, dachte er und überlegte, wonach er genau Ausschau halten sollte. Nach etwas Auffälligem, das auf den Mord hinweist, aber was konnte das nur sein? Er musste nach etwas suchen, das ihm aus der Erinnerung an den Mord bekannt vorkam.

Plötzlich hörte er ein leises, sehr helles Geräusch und blieb wie versteinert stehen. War noch jemand in der Küche? In der Mitte des Raumes standen große Regale, welche ihn in zwei Hälften teilten. Mit vorsichtigen Schritten und darauf bedacht, keine Geräusche zu machen, ging Dan an eine Ecke der Regale. Langsam lugte er auf die andere Seite des Raumes, aber es war niemand da.

Vielleicht hatten ihm seine angespannten Nerven auch nur einen Streich gespielt. Unwillkürlich musste Dan an die Erinnerung des ertrinkenden Mannes denken, doch er schüttelte den Kopf und verwarf den Gedanken gleich wieder. Das hatte nichts mit jetzt zu tun.

Dan arbeitete sich im Uhrzeigersinn an den verschiedenen Arbeitsplätzen entlang und öffnete dabei jede Schublade und jede Tür. Auf einem Herd stand ein so großer Topf, wie Dan ihn noch nie im Leben gesehen hatte. Er hob den Deckel neugierig ein Stück an und stellte fest, dass der leckere Geruch hier seinen Ursprung hatte. Es war eine sämige Suppe, die gemächlich vor sich hin köchelte. Fast verspürte er den Drang, sie probieren zu wollen, doch das ließ er besser bleiben. Er hatte immerhin eine Aufgabe hier in der Küche, die nichts mit dem Testen von Suppen zu tun hatte.

Schade eigentlich, dachte er enttäuscht und machte sich wieder ans Werk. Nach dem dritten abgesuchten Platz stieg sein Frustrationslevel langsam aber stetig an. Er fand rein gar nichts, was auf irgendeine Spur zum Mord hindeuten könnte. Auch im Kühlschrank, der wirklich gigantisch war, fand er nicht das Geringste. Zusätzlich stand Dan ein wenig unter

Zeitdruck, denn ewig würde Peter die Angestellten nicht hinhalten können.

Vielleicht sollte er seinen Blickwinkel ändern, überlegte Dan. Also setzte er sich auf die Arbeitsfläche, die der Tür gegenüber war, und ließ den Blick schweifen. Seufzend stellte er fest, dass das auch nichts half. Ihm wollte einfach nichts ins Auge fallen.

Dan blickte neben sich auf die Arbeitsfläche. Hier hatte heute wohl noch niemand gearbeitet, denn es war blitzeblank sauber. An der Wand standen einige Gläser mit Gewürzen. Ein paar Lappen und ein Premium-Spülmittel waren entlang des Waschbeckens aufgereiht. Rechts von ihm stand einer der großen Messerblöcke, aus dem lauter schwarze Griffe ragten.

Neugierig, wie schwer so ein Block wohl sein mochte, hob er den Klotz vorsichtig an. Er war ganz schön schwer, das hatte Dan nicht erwartet. Abrupt setzte er ihn wieder auf die Fläche zurück. Köche müssen aber auch ganz schön zulangen können, dachte Dan beeindruckt. Er hatte sich Köche immer sehr dick und weniger kräftig vorgestellt und auch Thomas Ellington wirkte nicht gerade muskulös.

Immer noch von seiner Neugier getrieben, nahm Dan einen der Griffe aus dem Messerblock in die Hand und zog es vorsichtig heraus. Dabei erklang ein feiner, heller Ton. Das Messer war sehr lang und mit Löchern in der Schneide. Dan konnte sich nicht vorstellen, wofür es benutzt wurde. Er zog noch ein oder zwei Messer heraus und stellte fest, dass sich in so einem Block keine zwei Messer glichen. Es gab anscheinend für jede Tätigkeit ein spezielles Messer.

Plötzlich stach ihm noch etwas ins Auge: Auf jedem Messer war auf beiden Seiten der Klinge ganz nah am Griff ein kleines Zeichen eingraviert. Er hielt sich ein kleines Messer, das vielleicht für Gemüse gedacht war, ganz nah vor sein Gesicht und versuchte, das Symbol zu erkennen. Es war ein Vogel, ein Storch, der auf einem S stand.

Der Restaurantname war doch *Zum Stolzen Storch*, erinnerte sich Dan. Dann hatte das Restaurant wohl die Kochwerkzeuge eigens anfertigen lassen. Irgendwie kam ihm das Symbol bekannt vor, doch er brauchte einige Sekunden, in denen er es ausführlicher betrachtete, um sich zu erinnern. Plötzlich riss Dan die Augen auf und schwenkte ein wenig mit dem Messer in der Luft herum, dass es nur leicht verschwommen sichtbar war. Peter hatte vollkommen Recht damit, den Mörder bei der Belegschaft zu suchen. Die Tatwaffe war eines dieser Küchenmesser. Es war genau dieses Symbol gewesen, dass Dan in der Erinnerung auf dem Messer der Gestalt gesehen hatte, auf der Tatwaffe. Es war ihm nur nicht sofort aufgefallen, weil es in der Erinnerung so schlecht zu sehen gewesen war.

Dan sprang von der Arbeitsfläche und warf das Messer achtlos neben den Holzblock, wobei es laut schepperte. Jetzt wusste er, dass er nach dem richtigen Messer suchen musste. Hastig zog er jedes einzelne Messer aus jedem einzelnen Holzblock in dieser Küche. Er prüfte, ob die Maße ungefähr zur Mordwaffe passten. Bei denen dies zutraf schaute er, ob vielleicht noch irgendwelche Spuren zu sehen waren, die verdächtig wirkten. Dan war höchst konzentriert auf seine

Arbeit und er hatte auch schon über die Hälfte aller Messer untersucht.

Plötzlich und ohne irgendeine Vorankündigung wurde die Tür zur Küche laut aufgestoßen. Dan schreckte zusammen und ließ das Messer fallen, das er eben noch angeschaut hatte. Mit lautem Klirren fiel es zu Boden. Dan wagte sich erst gar nicht zu bewegen. Er konnte die Tür nicht sehen und auch nicht, wer gekommen war, weil er auf der anderen Seite der Regale stand.

Auch der Neuankömmling schien sich zuerst nicht zu bewegen, vielleicht hatte er sich genauso erschrocken wie Dan. Doch einen Augenblick später konnte er die schweren Schritte deutlich vernehmen, die auf ihn zu gestapft kamen.

Dan hob eilig das Messer vom Boden auf. Er war unschlüssig, ob er es schnell wieder zurück in den Block stecken sollte, um sich nichts anmerken zu lassen. Andererseits verspürte er auch den Drang, ein Messer in Händen zu halten. Damit fühlte er sich sicherer, denn er ahnte schon, wer das war, der da auf ihn zu kam.

Rupert Steinweis kam um die Ecke der Regale gestapft und als er Dan entdeckte, blickte er ihn mit wutverzerrtem Gesicht an.

„Also war doch was faul an der ganzen Aktion hier!", schimpfte er und baute sich bedrohlich vor Dan auf. „Sie haben in der Küche nichts zu suchen, wenn Sie das Restaurant, und damit meine ich das gesamte Restaurant, nicht sofort verlassen, zeige ich Sie an. So müssen Polizisten heutzutage also schon arbeiten, mit Lügen und Betrügerei!", donnerte er und wedelte drohend mit der Faust. Und seine Faust war nicht klein.

Dan überlegte hastig, welche Ausrede er sich einfallen lassen konnte, aber in seinem Kopf gab es plötzlich einen Knoten, der seinen Gedankenfluss störte.

„Ich, äh, ich", stammelte er und blickte sich hastig überall um, in der Hoffnung, eine Lösung zu finden.

„Was machen Sie überhaupt hier in der Küche?", fragte er stattdessen den Koch, „Pe– ich meine der Kommissar befragt doch alle?"

Rupert Steinweis stützte die Hände in die Hüften und schnaubte laut.

„Das ist ja wohl keine Befragung, sondern eine Farce. Ich habe diesem Kommissar gesagt, dass er hier nicht so einen Witz veranstalten soll und dass ich meine Suppe nicht so lange allein lassen kann. Wenn die anbrennt, ist das ganze Abendgeschäft im Eimer. Außerdem war mir so als hätte ich Geräusche in der Küche gehört. Und jetzt sagen Sie aber mal ganz schnell, was genau *Sie* hier tun?" Mit einem sehr skeptischen Blick taxierte er das Messer in Dans Hand.

Dan hob das Messer, um damit erklärend herumzufuchteln, entschied im gleichen Moment jedoch, dass das ganz schön missverständlich rüberkommen musste, und ließ es wieder sinken. Hilflos blickte er nach links. Ein leere Arbeitsfläche, ein paar Gewürze, ein Spülbecken, nichts, was ihm eine Ausrede bieten könnte. Schnell huschten Dans Augen nach vorne, am Chefkoch vorbei. Eine leere Arbeitsfläche, ein Spülbecken und ein Messerblock.

Ein leiser, eigentlich unscheinbarer Ton ließ Dans Blick nach rechts wandern. Das Geräusch erinnerte ihn daran, wie er die Messer aus den Blöcken gezogen hatte. Ein feiner, heller Ton.

Auch zu seiner Rechten lag eine Arbeitsfläche mit einer Spüle, den üblichen Töpfen und Pfannen und einem Messerblock darauf. Eine Bewegung zog Dans Blick an und er kniff die Augen zusammen, um es besser sehen zu können. Er erblickte eine Gestalt. Sie war genauso verschwommen wie in den vorherigen Erinnerungen, aber unglaublich blass. Er konnte sie gerade noch so ausmachen. Sie schien vor der Arbeitsfläche zu stehen und hielt etwas in der Hand.

„Das Messer!", rief Dan plötzlich aus und zeigte mit der Klinge in seiner Hand dorthin.

Die Miene des Chefkochs verdüsterte sich sichtbar. Vermutlich fühlte er sich jetzt bedroht. Dan sollte das jetzt wohl ganz schnell erklären.

„Der Messerblock da", sagte er aufgeregt, doch der Koch rührte sich nicht. Lediglich sein Ausdruck änderte sich. Bestimmt überlegte er gerade, ob Dan einfach nur wahnsinnig war.

Dan verdrehte die Augen und ging mit großen Schritten zu dem Arbeitsplatz hinüber, der ihm gerade aufgefallen war. Das Messer in seiner Hand warf er dabei achtlos in die Spüle.

„Hey!", rief Steinweis zornig, „pass gefälligst auf! Das sind teure Messer, die schmeißt man nicht einfach so durch die Gegend!"

„Wenn die so teuer sind, dann werden die ja wohl bestimmt nicht so schnell kaputt gehen, also reg dich ab", entgegnete Dan und passte sich unbewusst an den Koch an, indem er ihn ebenfalls duzte.

Im Augenblick war die Furcht vor dem großen, breit gebauten Mann mit der Miene eines Henkers verschwunden. Die Erkenntnis, die sich gerade in Dan anbahnte, räumte jegliche Hindernisse wie einschüchternde Gefühle aus dem Weg.

Der Koch war ganz perplex von dieser Antwort und öffnete den Mund, ohne etwas zu sagen.

Dan nutzte gleich die Gelegenheit und deutete auf den Messerblock, vor dem er eben noch die Gestalt mit einem Messer in der Hand gesehen hatte.

„Wem gehört dieser Block?", fragte er fordernd und fast schon im Befehlston. Es war gar keine Absicht und er war von sich selbst genauso überrascht wie der Chefkoch.

„Dem, der da arbeitet", war dessen Antwort.

Dan verdrehte die Augen.

„Ja, und wer arbeitet denn da?" Jetzt klang er schon ganz schön genervt.

Dieser Tonfall beleidigte Rupert Steinweis sichtlich, dennoch antwortete er folgsam: „Der Neuling, Thomas … Ellington, glaub ich."

„Was glaubst du? Dass er so heißt oder dass er da arbeitet?"

Ungewohnt, dass so mit ihm gesprochen wurde, brauchte der Koch erst einmal einen Moment, bis er antworten konnte.

An seinem Tonfall merkte man, wie irritiert er von Dans Art zu sprechen war.

„Ich glaube, dass er da arbeitet."

„Hat hier jeder die gleichen Arbeitsplätze oder wechselt das mal?"

„Jeder hat seinen eignen Platz, damit wir uns selbstständig organisieren können, ohne dass man sich in die Quere kommt, aber was soll das überhaupt?", fragte er Dan und fand langsam wieder zu seiner üblichen, einschüchternden Art zurück.

Das beeindruckte Dan im Moment jedoch überhaupt nicht, dafür war er einfach viel zu aufgeregt. Er zog ein paar der Messer nacheinander aus dem Block, bis er sich sicher war, das richtige gefunden zu haben. Es hatte eine ziemlich breite Klinge und war um die 20 Zentimeter lang. Das musste es sein! Er wirbelte herum und hielt dem Koch nun dieses Messer unter die Nase.

„Das hier ist das Messer mit dem Frau Richard ermordet wurde, da bin ich mir ganz sicher!"

Das verschlug dem Koch nun vollends die Sprache. Er war so perplex, dass er mit offenem Mund abwechselnd Dan und das Messer anstarrte.

Das reichte Dan fürs erste und er sprintete aus der Küche zu seinem Bruder.

Die Angestellten, die immer noch vor der Bar standen, warfen ihm erstaunte und zum Teil sogar erschrockene Blicke zu, wie er da mit einem Messer in der Hand aus der Küche gerannt kam.

Er steuerte zwar zielstrebig auf seinen Bruder zu, doch im Gehen hielt er gleich Ausschau nach Thomas Ellington. Der Hilfskoch war nirgends zu sehen.

Peter blickte Dan verständnislos an, immerhin passte sein Auftritt nicht zu der geplanten Geheimhaltung der Kücheninspektion und dann hatte er auch noch ein Messer in der Hand. Außerdem lief der Koch Rupert Steinweis ihm auch noch hinterher und moserte, dass er endlich eine Erklärung haben wollte.

„Das will ich allerdings auch gerne", griff Peter die Beschwerde des Kochs auf.

Dan sagte erst noch nichts, sondern zog seinen Bruder am Arm ein Stück weg. Er wollte nicht, dass die ganze Belegschaft alles mitbekam.

„Ich weiß, wer der Mörder ist", zischte er und seine Stimme hatte vor Aufregung einen ganz ungewohnten Tonfall angenommen.

„Wer, was, wie? Und was hast du mit dem Messer vor?", wollte Peter wissen.

Dan zog ihn währenddessen immer noch weiter in eine Ecke, um den Angestellten aus dem Weg zu gehen, die sich zum Lauschen ein Stück genähert hatten.

Jetzt veränderte die Belegschaft zum Glück ihre Strategie und belagerte den Koch, um ihn zu fragen, was in der Küche los gewesen war. Dadurch hinderten sie ihn praktischerweise auch daran, sich den Brüdern zu nähern.

„Wo ist dieser Ellington?", wollte Dan eilig wissen, ohne auf die Fragen seines Bruders einzugehen.

Der zuckte dann mit den Schultern und rief einen der beiden uniformierten Polizisten herbei. Der andere war so geistesgegenwärtig, um sich zwischen den Kommissar und die Belegschaft zu stellen, damit sie sich nicht weiter nähern konnten, falls sie vom Koch ablassen würden.

„Wissen Sie, wo Thomas Ellington ist?", fragte Peter den Polizisten.

„Der ist heimgefahren, weil er sich nicht gut gefühlt hat. Die Aktion mit dem Verhören und dem Tagebuch hat ihn nervlich wohl stark belastet", meinte der Polizist mit gesenkter Stimme.

„Verdammte Scheiße!", rutschte es Dan raus und sogar der Polizist, der die Mauer zu den Menschen bildete, schaute sich nach ihnen um.

„Du willst doch nicht sagen, dass er der Mörder ist?", fragte Peter ungläubig und auch der Kollege zog die Augenbrauen erstaunt hoch.

„Warum denn nicht?", meinte Dan. Er sprach immer noch sehr schnell und bebte fast vor Aufregung.

„Er hat uns geholfen, den Täter zu finden", entgegnete Peter, „und außerdem hat er ein Alibi."

„Aber ich bin mir sicher, dass er es ist", redete Dan auf seinen Bruder ein und griff aufgeregt wieder nach seinem Arm. Mit der anderen Hand hielt er Peter das Küchenmesser vor die Nase.

„Die Frau wurde mit genau diesem Messer getötet, da bin ich mir sicher. Ich ... ich habe es gesehen und es wiedererkannt." Dan achtete gar nicht auf den anderen Polizisten, der mit gerunzelter Stirn zwischen den beiden Brüdern hin und her blickte. Dan war es egal, dass er viele Andeutungen zu seiner Fähigkeit machte, es gab jetzt Wichtigeres.

„Dieses Messer gehört Thomas Ellington und er hat es genommen, um die Frau zu ermorden.“

„Bist du dir ganz sicher?“, fragte Peter langsam und sehr ernst.

Dan schüttelte wild den Kopf auf und ab, sodass seine Haare hin und her flogen.

„Das Symbol, das habe ich auch in der Allee gesehen und es war genau dieses Messer. Es ist an seinem Arbeitsplatz, glaub mir, ich habe es *gesehen*“, redete Dan, immer noch eindringlich, auf Peter ein. Mehr wollte er vor den Kollegen seines Bruders jetzt auch nicht über seine Fähigkeiten sagen. Aber Dan konnte in Peters Blick sehen, dass ihn dieser verstanden hatte.

„Er ist es“, meinte Dan noch einmal eindringlich.

„Aber das Alibi“, wiederholte Peter zweifelnd.

Frustriert und genervt warf Dan seine Arme nach oben und ließ sie wieder runter fallen. Der Polizist neben ihnen wich dem herumwirbelnden Messer aus und entwendete es dann mit sanfter Gewalt Dans Griff. Dieser achtete gar nicht darauf, er war sich so sicher, dass er den Mörder kannte.

„Ist es etwa noch nie passiert, dass ein Alibi gefälscht war?“

„Doch, natürlich. Also gut, fahren wir. Herrschaften“, wandte sich Peter umgehend an die Angestellten, die unter der Aufsicht des einen Polizisten immer noch versammelt waren und hastig miteinander sprachen. Sie verstummten jäh.

„Ich bitte um Entschuldigung, dass Sie so lange warten mussten. Wir haben nun alle Informationen, die wir benötigen und verabschieden uns. Einen angenehmen Tag noch und ich bitte nochmals um Entschuldigung für die Unannehmlichkeiten."

Gerade wollte sich Peter zum Flur wenden, da riefen die ersten Leute ihnen nach. Er hatte es bereits befürchtet, aber sie durften jetzt keine Zeit mit langen Erklärungen vergeuden.

„Wie jetzt, einfach so?"

„Was war mit den Fragen, die Sie noch stellen wollten?"

„Sie haben doch gesagt, der Mörder ist unter uns, da können Sie uns doch nicht einfach alle zusammen alleine lassen."

„Ja genau, wer ist es denn jetzt?", fragte die erste Person wieder.

Noch bevor einer der Polizisten beruhigende aber knappe Worte finden konnte, meldete sich der Chefkoch zu Wort, auf seine eigene Art.

„Klappe jetzt, aber alle!"

Sofort verstummten alle Angestellten und blickten den Koch an. Auch die Polizisten und Dan wandten sich überrascht nach Rupert Steinweis um.

„Die Polizisten machen ihre Arbeit und ihr habt Besseres zu tun, als sie dabei zu stören. Also hört auf, hier wie kleine Kinder rum zu jammern und geht wieder an die Arbeit."

Die Belegschaft war immer noch wie versteinert.

Peter winkte seinen Kollegen kurz zu und dann gingen sie zügig zum Ausgang.

Bevor er seinem Bruder folgte, wandte Dan sich dem Koch zu und blickte ihm direkt in die Augen. Dieser lächelte nicht, erwiderte aber seinen Blick und nickte ihm zu. Und Dan war klar, dass dieser Mann verstanden hatte, was geschehen war. Er nickte zurück und folgte, jetzt um einiges bestärkt, den drei Polizisten hinaus.

„Wo geht es jetzt hin?", fragte Dan, während er im Laufschritt zu Peter aufschloss und sie den Parkplatz überquerten.

„Zum Präsidium", antwortete der Kommissar knapp.

„Was?!" Dan blieb entsetzt vor Peters Wagen stehen.

Die zwei Polizisten verabschiedeten sich knapp von Peter und gingen weiter. Sie waren mit einem eigenen Wagen gekommen und fuhren schon einmal los.

„Steig ein, wir müssen uns beeilen", meinte Peter zu Dan gewandt.

Der setzte sich widerwillig auf den Beifahrersitz.

„Aber was soll das denn jetzt? Du musst diesen Hilfskoch, diesen Ellington, doch verhaften", sagte Dan mit aufbrausender Stimme. Er wusste einfach nicht, was in seinen Bruder gefahren war. Jetzt, wo sie endlich den Mörder kannten, konnte er doch nicht einfach gemütlich ins Büro fahren. Am besten zwischendurch noch halten und einen Kaffee trinken, aber sonst war noch alles in Ordnung, dachte sich Dan verständnislos.

„Das kann ich nicht. Wir haben keinerlei Beweise, mit denen wir ihn festnehmen könnten." Peter startete den Wagen und brauste schneller als sonst für ihn üblich die Auffahrt des Restaurants hinab in Richtung Stadt.

„Aber da drinnen war er doch, ich habe dir doch eben einen Beweis geliefert."

Jetzt war es an Peter, genervt die Augen zu verdrehen.

„Ich merke schon, du hast keine Ahnung von unserem Rechtssystem oder den Rechten der Polizei. Wir brauchen einen stichfesten Beweis, dass er der Täter ist oder zumindest einen sehr guten Hinweis darauf."

„Aber das haben wir doch", beharrte Dan stur.

„Denk doch mal nach: niemand wird dir glauben. Sie werden dich höchstens für verrückt erklären. Jetzt schau nicht so, du weißt selber, wie unglaubwürdig das ist. Nicht du, sondern deine Fähigkeit."

Dan hatte die Lippen zu einem Schmollmund verzogen. Er war sich doch so sicher, dass der Koch der Mörder war. Aber natürlich wusste er auch, dass sein Bruder Recht hatte.

„Wir brauchen einen Beweis, der vor Gericht verwertbar ist, bevor wir ihn festnehmen oder auch nur nach ihm fahnden können. Eine Vision oder Erinnerung, wie du es nennst, wird niemanden überzeugen. Wenn wir auf eigene Faust nach ihm suchen, bringt es gar nichts. Am Ende könnte er uns noch wegen falscher Verfahrensweisen verklagen."

Dan raufte sich die Haare. Das war einfach unfassbar! Auch wenn sein Bruder es ihm erklärte, wollte er es nicht verstehen. Da hatten sie den Mörder gefunden und konnten nichts gegen ihn tun? Sollten sie jetzt abwarten, bis er vielleicht noch eine Frau ermordete?

10. Kapitel

Peter beeilte sich und so waren sie schneller als gedacht beim Präsidium. Er parkte den Wagen mehr schlecht als recht auf seinem Parkplatz und sie beide liefen ins Gebäude. Drinnen rief Peter sofort nach ein paar Kollegen und seiner Sekretärin.

„Ich brauche sofort einen Termin mit der Staatsanwältin, sagen Sie ihr, es ist extrem dringend", wies er seine Sekretärin an.

„Aber die ist außer Haus. Ich glaube, Sie hat einen Termin in der Stadt."

„Dann soll Sie den abbrechen und verschieben, das hier ist wichtiger, sagen Sie ihr das."

Die Sekretärin wirkte zwar ein bisschen verunsichert, nickte aber und lief sofort zum Telefon.

„Ich will alles über den Hintergrund von Thomas Ellington wissen. Suchen Sie mir jedes Detail raus, aber beeilen Sie sich. Wir haben nicht viel Zeit."

Ein uniformierter Kollege mit dem Namensschild *Schmidt* nickte ebenfalls und lief auch eilig davon. Peter tätigte alle Anweisungen im Laufen und hatte punktgenau mit dem letzten Wort seine Bürotür erreicht. Er trat ein und ließ die Tür einfach offen stehen.

Gerade als er eine Schublade an seinem Schreibtisch öffnete, klopfte sein Kollege Anderson, der ihm in den letzten Tagen immer geholfen hatte, an den Türrahmen. blickte ein wenig verwundert, aber auch neugierig.

„Im Stress?", fragte er und trat ein.

„Wir sind gerade in einer prekären Lage", meinte Peter, „was gibt es denn?"

„Du wolltest doch wissen, ob es Parallelfälle zu unserem gab, und da habe ich noch einmal genauer nachgeforscht."

„Und?", wollte Peter wissen.

Dan stand neben dem Schreibtisch und war ganz hibbelig. Ihm dauerte das Ganze einfach zu lange.

„Wie wir bereits gedacht hatten, gleicht dem nur ein einziger Fall, der in Ostheim."

„Und weiter?", fragte Peter ungeduldig. Man merkte auch ihm an, dass seine Nerven blank lagen und es ihm nicht schnell genug gehen konnte. Vermutlich würde er eigentlich am liebsten sofort selbst losfahren und in der Stadt nach Ellington suchen.

„Gleiches Muster wie bei uns: Eine junge Frau, erstochen mit mehreren Stichen. Die Tatwaffen sind zwar nicht identisch, aber in beiden Fällen lange Messer. Keine Vergewaltigung und kein Raub. An sich ist da nichts Verwertbares, aber…"

„Mach es bitte nicht so spannend, ich sagte doch, wir haben keine Zeit."

„Ist ja gut, also hör zu: Ich habe noch ein bisschen weiter gesucht und bin auf etwas Interessantes gestoßen. Dieser eine Koch, der hier letztens mal war und auch verhört wurde, ist vor knapp vier Monaten aus Ostheim hierher nach Valkenberg gezogen."

„Da hast du deinen Beweis!", rief Dan aus und der Polizist blickte ihn verwundert an. Man sah ihm die Frage sichtlich ins Gesicht geschrieben, aber er sagte nichts und schaute einfach wieder zum Kommissar.

Peter schüttelte jedoch wieder den Kopf.

„Er hat immer noch ein Alibi, wenn wir das kippen können, dann können wir ihn sofort in U-Haft stecken."

In diesem Moment kam die Sekretärin durch die Tür getrippelt.

„Die Frau Staatsanwältin ist informiert und auf dem Weg hierher, aber begeistert ist sie nicht. Ich soll Ihnen ausrichten, dass, wenn es nicht wirklich wichtig ist, sie Ihnen die Hölle heiß machen wird." Ohne sich weiter mit irgendwelchen Gesprächen aufzuhalten, tippelte sie wieder davon.

„Was ist das denn überhaupt für ein Alibi?", fragte Dan. „Was, wenn wir noch einmal mit der Person reden, die ihm das gegeben hat?"

„Er hat seine Großmutter in einem Altenheim besucht. Das wurde von mehreren Angestellten des Heims bestätigt", erklärte der uniformierte Polizist.

„Welches Heim war das noch mal genau?", erkundigte sich Peter und der Polizist blätterte kurz in einem Notizblock herum.

„Moment … das St. Hedwig Seniorenstift."

„Warte, wie war das?", merkte Peter plötzlich alarmiert auf.

„Das St. Hedwig Seniorenstift", wiederholte sein Kollege mit einem erneuten Blick auf die Notizen.

Ohne ein weiteres Wort zu verlieren, riss Peter dem Polizisten den Notizblock aus den Händen und ging damit zügig einige Schritte zum Schreibtisch. Entgeistert starrte er das Papier an. Anschließend schmiss er den Block auf seinen Schreibtisch und suchte fahrig nach seinen eigenen Unterlagen.

„Was ist mit dem St. Hildegard Seniorenstift? Das habe ich hier als Angabe erhalten."

Ein wenig angesäuert nahm sich der Kollege seinen Block wieder, während er antwortete: „Nein, Frau Ellington befindet sich im St. Hedwig, das habe ich erst überprüft. Aber ich glaube, dass sie vor einigen Wochen erst dorthin verlegt wurde. Ich weiß es nicht mehr sicher, aber ich denke, sie war vorher im St. Hildegard."

Peters Augen weiteten sich. Er konnte nicht fassen, was er da gerade hörte. Thomas Ellington hatte ganz sicher das St. Hildegard Seniorenstift im Süden von Valkenberg angegeben und eine erste Überprüfung hatte dabei nichts Ungewöhnliches feststellen können. Er nahm sich fest vor, denjenigen, der das zuerst überprüft hatte, das Fell über die Ohren zu ziehen. Das durfte doch wohl nicht wahr sein! Aber dass seine Großmutter mittlerweile in einem anderen Altersheim untergekommen war. Dass konnte ja bedeuten...

„Wo befindet sich das St. Hedwig?", fragte Peter mit einer dunklen Vorahnung.

Sein Kollege blickte wieder auf seine Notizen und blätterte eine Seite weiter.

„In der Turmstraße."

„Die kenne ich!", meldete sich Dan zu Wort, trat energisch an seinen Bruder heran und fasste ihn am Arm. „Peter, diese Straße ist ganz in der Nähe der Bogen-Allee, nicht weit vom Tatort!"

Peters Augen weiteten sich, doch er hatte bereits den gleichen Verdacht gehegt. Schnell wandte er sich an seinen Kollegen und wies ihn in strengem Befehlston an.

„Gebt sofort eine Fahndung nach Thomas Ellington, dem Beikoch aus dem *Stolzen Storch* raus. Er ist im höchsten Grade tatverdächtig und muss umgehend gefunden werden. Wenn die Staatsanwältin kommt, kläre sie über alles auf, wir benötigen sofort einen Durchsuchungsbeschluss, um Ellingtons Wohnung unter die Lupe zu nehmen. Ich werde mich wieder auf den Weg machen. Gib mir alles weitere übers Telefon durch und jetzt los!"

Der Polizist nickte und machte sich sofort auf den Weg.

Auch Peter pfefferte jetzt seine Unterlagen auf den Tisch und ging in Richtung Tür.

„Ich komme mit", meldete sich Dan und lief seinem Bruder hinterher.

„Natürlich", entgegnete dieser schlicht.

Peter und Dan rannten beinahe zum Auto, wobei sie einige interessierte und überraschte Blicke von den Leuten aus dem Präsidium ernteten. Menschen, die in eine Richtung rannten, waren wohl nichts Besonderes, aber dass die gleichen Leute nur wenige Minuten später wieder zurück rannten, kam anscheinend nicht so oft vor.

„Meinst du, wir werden von der Großmutter irgendetwas erfahren?", fragte Dan und seine Stimme verriet bereits seiner Unsicherheit.

„Keine Ahnung", gab Peter trocken zu, „aber ich kann nicht einfach still herumsitzen und warten, bis etwas geschieht."

Dan konnte sich ein Lächeln nicht ganz verkneifen, auch wenn es mehr grimmig als erfreut war. Er war begeistert, dass sein Bruder in dieser kritischen Lage so enthusiastisch war und zudem verspürte er irgendwie auch Stolz, dass Peter ihm ganz offensichtlich vertraute und an seine Visionen glaubte.

Das Navi lotste Peter in die Turmstraße, in der die Pflegeanstalt lag und er parkte einfach direkt vor dem Altersheim auf dem Fußweg.

„Ist das da erlaubt?", fragte Dan ein wenig amüsiert, zumindest soweit es die aktuelle Lage zuließ.

„Jetzt ist keine Zeit für Überkorrektheit", entgegnete Peter knapp.

Im St. Hedwig Seniorenstift gab es hinter der automatisch öffnenden Eingangstür einen Empfangsraum mit einer Rezeption.

Ohne große Begrüßungen zeigte Peter seinen Ausweis und verlangte nach der Heimleitung. Die stark verunsicherte

Rezeptionsdame schaute sich nicht einmal den Ausweis richtig an, bevor sie eilig davon lief.

Endlich einmal jemand, der sich dem Ernst der Lage entsprechend verhält, dachte Dan zufrieden, während er der Angestellten hinterherblickte.

Es dauerte zum Glück auch nicht lange, bis die Frau wieder zurückkam, in Begleitung einer etwas älteren Dame mit strengem Blick. Diese war schmal und hager und wirkte nicht sehr zugänglich.

„Nilson von der Kriminalpolizei Valkenberg. Wir müssen mit Frau Ellington reden und mit dem Personal, das am 9. November Herrn Ellington begegnet ist", erklärte Peter knapp und zügig.

„Da muss ich erst einmal nachsehen, wer an diesem Tag eingeteilt war. Und Frau Ellington ist auf ihrem Zimmer, jedoch ist gerade Zeit für den Mittagsschlaf, also darf sie nicht gestört werden."

Diese Frau machte auf Dan sofort einen unsympathischen Eindruck, wie sie da überlegen über ihre Brillenränder blickte. Sie schaffte es, auf die beiden herab zu blicken, obwohl sie eigentlich kleiner war als Dan.

„Hören Sie", begann Peter und bemühte sich um Höflichkeit, auch wenn er sehr gestresst und genervt war, was er auch nicht ganz verbergen konnte, „wir ermitteln in einem Mordfall und haben es darum gerade sehr, sehr eilig. Deshalb müssen wir jetzt bitte sofort mit Frau Ellington sprechen. Also können Sie nicht wenigstens kurz nachsehen, ob die Dame schläft und wenn sie sowieso wach ist, dann spricht doch sicher nichts dagegen, dass wir mit ihr sprechen, nicht wahr?"

Die Heimleiterin schürzte die Lippen. Sie schien keineswegs in Eile zu sein.

„In Ordnung, aber es ist sowieso ungewiss, ob Sie wirklich mit Frau Ellington sprechen können. Wie Sie vielleicht wissen, ist sie dement und ihre lichten Momente sind mittlerweile sehr rar geworden." Die Leiterin trug einer Angestellten auf, die Brüder zum richtigen Zimmer zu führen. Sie selbst suchte derweil die Unterlagen heraus, um das Pflegepersonal ausfindig zu machen, das am 9. November, der Mordnacht, Dienst gehabt hatte.

Die jüngere Pflegerin führte Dan und Peter einen Gang entlang und ein Stockwerk nach oben. Auf dem Weg begegneten ihnen ein paar weitere Angestellte und auch Heimbewohner. Sie hatten jedoch keine Zeit, um sich viel umzuschauen.

„Hier ist es", sagte die Pflegerin, klopfte an die Tür und öffnete, ohne auf eine Antwort zu warten.

„Vielen Dank. Falls die Pfleger vom Montag letzter Woche heute da sind, dann lassen Sie sie bitte gleich hierher kommen."

Die Frau nickte und ging den Weg wieder zurück. Ihr war der ungestörte Mittagsschlaf der Heimbewohner wohl nicht so wichtig wie der Leiterin.

Das Zimmer von Frau Ellington war sehr klein und man sah sofort, dass hier eine ältere Frau wohnte. Die Kissen und das Sofa hatten alle ein altmodisches, feines Blümchenmuster in einem Farbton, der nicht erkennen ließ, ob er von Anfang an so gewollt, oder ein Produkt jahrzehntelanger Benutzung war. Die Wände waren mit einer wirklich grauenvoll gemusterten Tapete verkleidet. Bett, Fernseher, Couch und Schränke standen alle in einem Zimmer. Neben der Eingangstür befand sich noch eine weitere Tür, die vermutlich ins Badezimmer führte. Vor dem großen Fenster an einer Seite des Raumes hingen weiße Gardinen mit merkwürdigen Zotteln dran.

Die Bewohnerin, eine alte Frau mit langen weißen Haaren, saß in einem kleinen Sessel und strickte beim Fernsehschauen, nur war der Fernseher gar nicht an. Die Haare vielen ihr über die Schultern und sie trug so etwas wie ein gestricktes Wollkleid.

Peter räusperte sich, aber die alte Frau reagierte nicht.

„Frau Ellington?", fragte er vorsichtig.

Jetzt drehte sich die Frau um und blickte die beiden an.

„Besuch?", fragte sie fröhlich, „oder habe ich schon wieder einen Termin vergessen?"

„Wir hatten keinen Termin, aber wir müssen mit Ihnen reden. Mein Name ist Peter Nilson, ich bin Hauptkommissar der Kriminalpolizei", erklärte Peter und hielt seinen Ausweis hoch. „Es geht um Ihren Enkel, Thomas Ellington."

Sie legte ihr Strickzeug beiseite und stand auf, was eine ganze Weile dauerte. Ihr Gesicht war von Falten ganz zerfurcht und Dan musste unvermittelt an eine Rosine denken.

„Was wollen Sie denn von meinem kleinen Schatz?"

„Wissen Sie, wo er sich im Moment aufhalten könnte?"

„Ich denke mal zuhause bei seiner Mutter, ein so kleines Kind läuft doch noch nicht alleine durch die Gegend", erklärte sie in einem Tonfall, als hätte sie auch zwei kleine Kinder vor sich.

Dan und Peter tauschten einen irritierten Blick.

„Frau Ellington, ihr Enkel Thomas ist bereits 31 Jahre alt."

Die Frau lachte hell auf.

„Nein nein, mein Lieber. Ich erinnere mich noch so genau. Thomas ist doch erst vor drei Jahren geboren worden." Sie kicherte immer noch als hätte sie kaum je so einen guten Witz gehört.

Das könnte kompliziert werden, dachte sich Dan. Er befürchtete schon, dass sie hier nur Zeit verschwenden würden. Traurig, was das Alter einem Menschen antun konnte. Er musste jedoch auch unwillkürlich an die Medikamente denken, die er so lange genommen hatte und wie sein Leben bis vor zwei Wochen gewesen war. Gerade sein Gedächtnis machte ihm manchmal immer noch zu schaffen. Er schluckte beklemmt.

„Wie ist er denn so, ihr Enkel?", fragte Dan mit ruhiger Stimme nach. Er wollte versuchen, das Gedächtnis dieser alten Frau ein wenig zu überlisten. Vielleicht konnte sie sich ja erinnern, wenn sie eine Weile über ihn sprach. Außerdem hatten sie jetzt eh noch kurz Zeit, bis die Angestellten kamen, die Peter noch befragen wollte.

„Ach, er ist so ein liebes Kind", erzählte die alte Frau und setzte sich wieder in ihren Sessel. Sie klang sehr froh, dass jemand mit ihr darüber sprach.

„Aber er ist so schüchtern. Ein ganz ruhiges und ängstliches Kind, wie ein kleines Lamm."

„Und hatte er schon mal eine Freundin?", fragte Peter in gemütlichem Plauderton weiter.

Wie soll ein Dreijähriger denn eine Freundin haben, fragte sich Dan, immerhin hielt Frau Ellington ihren Enkel doch noch für ein kleines Kind.

„Nein, leider immer noch nicht. Ich frage ihn auch schon immer, wenn er mich besuchen kommt, aber nie kommt etwas dabei heraus. Und das in seinem Alter ...", sie schüttelte traurig den Kopf.

Das verwirrte Dan jetzt noch mehr. Er hatte vorher noch nie mit einem Demenzkranken gesprochen und wusste gar nicht genau, was das mit einem Gehirn überhaupt anstellte.

„Kommt er Sie oft hier besuchen?", fragte Peter vorsichtig beim Versuch, das Gespräch am Laufen zu halten.

„Ja, sehr oft. Mindestens dreimal die Woche. Leider bleibt er meistens nicht so lange. Es muss auch langweilig sein, mit so einer alten Frau und hier können wir ja gar nichts mehr unternehmen. Früher sind wir wenigstens noch spazieren gegangen, als ich noch in meinem eigenen Haus gewohnt habe. Aber das geht jetzt ja leider nicht mehr."

„Wo sind Sie denn immer spazieren gegangen?", wollte Dan wissen.

Die Frau wandte sich von Peter zu ihm um und musterte ihn scharf.

„Kennen wir uns? Wie sind Sie in meine Wohnung gekommen?"

Dan blinzelte überrascht. Hatte sie ihn bis jetzt noch gar nicht bemerkt? Aber sie hatte doch bereits mit ihm gesprochen. Konnte man so schnell etwas vergessen? Er war mit der Situation und dem Umgang mit ihr echt überfordert.

„Ich bin mit meinem Bruder gekommen, gerade eben. Von der Polizei", versuchte er ein wenig unsicher zu erklären.

„Polizei? Ist denn etwas passiert?", fragte Frau Ellington erschrocken. Sie wirkte wirklich tiefst schockiert.

Dan wandte sich hilflos seinem Bruder zu. Wie sollte man denn so mit einer Person reden? Und konnten sie Informationen von ihr überhaupt für bare Münze nehmen?

Peter ging zu dem Sessel, in dem Frau Ellington saß und kniete sich daneben hin.

„Frau Ellington?"

„Hm?", sie wandte sich wieder dem Kommissar zu.

„Wo sind Sie mit Ihrem Enkel immer spazieren gegangen?"

„Na, an dem See neben meinem Haus natürlich. Sie fragen ja vielleicht Sachen", kicherte sie.

„Sie meinen den Kronensee?", vermutete Peter mit ruhiger Stimme, denn das war der See, bei dem auch das Restaurant *Zum Stolzen Storch* lag.

Frau Ellington nickte.

Es klopfte.

„Herein", rief die alte Frau, obwohl die zwei Neuankömmlinge in der offenen Tür standen und gut zu sehen waren. Es waren ein Mann und eine Frau mittleren Alters in Uniformen der Pflegekräfte.

„Sie wollten mit uns sprechen?", fragte der Mann.

„Ja", meinte Peter, „einen Moment. Wir sprechen gleich auf dem Gang." Dann wandte er sich noch einmal der alten Frau auf dem Sessel zu und beugte sich zu ihr hinab.

„Wenn Ihr Enkel in Schwierigkeiten steckt, würde er es Ihnen sagen?"

„Meistens schon, ja", bestätigte Frau Ellington nickend, „wir sprechen über viele Dinge."

Peter stand wieder auf.

„Eine letzte Frage noch: Wann denken Sie, kommt Ihr Enkel das nächste Mal?"

„Das weiß ich nicht so genau, er kommt immer ein bisschen unterschiedlich. So alle zwei oder drei Tage, je nachdem wie er arbeiten muss."

Peter wollte sich gerade verabschieden und der Tür zuwenden, als Frau Ellington lächelnd noch etwas hinzufügte: „Aber so bald wird er bestimmt nicht kommen, er war ja heute erst hier."

„Wann?!", fragte Peter schnell. Damit hatte er nicht gerechnet. Die Zeit war begrenzt, wenn man überlegte, dass Thomas Ellington bis mittags noch im Restaurant gewesen war.

„Vor drei Stunden vielleicht. Ich weiß es nicht sicher, wie viel Uhr haben wir?"

Peter zeigte ihr noch die Uhr und verabschiedete sich. Dann trat er zu den beiden Pflegern auf den Gang.

„Sie beide wurden ja bereits einmal zu Thomas Ellington befragt und gaben an, dass er am Montag, den 9. November gegen Abend bei seiner Großmutter zu Besuch war, ist das korrekt?", wiederholte Peter knapp und die beiden Angestellten nickten.

„Können Sie bestätigen, dass er die ganze Zeit über hier war und das Gebäude nicht verlassen hat?"

„Wie genau meinen Sie das?", erkundigte sich die Frau stirnrunzelnd.

„Hat er vielleicht das Heim zwischendrin verlassen oder haben Sie ihn praktisch alle fünf Minuten immer wieder gesehen?"

Sie überlegten und diesmal antwortete der Mann.

„Also rund um die Uhr waren wir jetzt nicht hier. Wir haben mehrere Patienten zu betreuen und nicht nur auf diesem Gang hier. Deshalb wäre es theoretisch schon möglich, dass er zwischendrin gegangen und wieder gekommen ist, aber wieso sollte er das?"

Peter ignorierte einfach die Frage und hakte weiter nach: „Haben Sie mitbekommen, dass Herr Ellington vorhin hier gewesen ist?"

Beide schüttelten den Kopf.

Peter biss sich auf die Lippe. War diese Aussage von Frau Ellington überhaupt glaubwürdig? Oder hatte da wieder die Demenz aus ihr gesprochen?

„Wissen Sie, wie lange genau Herr Ellington am 9. November hier war und versuchen Sie sich bitte so genau wie möglich zu erinnern. Ist Ihnen dabei aufgefallen, dass irgendetwas ungewöhnlich an ihm war? Vor allem als er gegangen ist. Ich weiß, dass Sie schon einmal befragt wurden, aber es ist wirklich wichtig, also denken sie bitte noch einmal genau nach."

Wieder überlegten die beiden ein paar Augenblicke.

Dan trat währenddessen von einem Fuß auf den anderen. Er konnte einfach nicht mehr still warten, er wollte so schnell wie möglich irgendetwas unternehmen, irgendetwas Produktives.

„Eigentlich nichts", meinte der Mann und blickte seine Kollegin an.

„Ja, nur…", begann diese, verstummte wieder und schüttelte den Kopf.

„Was denn?", fragte Peter schnell nach.

„Nichts Ungewöhnliches, ich hatte mich da nur gewundert, weil Herr Ellington viel länger bei seiner Großmutter war als sonst. An die zwei Stunden, aber vielleicht hatten sie sich einfach viel zu erzählen."

Peter stellte noch ein oder zwei Fragen, aber das ergab auch nichts anderes als das, was bereits im Protokoll stand.

Nur wenige Minuten später liefen Dan und Peter wieder zügig zum Auto zurück.

Langsam ergab sich für Peter ein Bild. Ellington hatte scheinbar den Namen und die Adresse des alten Seniorenstiftes seiner Großmutter angegeben, bei der Polizei aber die Telefonnummer des neuen Altenheims hinterlegt. So ist bei einer Abfrage erst nicht aufgefallen, dass er sich während seines Alibis in unmittelbarer Nähe zum Tatort aufgehalten hatte. Peter spürte, wie der Zorn in ihm hochkochte. Das durfte ja nicht wahr sein. Wie konnte ihnen das nur entgangen sein? Er versprach, wenn er die Zuständigen dafür erwischte...

„Wo fahren wir jetzt hin?", wollte Dan wissen, während er sich anschnallte.

„Jetzt geht es schon mal zur Wohnung von Thomas Ellington", erwiderte Peter und startete den Motor

„Ich dachte, du brauchst dafür erst einen Durchsuchungsbeschluss?"

„Ja schon, aber der sollte bald kommen. Wir sparen uns Zeit, wenn wir uns gleich auf den Weg machen." Peter drückte auf ein paar Knöpfe und wählte über das Auto sein Handy an, während los brauste.

„Du bist dir deiner Sache ja ganz schön sicher."

Peter grinste seinen Bruder von der Seite her an. Es war jedoch ein sehr grimmiger Ausdruck und zeigte keine Spur von Freude.

„Ich kenne die Staatsanwältin schon ziemlich lange und weiß, wie sie tickt. Ja, Nilson hier, ich brauche die Adresse von Thomas Ellington", meldete sich Peter, als sein Anruf angenommen wurde.

Eine Dan unbekannte Stimme gab nach wenige Augenblicken eine Adresse durch und legte dann wieder auf. Peter wies Dan an, die Daten in sein Navi einzugeben, während er auf die Hauptstraße einbog. Sie fuhren keine zehn Minuten, als das Telefon klingelte, also eigentlich klingelte das Auto. Dan bekam einen kleinen Schreck, als das Geräusch ertönte, aber Peter drückte einfach einen Knopf und betätigte damit die Freisprechanlage. Das war Dan nicht gewohnt, denn er fuhr selten in Autos mit und hatte gar nicht auf dem Schirm gehabt, dass man mit ihnen telefonieren konnte. Diese Technik heutzutage.

„Nilson?", meldete sich Peter, nachdem er auf den Knopf mit dem grünen Telefonhörer gedrückt und das Telefonat angenommen hatte.

Eine helle Frauenstimme antwortete ohne irgendeine Begrüßung oder Vorstellung.

„Peter, sagen Sie mir mal, was ich davon halten soll. Erst bestellen Sie mich her, wobei ich für Sie ein extrem wichtiges Gespräch mit einem Richter verschieben musste und dann sind Sie nicht einmal da." Die Stimme klang vorwurfsvoll, aber nicht ernsthaft wütend, soweit man das über das Telefon beurteilen konnte.

„Ich habe dir doch meinen Kollegen da gelassen, um dich über alles zu informieren. Du weißt Bescheid?"

Man konnte ein langgezogenes Ausatmen vernehmen.

„Und du bist dir auch wirklich sicher, dass der Tatverdächtige schuldig ist?"

Dan fiel auf, dass die beiden sich plötzlich duzten. Hatte sie ihn nicht am Anfang noch gesiezt oder hatte er sich da verhört?

„Du weißt, wenn ein Durchsuchungsbeschluss missbraucht oder fehlerhaft ausgesprochen wird, obwohl es keinen stichfesten Beweis gibt, dann hat das weitreichende Konsequenzen. Ich tue dir wirklich gerne einen Gefallen, aber meinen Job will ich nicht riskieren. Aber wenn du dir sicher bist, vertraue ich auf dein Urteil."

„Ich bin mir sehr sicher", bestätigte Peter nach einem schnellen Blick auf Dan.

Die Frau am anderen Ende der Leitung seufzte erneut hörbar.

„Also schön", gab sie schließlich nach, „ich schicke dir gleich jemanden mit dem Beschluss vorbei. Wo genau bist du?"

„Schick sie gleich zur Wohnung von Herrn Ellington, die Adresse hat meine Sekräterin, und sie sollen sich beeilen. Sag den Kollegen, dass sie gleich eine Großfahndung einleiten sollen."

„Gib mir keine Befehle", beschwerte sich die Frau, aber es klang nur ein wenig schnippisch anstatt wirklich genervt. „Viel Glück", wünschte sie dem Kommissar noch und legte auf.

Während sie vor Ellingtons Wohnung auf die Verstärkung vom Präsidium mit dem Durchsuchungsbeschluss warteten, stand Peter neben seinem Auto. Er hatte eine Hand auf das Dach seines Wagens gelegt und trommelte nervös mit den Fingern auf das Blech. Dabei blickte er sich aufmerksam um, falls Ellington ihnen auf dem Weg von oder zu seiner Wohnung begegnen sollte.

Dan, der genauso unruhig war, ging neben seinem Bruder zügig auf und ab.

Es dauerte noch eine knappe Viertelstunde bis die weiteren Polizisten eintrafen. Mit einer knappen Begrüßung überreichten sie Peter ein Schriftstück. Er überflog den Durchsuchungsbeschluss schnell, nickte und wandte sich dem Haus

zu. Dan und die Kollegen im Schlepptau, gingen sie in Zwei-
erreihen zur Eingangstür.

Thomas Ellington wohnte im zweiten Stock eines typischen Mehrfamilienhauses, das sechs Stockwerke umfasste.
Weiße Wände, grüne Fensterrahmen und eine ganze Reihe
von Briefkästen und Namenschildern waren neben der Tür
angebracht.

Peter drückte auf die Klingel mit der Aufschrift Ellington,
doch wie erwartet rührte sich nichts. Also klingelte er bei
einem anderen Namen.

Eine heisere Stimme meldete sich aus der Sprechanlage
und Peter erklärte, dass er ins Haus müsse. Mit einem lauten
Brrrt ging die Tür auf und die kleine Gruppe stürmte das
Treppenhaus nach oben.

Der Vermieter war so kurzfristig nicht zu erreichen gewesen, weshalb sie die Tür aufbrechen mussten, erklärte einer
der Kollegen vom Präsidium.

Peter hatte bereits klargestellt, dass er selbst die Verant-
wortung für die gesamte Aktion tragen würde, falls Ellington
wider Erwarten nicht der Mörder sein sollte.

Dan bemerkte, dass die Polizisten nicht die klassische Uniform trugen, sondern schusssichere Westen unter den Hem-
den hatten. Die waren scheinbar schon auf Gröberes eingestellt, dachte sich Dan und musterte unwohl seine und Peters
normale, durchschussfähige Kleidung. Er schluckte schwer
und hielt sich etwas mehr im Hintergrund.

Tür aufbrechen war gut gesagt, sie hatten einen kleinen,
elektrischen Dietrich dabei, mit dem sie das Schloss knackten

und die Tür einfach öffnen konnten. Die Polizisten mit den Westen bildeten die Vorhut, doch Peter schritt direkt nach ihnen unerschrocken durch die Tür.

Dan folgte ein bisschen zögerlicher.

Die kleine Mehrzimmerwohnung war sehr spartanisch eingerichtet. Außer den notwendigen Gegenständen wie Tisch, Lampen, Couch und Fernseher gab es fast keine Dekoration. Eine einzige Pflanze stand verlassen und ziemlich vertrocknet unter einem Fenster und ein Bild von Ellingtons Großmutter hing an der Wand im Flur.

Die Atmosphäre der leeren Wohnung bedrückte Dan irgendwie, obwohl er nun auch nicht gerade der Typ war, der sich bei Ikea Duftkerzen aussuchen würde. Aber die Luft war so muffig und fühlte sich irgendwie schwer an.

Die Polizisten sicherten schnell alle Räume und stellten sich dann an den jeweiligen Türen auf.

„Hier ist etwas!", rief einer von ihnen und wies in ein kleines Zimmer, das wohl als eine Abstellkammer gedacht war. Da es hier keine Fenster gab, betätigte Peter beim Betreten den Lichtschalter und blieb erschrocken stehen.

Dan streckte sich ein wenig und blickte über die Schulter seines Bruders in den Raum.

Das Zimmer war sehr klein und eigentlich unmöbliert, in der Mitte stand nur ein niedriger Hocker. Die Wände jedoch waren über und über mit Fotos tapeziert. Diese Fülle von Bildern erschlug einen fast, so dass Dan einige Momente brauchte, bis er auf den Fotos überhaupt mehr erkennen konnte als nur durcheinander gewürfelte Farben.

„Oh mein Gott", entfuhr es Peter und er trat noch einen Schritt in den Raum hinein, wodurch er Dan die Tür frei machte.

Zögernd und schockiert folgte Dan seinem Bruder.

Zwei der Polizisten lugten ebenfalls neugierig hinein.

„Was ist das denn?", fragte Dan, aber bevor sein Bruder ihm antworten konnte, erkannte er es selber. Besser gesagt, er erkannte sie. Die Frau mit den dunkelblonden Haaren und den blaugrünen Augen. Vom Aussehen her würde man sie auf Anfang oder Mitte dreißig schätzen.

Dan hatte sie nicht sofort erkannt, denn er hatte ihr Gesicht nur stark verzerrt und voller Angst oder als blasse Leiche gesehen. Hier schaute sie ganz normal. Auf einem Foto daneben gab sie gerade mit strenger Miene irgendwelche Anweisungen im Restaurant und auf einem nächsten weiter oben lächelte sie sogar sanft. Dieses lächelnde Bild war knapp unter Dans Augenhöhe und alle anderen Bilder hielten einen gewissen Abstand zu diesem. Gerade so als ob es absichtlich separiert und hervorgehoben werden sollte. Wie ein Ehrenplatz.

Dan wurde schlecht.

„Das ist…"

„Elisabeth Richard. Das Mordopfer", beendete Peter den Satz seines Bruders mit belegter Stimme.

Geschockt und auf eine gewisse Weise auch angeekelt drehte sich Dan ganz langsam im Kreis und betrachtete die Flut aus Bildern. Sogar direkt neben und oberhalb der Tür waren noch welche angebracht. Sie zeigten das Restaurant und ein schönes, großes Haus von weitem. Wie viele Fotos hatte dieser Wahnsinnige denn gemacht?

Es war noch eine weitere Frau zu sehen, die auf knapp der Hälfte aller Bilder war. Sie hatte gewellte, braune Haare und große, sanfte Augen, die hinter ovalen Brillengläsern hervorspähten. Auch von ihr waren die unterschiedlichsten Bilder da. Auf manchen las sie und auf anderen schnitt sie im Garten die Blumen. Ein weiteres Foto zeigte, wie sie gerade Fahrrad fuhr und auf einigen schenkte sie lachend an einer Bar Getränke aus.

„Wie krank kann man sein?", fragte Dan mit leiser Stimme immer noch entsetzt und schaute seinen Bruder an, froh, dabei die Bilder nur undeutlich am Rande seines Sichtfeldes wahrzunehmen. Er wollte eigentlich gar nichts mehr davon sehen und wünschte sich schon fast, dass er diesen Raum niemals betreten hätte.

„Was hat das nur alles zu bedeuten?"

Peter zupfte ein Foto der braunhaarigen Frau von der Wand und musterte es mit finsterer Miene ganz genau. Es zeigte sie, während sie auf einem Balkon ein Buch las.

„Ich habe bis jetzt kein Foto gesehen, aber ich möchte wetten…"

Der Rest ging wohl in den Gedanken des Kommissars unter. Erst auf Nachfrage erklärte er seinem Bruder, woran er gerade gedacht hatte.

„Vor ungefähr neun Monaten ist doch in Ostheim, in der Stadt, in der Ellington zuvor gewohnt hat, auch eine junge Frau ermordet worden. Aber was muss ich dir das erklären, du warst ja da, als ich die Neuigkeit erfahren habe. Ich vermute, das ist sie."

Dan nickte mechanisch. Ja, vorhin war er mit im Büro gewesen. Sie hatten bei Ellington wirklich Recht gehabt.

„So einen Irren können wir nicht mehr länger rumlaufen lassen", sagte Peter entschieden.

„Nein...", stimmte ihm Dan mit ausdrucksloser Stimme zu und ging mit bestimmten Schritten an Peter vorbei weiter in den Raum. Sein Bruder folgte mit gerunzelter Stirn der Bewegung von Dan. Dieser griff an eine Seite die im Vergleich zu den anderen Wänden noch relativ frei war und zog mit einem Ruck ein Foto von der Wand.

„Das können wir nicht", erklärte er weiter und starrte einen Moment entgeistert auf das Bild. Dann zeigte er es seinem Bruder.

Es war ein Foto, auf dem eine junge Kellnerin gut gelaunt mit ein paar Gästen scherzte.

Es war Betty.

11. Kapitel

Die Streifenwagen preschten die Straßen entlang und ließen das Wasser der vergangenen Nacht aus den Schlaglöchern aufspritzen. Selbst im Wageninneren dröhnte die Sirene auf dem Dach mit der Zeit in den Ohren. Sie waren im Eiltempo auf dem Weg zum *Stolzen Storch*. Steinchen wurden in die Luft geschleudert, als die Polizeiautos die Auffahrt zum Restaurant hochrasten und auf dem Parkplatz zum Stehen kamen.

Sobald der Motor verstummt war, sprang Peter aus seinem Wagen und rannte ins Gebäude. Dan lief ihm mit einem unguten Gefühl hinterher. Bevor sie von Ellingtons Wohnung losgefahren waren, hatte Peter sich seine Waffe umgeschnallt und das Jackett konnte sie nicht ganz verbergen. Ein Schaudern überkam Dan jedes Mal, wenn er auf die eckig ausgebeulte Stelle blickte.

Sie stießen die Tür zum Speisesaal auf und es war ein spitzer Schrei eines weiblichen Gastes zu hören. Die Übrigen blickten das Polizeiaufgebot nur mit großen Augen an. Nach zwei Wimpernschlägen tuschelten die Gäste dann auf einmal los, so als hätte jemand einen Schalter umgelegt.

„Ist Betty Hagen hier?!", fragte Peter eine Kellnerin sehr laut.

Die war so erschrocken, dass sich zwar ihr Mund öffnete, aber noch keine Antwort heraus kam.

„Ich bin hier", meldete sich Betty selber, die gerade aus der Küche kam, „was ist denn los?" Sie machte eine überraschte und nervöse Miene, schien jedoch auch relativ gefasst.

Gott sei Dank, atmete Dan auf und ein gewaltiger Stein fiel ihm vom Herzen. Er hatte schon das Schlimmste befürchtet.

„Ist alles in Ordnung?", fragte er und stürmte gemeinsam mit seinem Bruder auf sie zu.

„Haben Sie Thomas Ellington gesehen?", fragte Peter gleichzeitig.

Betty blickte erst einmal besorgt von einem Bruder zum anderen. Dann erblickte sie die weiteren Polizisten, die sich noch im Gang tummelten und ihre Augen wurden noch größer.

„Was ist denn hier los?", wiederholte sie.

„Haben Sie Ellington gesehen?", fragte Peter erneut, nun eindringlicher.

„Nein, ich meine doch", stammelte sie und blickte immer verwirrter drein. Bevor Betty sich sammeln und weitersprechen konnte, kam einer der Polizisten auf Peter zu.

„Sein Roller steht vor der Tür. Er muss vor kurzem noch hier gewesen sein."

„Natürlich war er hier", warf Betty ein und zog damit die Blicke auf sich.

„Er ist vor vielleicht zehn oder maximal zwanzig Minuten hier angekommen."

„Hat er mit Ihnen gesprochen?", wollte Peter überrascht wissen und sie nickte.

„Was hat er gesagt?", erkundigte sich jetzt Dan. Er malte sich schon aus, was für Ekelerregendes dieser Psychopath gesagt haben könnte und erschauderte.

„Eigentlich nichts Besonders. Er meinte, dass er mir mal sagen wollte, wie gerne er hier arbeitet und dass er die Menschen hier sehr mag. Dann wollte er noch spazieren gehen und das war es eigentlich schon."

„Am See!", rief Peter und wies damit gleichzeitig seine Leute an. Zwei Polizisten hielt er zurück und beorderte sie als Personenschutz für Betty. Er schärfte ihnen ein, dass Betty Hagen das Restaurant nicht verlassen durfte. Die übrigen Beamten rannten wieder hinaus.

Dan wollte gerade hinterher, da packte Betty ihn am Ärmel und hielt ihn zurück.

„Jetzt musst du mir aber endlich sagen, was hier los ist", forderte sie und funkelte ihn an.

Gott, er war so froh, dass ihr nichts passiert war.

„Ich erzähle dir später alles, versprochen. Aber jetzt muss ich da hinterher." Er löste ihre Hand von seinem Arm, wollte loslaufen und besann sich noch mal. Er nahm sie sanft an den Schultern und schaute ihr eindringlich in die Augen.

„Verlass das Restaurant nicht, bis wir wieder zurück sind."

Ihr Blick schwankte in Unsicherheit.

Dan wollte ihr keine Angst einflößen, aber er machte sich auch Sorgen. Noch war die Gefahr für sie nicht gebannt.

„Es ist wirklich wichtig. Ich bitte dich", sagte er erneut und mit Nachdruck in der Stimme.

Sie musterte in noch einmal kritisch, bevor sie antwortete.

„Aber nur, wenn du mir danach wirklich alles erzählst."

„Das verspreche ich", entgegnete Dan und war im nächsten Augenblick auch schon zur Tür hinaus. Im Restaurant hinterließ er eine verwirrt und besorgt dreinschauende Betty, umgeben von einem Haufen tuschelnder High-Society-Gäste.

Als Dan die Kiesfläche vor dem Restaurant erreichte, waren die Polizisten schon außer Sicht, aber sein Bruder wartete noch unten am Uferweg auf ihn.

„Komm schon!", rief dieser ihm entgegen und eilte bereits davon. Dan sprintete hinterher. Nachdem er seinen Bruder eingeholt hatte, konnte er sein Tempo etwas drosseln, sodass beide nun in zügigem Laufschritt den See umrundeten.

„Mach dir keine Sorgen um sie, ich habe ein paar Männer beim Restaurant gelassen", beruhigte Peter seinen Bruder. „Weitere Verstärkung ist ebenfalls bereits angefordert. Von den Leuten, die mit uns zum See gegangen sind, habe ich die Hälfte in diese und die andere Hälfte in die andere Richtung den See entlang geschickt", teilte Peter nebenbei seinem Bruder mit. „Pass gut auf", fügte er dann noch hinzu.

Dan nickte ernst. Er wusste, dass es furchtbar leichtsinnig war, ohne Ausrüstung oder irgendwelche Erfahrung einem psychopathischen Mörder hinterher zu jagen. Aber er fühlte sich mit diesem Fall so verbunden. Nicht nur durch die Vision der Erinnerung, die er gehabt hatte, sondern jetzt erst recht durch den Fund von Bettys Foto. Es war schon schlimm genug, einer fremden Frau beim Sterben zusehen zu müssen, aber er würde es nicht zulassen, dass jemand seinen Bekannten etwas antat. Dan bemerkte gar nicht, wie er sein Tempo immer weiter steigerte, während er darüber nachdachte.

„Hey", meinte Peter nach einer Weile, „renn doch nicht so."

Dan war vollkommen überrascht, als er seinen Bruder ein ganzes Stück hinter sich erblickte.

„Ich dachte, wir haben es eilig."

„Es bringt aber auch niemandem etwas, wenn wir den Mörder erreichen und er uns davonläuft, weil wir uns vorher so ausgepowert haben. Oder wenn wir etwas übersehen, weil wir einfach vorbei laufen", mahnte der Kommissar.

Höchst widerwillig ließ Dan sich zurückfallen und sein Bruder schloss wieder auf.

„Wir brauchen unsere Energie noch, glaub mir."

Dans Antwort bestand größtenteils aus einem unverständlichen Brummeln. Er hielt zu beiden Seiten Ausschau nach Verdächtigem, doch er konnte nicht mehr als Gestrüpp erkennen. Dort konnte man sich kaum noch verstecken, da die meisten Bäume bereits ihre Blätter verloren hatten und man problemlos hindurchschauen konnte.

„Warte mal", meinte Peter plötzlich und blieb schlagartig stehen.

Dan, der bereits ein Stück weitergelaufen war, stoppte und drehte wieder um, zurück zu seinem Bruder.

Der nickte zu einem schmalen Weg, der eine kleine Böschung hinaufführte. Ganz oben waren hinter einer Baumreihe noch die Fenster und das Dach eines großen Hauses zu sehen.

Auf gut Glück schlugen sie den neuen Weg ein. Hier kamen sie erheblich langsamer voran, weil der Pfad steil anstieg und dicht bewachsen war. Es schien schon lange niemand mehr hier gegangen zu sein, zumindest nicht regelmäßig. Immer wieder blieben sie mit Ärmeln oder Hosenbeinen an Ästen hängen.

Das Haus am Ende des schmalen Pfades war ein großes Anwesen mit perfektem Blick auf den See. Drei Stockwerke mit großen Fenstern und einem langen Balkon in der Mitte erstreckten sich in die Höhe. Es sah jedoch verlassen und recht verwahrlost aus. Die Büsche um die Wände blockierten einige Fenster und der Lack blätterte überall von den Fensterrahmen ab.

„Meinst du, er könnte sich hier verstecken?", fragte Dan und musterte das alte Gebäude unsicher.

„Unwahrscheinlich. Warum sollte er hierherkommen, sich bei den Leuten im Restaurant bemerkbar machen und sich dann in der unmittelbaren Umgebung verstecken? Ich glaube nicht, dass er so leichtsinnig ist." Peter ging näher hin und versuchte, durch eines der Fenster zu schauen.

„Siehst du etwas?", fragte Dan. Er hielt sich erst einmal noch im Hintergrund, man konnte ja nie wissen. So gerne er Betty auch vor einem Mörder bewahren wollte, seine eigene Haut war ihm doch auch ganz lieb.

„Dunkel und überall Staub." Peter trat wieder einen Schritt zurück und schnippte sich eine Spinne vom Ärmel.

„Was meinst du, wem hat das einmal gehört?", fragte Dan und stellte sich vor, wie eine Adelsfamilie darin gewohnt hatte. Obwohl es sicher noch nicht so lange verlassen war. Höchstens zwanzig Jahre, schätzte er.

„Ich habe da so eine Vermutung", erwiderte Peter, als er wieder zu Dan zurück ging. Nach zwei Metern stolperte er und fiel beinahe hin.

„Achtung!", mahnte Dan.

Peter schob mit dem Schuh ein paar Brombeerranken zur Seite und legte einen uralten Briefkasten aus Metall frei, über den er gestolpert war. Er ging in die Hocke und rubbelte mit dem Finger über das Namensschild, das vor lauter Dreck nicht mehr richtig zu lesen war.

„E…Eli", las Peter angestrengt vor, „Ellington! Habe ich es mir doch gedacht, das hier war tatsächlich das Haus von Thomas Ellingtons Großmutter! Das ist das Haus von dem Bild aus dem Altenheim!"

„Das kann doch auch kein Zufall sein", meinte Dan und blickte grimmig zu den Fenstern hoch. „Von da oben hat man sicher einen guten Ausblick." Er sah sich kurz um und entdeckte dann einen passenden Baum.

„Was wird das denn jetzt?", fragte Peter, als sein Bruder begann, am Baum empor zu klettern.

„Ich will mir einen besseren Überblick verschaffen. Von dem Balkon aus sieht man doch sicher über den ganzen See", antwortete Dan angestrengt. Er sagte das immer mit kleinen Pausen, da er nicht sprechen konnte, wenn er sich einen Ast weiter hochzog.

„Wir haben jetzt eigentlich keine Zeit zum Spielen", meckerte Peter, aber so halblaut, dass Dan getrost so tun konnte, als habe er es nicht gehört. Der Baum war perfekt zum Klettern, selbst für jemanden, der so ungeübt war wie Dan. Die Äste wuchsen in angenehmen Abständen um den Stamm, sodass er immer genug Halt fand.

Auf der Höhe des Balkons angekommen, hielt Dan an. Hätte er die Hand ausgestreckt, hätte er das Geländer problemlos erreichen können. Er spürte den Puls in seinem Kopf pochen und das nicht nur vor Anstrengung, er war mittlerweile auch ziemlich hoch oben. Und schon rächte sich diese Aktion in Kombination mit Dans Ungeübtheit. Er versuchte sich so umzusetzen, dass er sich anschließend mit einem Bein zum Geländer des Balkons rüber schwingen konnte. Einen kurzen Moment lang war er jedoch unaufmerksam und schon rutschte er aus.

Dan merkte, wie sein Fuß den Halt verlor, woraufhin Hände und der andere Fuß fröhlich folgten. Er fühlte, wie sein Herz noch schneller als sein übriger Körper zu Boden fiel, hörte schon einen Schrei von Peter, da konnte er sich im letzten Moment noch festhalten. Wie an einen Schatz klammerte er sich an den Stamm und das Adrenalin schoss durch seine Adern. Das war ein ungewohntes Gefühl, auf das er in Zukunft gerne verzichten konnte.

Doch in dem Moment, in dem er den Halt verloren hatte und wieder herum gewirbelt war, war sein Blick sehr schnell über das Seeufer gewandert. Er brauchte einen Augenblick, bis er realisierte, was er dort am See gesehen hatte. Der

Schock lähmte sein Gehirn für einen Moment, doch dann wurde es im plötzlich bewusst.

„Da hinten!", rief er schnell zu seinem Bruder hinunter, versuchte aber gleichzeitig, nicht allzu laut zu schreien. Hektisch suchten seine Füße den Weg nach unten. Das stellte sich als viel schwieriger heraus als rauf, da er nur schlecht gleichzeitig klettern und nach unten blicken konnte. Den letzten Meter sprang er herab und seine Beine gaben auf dem weichen Moosboden ein wenig nach, sodass er taumelte.

„Was sollte denn diese Aktion?", fragte Peter vorwurfsvoll, während Dan sein Gleichgewicht wieder fand. Mann, für einen Moment hatte er echt geglaubt, dass sein Bruder abstürzen und sich etwas brechen würde.

„Da hinten!", wiederholte Dan aufgeregt und stürmte schon fast durch die Büsche davon. Dann erinnerte er sich an den Pfad, den sie gekommen waren und steuerte seinen Kurs dementsprechend um.

„Was ist denn los?", erkundigte sich Peter noch einmal und lief seinem Bruder hinterher. Dabei mussten sie ganz schön aufpassen, dass sie nicht über Wurzeln oder herumliegende Äste stolperten.

„Da war er! Ich habe Ellington gesehen!"

Jetzt beschleunigte auch Peter sein Tempo und schloss zu seinem Bruder auf.

„Was, wo?!"

„Bei der Staustufe!"

Sie bogen in einer engen Kurve auf den Uferweg ein und rannten den See entlang in Richtung der Staustufe.

„Warte mal", sagte Peter und packte seinen Bruder am Arm.

Dan riss es fast von den Füßen, weil er auf diesen abrupten Halt nicht vorbereitet war.

„Was denn?!", beschwerte er sich und riss sich los. „Ich dachte, du willst den Mörder fassen. Schnell, bevor er wieder abhauen kann." Er wollte gleich wieder losrennen, doch Peter schüttelte den Kopf und antwortete in normaler Lautstärke.

„Natürlich will ich nicht, dass er entkommen kann. Genau deshalb sollten wir nicht einfach kopflos voranstürmen. Ich habe eine Idee, wie wir ihm den Weg abschneiden können, aber…" Peter biss sich kurz auf die Lippe und musste sich anscheinend zum Folgenden erst durchringen.

„Von den anderen Polizisten hast du da keinen in der Nähe gesehen, oder?", fragte er noch einmal schnell nach und es klang hoffnungsvoll. Dan schüttelte den Kopf und Peter seufzte. Das hatte er befürchtet.

„Ich brauche deine Hilfe dafür", rang er sich dann schließlich durch.

Dan machte große Augen.

„Ich tu das wirklich nicht gerne", erklärte der Kommissar schnell, „aber wir haben gerade keine andere Wahl. Glaub mir, am liebsten würde ich dich nachhause schicken. Natürlich nur, damit du in Sicherheit bist", fügte er beim Anblick von Dans empörter Miene hinzu. Das half ein bisschen zur Beschwichtigung, aber ein Restzweifel blieb dennoch.

Trotzdem wartete Dan geduldig und fragte: „Also, was ist dein Plan?"

„Wenn ich mich richtig erinnere, dann ist an der Staustufe das kleine Gatter mit der Brücke. Wenn wir ihn zur Rede stellen, wird Ellington vermutlich versuchen, zu fliehen. Ich glaube nicht, dass er sich einfach verhaften lässt und ich möchte nicht auf ihn schießen müssen, weil er abhaut."

Dan erschauderte. Er wusste nicht, was ihn mehr erschreckte, dass sein Bruder darüber sprach, auf jemanden zu schießen oder dass er dabei so ruhig bleiben konnte, so abgeklärt.

„Das heißt, wir müssen ihn in die Zange nehmen. Wenn er flieht, wird sich seine Aggression sehr wahrscheinlich hauptsächlich auf den richten, der ihm den Fluchtweg abschneidet. Deswegen werde ich das übernehmen. Aber du musst mir Zeit verschaffen, damit ich auf die andere Seite komme und er nicht flieht."

Schnell und fast flüsternd klärte Peter seinen Bruder auf und gab ihm genaue Anweisungen. Als er fertig war, ermahnte er ihn noch mehrfach deutlich, sich nicht unnötig in Gefahr zu bringen.

„Ich glaube nicht, dass Ellington eine Schusswaffe hat. Aber falls er – egal mit welcher Waffe – auf dich losgehen sollte, dann renn so schnell du kannst. Das ist mein voller Ernst", sagte er noch einmal nachdrücklich.

Dann trennten sie sich.

Dan war unglaublich aufgeregt. Sein Atem kam ihm vor wie eine Dampflok und sein Herzschlag pochte ihm laut in den Ohren. Das Rauschen der Staustufe wurde allmählich immer lauter. Je näher er dem Geräusch kam, desto mehr stieg auch seine Aufregung. Er wusste, dass nur ein kleines Stück vor ihm ein psychopathischer Mörder sein würde.

Vor der letzten Kurve blieb Dan noch einmal stehen und atmete tief und langsam durch. Als er spürte wie seine Hände zitterten, ballte er sie zu Fäusten.

„Komm schon", ermutigte er sich selbst, „du schaffst das." Mit Beinen, die sich wie Gummi anfühlten, erklomm er den letzten Teil des Weges.

Genau wie erwartet, stand der junge Koch dort an der Mauer und blickte in die brausenden Wassermassen hinab. Der Mörder hatte Dan noch nicht bemerkt.

Das Rauschen war so laut, dass man nicht das Geringste hören konnte. Der Hilfskoch hatte die Hände auf das Metallgeländer gelegt und wandte Dan den Rücken zu.

Für einen Moment überlegte Dan, ob er vielleicht einen Stein oder so etwas nach dem jungen Mann werfen sollte, um ihn auf sich aufmerksam zu machen. Er war sich nicht sicher, ob seine Stimme weit genug reichen würde, doch in genau diesem Moment bewegte sich Ellington auch schon. Dan wollte nicht den Eindruck erwecken, ertappt zu werden, also rief er laut, bevor sich der Hilfskoch ganz umgedreht hatte: „He!"

Das war nicht gerade eindrucksvoll, also beschloss Dan, noch etwas nachzulegen.

„Das Spiel ist aus. Hier ist Endstation für dich!" Er ging noch ein paar Schritte auf den jungen Mann zu, damit er nicht ganz so gegen das Brausen der Staustufe anbrüllen musste, achtete aber gleichzeitig darauf, immer noch genügend Abstand zu halten. Er wollte lieber nicht in die Reichweite des Mannes kommen.

„Was wollen Sie?", fragte der Koch. Das Wasserrauschen verschluckte seine Stimme fast vollständig, aber Dan konnte ihn gerade noch so verstehen.

Ellingtons Erscheinung war wie ausgewechselt. Die Schultern, die sonst als Schutz fast bis zu den Ohren hochgezogen waren, streckte er jetzt entschieden durch, aber seine Arme hingen wie leblos an seinen Seiten herab.

Aber am stärksten hatten sich die Augen des Mannes gewandelt. Sein Blick, der sonst so scheu und unsicher wirkte, war kalt und boshaft. Dan fiel auf, dass Ellington in der rechten Hand ein breites Messer hielt, in dem sich die Sonne leicht reflektierte. Dan lief ein Schauer über den Rücken. Wenn man ihm nur den Hilfskoch von früher gezeigt und gefragt hätte, ob er ein Mörder sein konnte, hätte Dan das entschieden verneint. Doch jetzt stand ein völlig anderer Mensch vor ihm.

„Dich festnehmen", antwortete Dan und strengte sich an, seiner Stimme Festigkeit zu verleihen. Ellington sollte nicht hören, wie viel Angst Dan in Wirklichkeit hatte.

„Allein?", fragte der Koch tonlos und ging einen Schritt auf Dan zu.

Reflexartig machte Dan einen Schritt zurück.

„Als ob ich so blöd wäre, alleine herzukommen", konterte er und ärgerte sich gleichzeitig über seine Situation. Er hatte echt Schiss und von Peter war noch nichts zu sehen. Er brauchte mehr Zeit.

„Die Verstärkung wird jeden Moment eintreffen. Du hast keine Chance mehr zu fliehen. Ergib dich, dann ist es einfacher, auch für dich." Hoffentlich bemerkt er nicht, wie sehr ich zittere, dachte Dan und zwang sich, seine verkrampften Fäuste wieder zu öffnen, damit er gelassener wirkte.

„Was bringt das denn noch? Könnt ihr mich nicht einfach in Ruhe lassen?" Das Gesicht des Kochs verzerrte sich zu einer schmerzvollen Grimasse. „Lasst mich doch einfach in Ruhe!"

„Das können wir aber nicht", entgegnete Dan ruhig. So ruhig zumindest wie man sein konnte, wenn man gegen einen tosenden Wasserstrudel zu einem Mörder sprechen musste.

„Genauso wenig, wie du die beiden unschuldigen Frauen nicht in Ruhe lassen konntest."

Der Koch funkelte Dan böse an.

„Sprechen Sie nicht von Sachen, die Sie nicht verstehen!"

Dan sah seine Chance, Zeit zu schinden.

„Dann erkläre es mir doch, wenn ich es nicht verstehe. Warum mussten sie sterben? Warum Elisabeth Richard und warum die andere Frau mit den braunen Haaren und der Brille?"

Ellingtons Lippen zitterten und sein Blick wanderte auf den Boden. Dan hatte offensichtlich einen Nerv getroffen.

„Das habe ich doch nie gewollt", begann der Koch wieder und seine Stimme zitterte.

Fast wäre Dan näher gekommen, um ihn besser verstehen zu können. Im letzten Moment erinnerte er sich wieder an das Messer in der Hand des zweifachen Mörders und besann sich eines Besseren.

„Ich wollte nie jemanden töten und ganz bestimmt nicht sie." Es blieb offen, welche der Frauen er meinte, vielleicht auch beide.

„Aber wie ist es dann dazu gekommen?", hakte Dan nach. Er musste unbedingt alles Mögliche tun, um den Hilfskoch am Reden zu halten und ihn weiter abzulenken.

Ellington wiegte sich hin und her und wirkte verlegen. Nein, Verlegenheit war nicht das Richtige, aber Dan fiel nicht ein, wie man das anders hätte beschreiben können. Verletzt?

„Ich … ich wollte doch nur mit ihr reden. Einfach nur reden. Aber…" Er verstummte erneut.

„Worüber wolltest du denn mit ihr reden?"

Der Koch antwortete nicht. Seine Augen waren geweitet und er schien in Gedanken in der Vergangenheit zu schweifen. Die Knöchel an Ellingtons Hand färbten sich weiß, als er den Griff um das Messer verstärkte.

Dan wollte ihn wieder auf sich aufmerksam machen. „Thomas", sprach er den Koch schließlich an und der ruckte mit dem Kopf nach oben.

„Worüber haben du und Elisabeth gesprochen, was wolltest du ihr sagen?"

Thomas Ellington rang mit den Händen und dem Messer dazwischen.

„Ich wollte es ihr doch nur sagen. Es ihr endlich sagen. Ich dachte, jetzt sei ein guter Moment. Jetzt, da es zwischen ihr und diesem Mann so schlecht lief."

„Was wolltest du ihr sagen?"

Ellington blickte zu Dan auf und in seinen Augen standen Tränen.

„Ich habe sie so lange beobachtet, ohne dass sie mich wahrgenommen hat. Ich habe ihr so oft zugesehen, wie sie gearbeitet hat oder gelesen oder gelächelt", bei dem letzten Wort fing er selbst an zu lächeln.

Dan war verwundert, dass Ellington alles so bereitwillig erzählte, aber er war auch froh darum. Jede Minute, die er herausschlagen konnte, war kostbar.

„Sie hatte so ein wunderbares Lächeln, so rein. Ich wollte nicht, dass sie aufhört zu lächeln. Ich habe sie doch geliebt."

„Was ist dann an dem Montag passiert?", wollte Dan den Koch wieder auf die richtige Spur zurückbringen. Wenn er behauptete, er sprach nur mit Ellington, um ihn abzulenken, dann entsprach das nicht ganz der Wahrheit. Dan wollte auch wissen, was genau im Kopf von so jemandem vorging und vor allem, was wirklich an diesem verhängnisvollen Montag geschehen war.

„Ich wollte ihr endlich mitteilen, was ich für sie empfinde", hauchte der Koch. „So lange habe ich sie schon aus der Entfernung beobachtet, da wollte ich, dass sie erfährt, wie ich für sie empfinde."

„Es hat dich nicht gestört, dass sie verheiratet war?" Dan wollte nicht sofort das brisante Mordthema anschlagen, sondern den jungen Mann noch mehr erzählen lassen.

„Die Liebe kennt keine Grenzen. Sie hält sich nicht an Beziehungen, die von der Gesellschaft geformt und vorgegeben werden. Sie ist frei! Außerdem hat dieser Mann sie gar nicht verdient. Ich habe ihn so gehasst."

Jetzt konnte Ellingtons Ausdruck einem wirklich Angst einjagen. Ganz besonders, wenn man wusste, dass er schon Menschen getötet hatte. Das Messer in der Hand tat ebenfalls sein Übriges zum gesamten Eindruck.

„Warum hat er sie nicht verdient?"

Der junge Koch schnaubte entrüstet auf, so als wäre Dans Frage geradezu lächerlich. Als wäre es doch ganz offensichtlich.

„Sie war einfach zu gut für ihn", begann Thomas Ellington gequält zu erzählen, „sie war so rein und herzensgut. Immer streng mit allen, doch am strengsten war sie mit sich selbst. Das zeigte nur ihre Entschlossenheit und Disziplin. Wie sie sich als junge Frau in einer Branche durchschlug, in der die meisten Männer sie nicht mal ernst nahmen. Sie war einfach perfekt! Im Gegensatz zu diesem Mann. Was ist er denn, hä? Ein aufgepumpter, verschwitzter, gieriger Vollidiot. Er wusste es doch gar nicht zu schätzen, was er an ihr hatte. Welch glückliches Los er mit dieser wunderbaren Frau gezogen hatte. Ich habe genau gehört, wie er sie beleidigt hat. Wie er ihr vorgeworfen hat, an allem schuld zu sein. Dabei habe ich doch immer gesehen, wie viel Mühe sie sich gegeben hat, stets und in allem."

Es war eine seltsame Situation. Dan fühlte sich dauerhaft wirklich bedroht von diesem Menschen, trotzdem erzählte Ellington da so vor sich hin und er selbst hörte einfach nur zu. Eine paradoxe Situation.

„Ich habe jedes Wort gehört, das er ihr an den Kopf geworfen hat", fuhr Ellington unbeirrt fort, „jedes einzelne, dreckige Wort von diesem Schwein. Da labt er sich an ihrem Geld und macht sie auch noch nieder, dass sie welches verdient. Und dann am Ende noch..." Ellington holte tief Luft und schloss für einen Moment die Augen, als müsse er kurz etwas verarbeiten. Als er sie wieder öffnete, fuhr er in wütendem Tonfall und mit zitternder Stimme fort: „Sie können sich nicht vorstellen, wie geschockt sie da war."

„Wieso, was hat Herr Richard denn gesagt?"

Der Koch schüttelte entsetzt den Kopf darüber, dass Dan nicht wusste, worum es ging.

„Ich dachte, ihr Polizisten ermittelt so etwas. Ich habe ihn euch doch schon halb ausgeliefert und euch erzählt, er hätte sie geschlagen, damit ihr ihn verhaftet. Aber ihr habt ja nicht einmal das auf die Reihe gebracht. Er hat ihr vorgeworfen, dass sie wegen ihr keine Kinder bekommen. Dass sie zu viel arbeitet und so niemals eine Familie entstehen könnte. Wieder das: nur wegen ihr, alles immer nur wegen ihr. Das hat sie so tief getroffen, wirklich so unglaublich tief."

Dan runzelte die Stirn und überlegte. Wie hätte er das denn mitbekommen haben sollen? Aber vermutlich dachte Ellington in dem Zustand, in dem er sich gerade befand, nicht mehr logisch.

„Erkläre mir mal etwas: Ich dachte, dass deine Chefin nie über Privates gesprochen hat und bei dem Streit mit ihrem Mann warst du doch in der Küche. Wie hast du da gemerkt, dass sie so tief getroffen war?"

Thomas Ellington blickte Dan empört an.

„Wie ich das merken konnte", zischte er, „ich weiß doch, wie sie fühlt, ich kenne sie doch. Ich liebe sie doch", wiederholte er etwas leiser. Es lag ein wahnsinniger Ausdruck in seinen Augen.

Es jagte Dan Schauer über den Rücken, diesem Mann zuzuhören. Doch er musste weiter machen, wenigstens noch ein wenig. Wo blieb Peter denn nur?!

„Und das wolltest du ihr letzte Woche sagen, dass du sie liebst?", brachte Dan das Gespräch wieder auf die Mordnacht zurück. Dieser Ellington wurde ihm immer unheimlicher und er ekelte ihn an.

Ellington nickte. „Ich wollte endlich aus dem Schatten treten, zu ihr ins Licht. Und es war nicht nur wollen, ich *musste* es ihr endlich sagen, sonst hätte es mich zerrissen. Und ich habe es ihr auch gesagt."

„Aber irgendetwas ist dabei schief gegangen?", wagte Dan zu fragen.

Ellingtons Miene verzog sich erneut zu einer fürchterlichen Grimasse.

„Wie sie mich angeschaut hat. Wissen Sie, wie sie mit mir gesprochen hat?!" Die Stimme von Thomas Ellington wurde immer lauter, bis er wirklich schrie.

Der letzte Rest der Sonnenstrahlen verschwand hinter den Bäumen und es wurde fast schlagartig kälter.

Dan schüttelte nur ansatzweise den Kopf, doch das reichte dem Hilfskoch schon als Antwort, um weiter in Fahrt zu kommen.

„Natürlich wissen Sie es nicht, woher denn auch? Sie haben keine Ahnung!"

„Dann klär mich doch auf", versuchte Dan vorsichtig, das Gespräch am Laufen zu halten.

Ellington schnaufte mittlerweile wie nach einem Marathon, so energisch berichtete er.

„Sie hat mich ausgelacht! Und angeschaut, mit diesem überheblichen Blick. Als wäre sie eine Königin und ich nur ein Wurm, der es wagt, ihren Weg zu kreuzen, dieses Miststück! Sie kannte nicht einmal meinen Vornamen!", echauffierte er sich.

„Das muss hart sein", meinte Dan tonlos und bestätigte den Koch damit in seinem Redeschwall.

„Und ausgelacht. Wie ich auf so einen lächerlichen Gedanken kommen könnte, hat sie gefragt. Als ob sie so jemanden wie mich lieben könnte. Ich sei ein armseliger Wicht, wenn ich mir so etwas einbildete, hat sie gesagt!"

Jetzt schrie Ellington so laut, dass er jegliches Tosen des Wassers bei Weitem überbot.

„Wissen Sie, wie das ist, wenn jemand so etwas zu Ihnen sagt. Jemand, den Sie wirklich lieben?"

Dan schüttelte nur den Kopf. Das war sowohl eine Antwort auf Ellingtons Frage als auch ein Ausdruck wie angewidert er war. Langsam wurde es ganz schön knapp, Peter konnte ruhig allmählich auftauchen, dachte er und wich möglichst unauffällig ein Stück zurück.

„Wissen Sie überhaupt, wie sehr sie mich damit verletzt hat?! Also habe ich sie verletzt!"

Dan schluckte schwer. Das wurde ihm jetzt wirklich zu viel und Ellingtons Stimme hatte einen gruseligen Tonfall angenommen. Plötzlich schrie er nicht mehr, sondern sprach ganz ruhig. Zudem wich das letzte Tageslicht zunehmend. Thomas Ellingtons Gesicht lag plötzlich im Schatten. Dan konnte seine Augen nicht mehr erkennen.

„Sie sah so friedlich aus, als ich sie unter die Bäume gelegt habe. Wie eine schlafende Fee", erzählte der Mörder mit einer hellen, unheimlichen Stimme.

„Und was hat Betty mit all dem zu tun?", fragte Dan jetzt auch energischer. Insgeheim hatte er das den Koch schon von Anfang an fragen wollen. Er wollte es wissen, doch gleichzeitig fürchtete er oder ekelt sich sogar vor der Antwort dieses Wahnsinnigen.

Der Koch überlegte einen Moment, bevor er antwortete. Zumindest nahm Dan das an, als er einige Augenblicke unbewegt schwieg.

„Sie war immer so nett zu mir. Sie hat mich schon mehrfach vor diesem Tier von einem Koch in Schutz genommen. Ich … ich habe sie wirklich gern."

„Und was ist mit der Frau mit der Brille und den langen, braunen Haaren?", fragte Dan und er spürte, wie ihm die Zornesröte ins Gesicht stieg. Wie abstoßend er diesen Menschen fand, so etwas hatte er noch nie in seinem ganzen Leben empfunden. Wie konnte man nur so geisteskrank sein und so empfinden? Dan kannte sich mit Gefühlen nicht gut aus, aber er war sich sicher, dass das, was der Koch berichtete, keine echte Liebe war.

„Hast du sie auch geliebt oder nur so gern gehabt, dass du sie auch ermordet hast? Ich habe gehört, du hast sie erstochen. Kaltblütig und brutal erstochen." Eigentlich wollte sich Dan gar nicht so hinein steigern, aber es machte ihn krank, wenn er daran dachte, was dieser Typ mit zwei unschuldigen Frauen angestellt hatte. Und was er vielleicht noch anstellen wollte.

„Ich weiß schon, was du vorhast", entgegnete der Koch plötzlich und er veränderte seine Haltung. Kaum merklich, doch er wirkte noch bedrohlicher.

Dan fiel auf, dass er ihn auf einmal ebenfalls duzte. Zudem wusste er nicht, worauf dieser Psychopath hinauswollte.

„Du willst mich schlecht dastehen lassen, nicht wahr? Du willst mich als Monster bezeichnen, damit die Leute Angst vor mir haben. Damit Betty sich von mir fernhält. Damit du sie für dich haben kannst, habe ich nicht recht?"

Dan wusste gar nicht, was er darauf entgegnen sollte. Damit hatte er überhaupt nicht gerechnet. Irgendwie entwickelte sich das Gespräch in eine ungeahnte Richtung.

„Ich, nein, wie kommst du...?", stotterte er nur vor sich hin.

„Ich habe doch gesehen, wie ihr miteinander gesprochen habt. Wie du sie angeschaut hast. Widerlich", spuckte Ellington aus und Dan hatte das Gefühl, im falschen Film zu sein.

Wie konnte gerade dieser Mensch ihm nur so etwas vorwerfen? Das war doch absoluter Irrsinn!

„Ich weiß genau, was solche Typen wie du vorhaben", sprach der Koch unbeirrt weiter und spie jedes Wort förmlich aus. „Ich weiß, was solche wie du von Frauen wollen. Und ich werde mir das nicht länger mit ansehen!"

Bevor Dan überhaupt begriff, wie ihm geschah, machte Thomas Ellington einen Satz nach vorne und stand plötzlich mit erhobenem Messer direkt vor ihm.

Vor Schreck wich Dan instinktiv zurück und verhedderte sich in seinen eigenen Füßen. Unsanft fiel er mit dem Hintern auf den harten Erdboden.

Der Koch baute sich groß vor ihm auf und Dan konnte ganz deutlich eine große, dunkle Gestalt mit einem Messer in der Hand über sich sehen.

„Weg von ihm! Sofort das Messer weg oder ich schieße!"

Ellingtons Gesicht war in Dunkel gehüllt. Nur seine Augen waren deutlich zu sehen. Grauenvolle Augen, dem Wahnsinn verfallen und bereit zu töten.

Die Wirklichkeit verschwamm mit Dans Erinnerungen. Das Bild vor seinen Augen schien zu flackern. Es wechselte zwischen dem Ellington in der Allee, mit erhobenem Messer und umrandet von Bäumen. Dann war es wieder der gleiche Mann in seiner Arbeitskleidung vor bloßem, dunklem Himmel. Dan spürte den kalten Schweiß auf Rücken und Nacken. Er musste etwas tun, aber er konnte sich einfach nicht bewegen! Er würde sterben!

Ein Knall durchbrach die Stille und Ellington stürzte sich auf ihn. Im letzten Moment riss sich Dan aus seiner Starre und rollte sich zur Seite weg. Schnell sprang er auf und wollte dem Messer ausweichen. Doch der Koch regte sich nicht mehr. Das Messer immer noch fest in der Hand, lag er am

Boden, das Gesicht zur Seite gedreht und blickte Dan aus leeren Augen an. Er zuckte noch kurz und bewegte sich dann gar nicht mehr.

Von dem stumpfen Blick aus den Augen des Kochs gänzlich gefangen, bemerkte Dan erst gar nicht das Loch in Thomas Ellingtons Rücken, von dem aus sich ganz allmählich eine dunkle Farbe auf seiner weißen Kleidung ausbreitete.

Dans Kopf war leer. Er hörte nur den Nachhall des Schusses und er sah nichts weiter als diese weit geöffneten, toten Augen. Er konnte nicht sagen, ob er den toten Mörder nur Sekunden lang betrachtete oder ob bereits Stunden vergangen waren, als ihn jemand an der Schulte berührte.

„Komm", raunte ihm sein Bruder lediglich zu und versuchte, ihn mit sanfter Gewalt zum Gehen zu bewegen. Peter steckte sein Handy zurück in die Jackentasche.

Wann hatte er denn telefoniert? Dan konnte sich nicht daran erinnern.

Die Pistole steckte wieder in ihrem Holster, doch Dan nahm sie gar nicht richtig wahr, er wollte sie auch gar nicht sehen.

Mit einem letzten Blick in das Gesicht des jungen Mannes, der eigentlich noch mehr als die Hälfte seines Lebens vor sich gehabt hätte, ließ Dan sich von seinem Bruder fortführen.

Er sah die Polizisten, die ihnen nach einiger Zeit entgegen kamen und auf Peters Weisung dahin eilten, woher die Brüder gerade kamen. Doch Dan dachte gar nicht darüber nach, was sie taten. Sein Kopf war immer noch leer. Keine Gedanken, nur wirres Gefühlschaos und Bilder. Denken empfand

Dan als anstrengend, aber auch dieser Zustand hier war alles andere als angenehm. Er meinte, dass jeden Moment ein Sturm losbrechen müsste. Ein Sturm, der ihn und alles andere einfach wegfegt und ins Nichts trägt. Wo blieb nur dieser Sturm?

Dan nahm erst wieder richtig etwas wahr, als Betty mit zwei Polizisten im Schlepptau aus dem Restaurant auf sie zugelaufen kam.

EPILOG

Es waren nicht viele Leute auf dem Friedhof. Einige Freunde oder Bekannte und offensichtlich auch einige unbeteiligte Zuschauer. Genau wie Dan. Er stand ein wenig abseits, an einen der wenigen Bäume auf dem Gelände gelehnt und blickte teilnahmslos zu.

Der Pfarrer hielt seine übliche Rede und es war sofort klar, dass er keine Ahnung von den Betroffenen hatte. Schließlich wurde das Grab zugeschüttet und nach und nach gingen die Leute ihrer Wege. Der Friedhof leerte sich fast komplett.

Dan rührte sich nicht und blickte immer noch auf die aufgewühlte Erde.

„Ich dachte nicht, dass ausgerechnet du gerne Gast bei Beerdigungen bist."

Dan drehte nur leicht den Kopf, denn er hatte die Stimme seines Bruders gleich erkannt.

„Ist ja nicht weit von zuhause, da dachte ich einfach...", er brach ab, denn er wusste selbst nicht, was genau er sich dabei gedacht hatte.

Sie schwiegen sich an und blickten gemeinsam auf das frische Grab, jeder seinen eigenen Gedanken nachhängend.

„Und was willst du hier?", fragte Dan seinen Bruder, aber nicht in unhöflichem Tonfall, sondern ganz neutral.

„Mit dir reden." Peter wartete auf eine Antwort, die nicht kam und sprach dann weiter: „Wie geht es dir mittlerweile?"

Dan zuckte wortlos mit den Schultern.

„Ich mache mir Sorgen um dich und immerhin ist es meine Schuld, dass es so weit gekommen ist. Ich wollte dich nicht in so eine Lage bringen ... es tut mir leid", sagte Peter ruhig und blickte seinen kleinen Bruder mit aufrichtigem Bedauern in den Augen an.

Dan atmete langgezogen und ruhig aus.

„Es ist nicht deine Schuld und das wissen wir beide. Mach dir deswegen keinen Kopf."

„Du kannst das trotzdem nicht einfach totschweigen. Es macht einen kaputt, wenn man über so etwas nicht spricht." Peter blickte seinen kleinen Bruder sehr ernst und besorgt an.

„Ich bin nicht so der gesprächige Typ", meinte Dan, „ich will nicht mit irgendwem darüber reden. Mit wem sollte ich schon reden, mit Mum?" Er brachte ein oberflächliches, sarkastisches Grinsen zustande, das sein Bruder nicht erwiderte.

„Du könntest mit mir reden", bot Peter an.

Dan seufzte tief und ließ seinen Blick wieder über den Friedhof schweifen.

„Du weißt schon alles, du warst doch selber dabei."

„Darum geht es doch gar nicht."

„Aber für mich macht es das damit sinnlos. Ist doch bescheuert."

Jetzt war es an Peter, tief zu seufzen.

In letzter Zeit seufzen die Leute ganz schön häufig, dachte Dan, sich selbst eingeschlossen.

„Irgendwie musst du es verarbeiten, sonst zerfrisst es dich irgendwann." Er schwieg einen Moment. „Vielleicht könntest du anfangen zu schreiben."

Dan blickte seinen Bruder ungläubig an. Er und schreiben? Dan hatte in seinem Leben noch nie mehr geschrieben als unbedingt notwendig war. Er hatte in der Schule ja kaum einen Aufsatz zustande bringen können.

„Ich habe gehört, dass das vielen Menschen dabei hilft, Sachen zu verarbeiten. Du musst ja kein Tagebuch führen, aber … ach, versuch es doch einfach mal, schaden wird es schon nicht."

Für den Vorschlag hatte Dan nicht mehr übrig als ein ungläubiges Schnauben.

„Wo liegt Thomas?", wechselte Peter abrupt das Thema.

Dan zeigte nach vorne rechts.

„Drei Reihen weiter hinten."

Peter schüttelte traurig den Kopf.

„Gleich zwei Familienmitglieder in drei Tagen. Aber ich schätze, nach dem Tod ihres Enkels hatte auch Frau Ellington keinen Lebenswillen mehr."

Dan schwieg.

„Nun ja", meldete sich Peter wieder nach einigen stillen Minuten, „ich muss los, wir sehen uns. Probiere es doch einfach aus", verabschiedete er sich, doch dann hielt er noch einmal kurz inne.

„Wenn du wieder unter Menschen gehen willst, komm doch bei mir zuhause vorbei. Catrinel und Marie würden sich freuen, du bist bei uns immer willkommen." Damit ging er in die Richtung des West-Tores des Friedhofs davon und ließ Dan zurück.

Der betrachtete noch einige Momente lang die Gräber.

Worüber sollte er schon schreiben, dachte er, als er sich auf den Weg nach Osten zu seiner Wohnung machte. An der gewohnten Stelle blieb er ganz automatisch stehen und beobachtete den vertrauten Schemen mit dem hellen Leuchten in der Hand. Die Erinnerung wirkte ein wenig blasser als sonst. Trotzdem konnte Dan immer noch deutlich sehen, wie die Gestalt in einer zärtlichen Geste die Blume niederlegte und langsam verschwand. Nur die Blume schien noch einige Augenblicke als Zeichen der ewigen Liebe des Mannes weiter klar, dann erlosch auch sie.

Er überlegte einen Moment. *Das* war vielleicht eine Idee.

Zuhause setzte Dan sich an den Küchentisch und klappte seinen Laptop auf. Es war ein altes Gerät, aber es erfüllte die wichtigsten Funktionen. Er öffnete ein Textprogramm und überlegte. Es vergingen jedoch sehr viele Minuten, in denen er regungslos den Bildschirm anstarrte und nicht wusste, wie er anfangen sollte. Dann, nach einer wirklich langen Zeit, kam ihm eine Idee und Dan schrieb das erste Wort:

Memories.

Danksagung

Ich möchte diese Stelle nutzen, um mich bei allen an diesem Buch Beteiligten aufrichtig zu bedanken. Ich bin wirklich froh, dass ich so gute Freunde und eine mich stets unterstützende Familie habe, die mir alle geholfen haben, meinen Traum vom ersten eigenen Roman zu verwirklichen.

So möchte ich mich bei Marlies und Sandra bedanken, die sich tapfer durch die ersten Manuskripte von *Memories* gekämpft haben und neben Logiklücken auch noch sehr viele Rechtschreibfehler und Formatierungspannen ausbaden mussten. Vielen Dank für eure zahlreichen und sowohl hilfreichen als auch unterhaltsamen Kommentare.

In einer zweiten und umfangreichen Runde haben sich meine beste Freundin, und eigentlich bereits Teil meiner Familie, Vanessa und meine Schwiegermutter in spe Cordula ans Werk gemacht und weitere Unstimmigkeiten und immer noch massenhaft Rechtschreibfehler ans Tageslicht befördert. Dank ihrer Hilfe konnte ich so die meisten verbliebenen Schwachstellen eliminieren.

Meine Eltern, Andrea und Ralf, und meine Schwester Rena haben mir, trotz zwischendrin auftauchender technischer Schwierigkeiten, auch ihre volle Unterstützung zukommen lassen und das Manuskript auf Fehler und stilistische Ungereimtheiten hin durchkämmt. Dank ihrer Hilfe konnte ich noch einmal weitere Fehler beheben.

(Ihr glaubt gar nicht, wie viele Fehler in knapp 300 Seiten versteckt sein können. Ich glaube schon fast, dass irgendein kleiner Technik-Kobold des nachts heimlich extra Fehler in den Text streut, nur um Autoren zu ärgern.)

Anschließend möchte ich noch meinen Lebensgefährten Simon erwähnen, der mir nicht nur bei schlichten Textkorrekturen geholfen hat. Darüber hinaus konnte ich auch jederzeit mit ihm über grundlegende Ideen zu *Memories* (und auch schon über andere Werke, die noch in Arbeit sind) diskutieren, wobei wir schon häufig zusammen auf großartige Ideen gekommen sind. Simon ist nicht nur für mein persönliches Leben der wichtigste Mensch, er greift mir auch bei meinen literarischen Werken am meisten unter die Arme und unterstützt mich vollkommen.

Als letztes möchte ich mich bei Dir, meinem lieben Leser, bedanken, dass Du meinen Debütroman gelesen hast und am Ende sogar noch so viel Muße übrig hattest, meine holprige Danksagung durchzulesen. Ich hoffe, Du hattest Spaß dabei, zusammen mit Dan, seinem Bruder und seiner einzigartigen Fähigkeit den Fall aufzuklären. Wenn es Dir gefallen hat, kannst Du Dich auf weitere spannende Fälle mit den Gebrüdern Nilson freuen, denn *Memories* geht weiter.

Also hier noch einmal gesammelt:

Herzlichen Dank Euch allen!!